有爱的青春陪伴者

风轻轻，等你喜欢我

提拉诺 著

黑龙江美术出版社

图书在版编目（CIP）数据

风轻轻，等你喜欢我 / 提拉诺著 . -- 哈尔滨：黑龙江美术出版社，2020.7
ISBN 978-7-5593-5960-5

Ⅰ．①风… Ⅱ．①提… Ⅲ．①长篇小说－中国－当代 Ⅳ．①I247.5

中国版本图书馆CIP数据核字(2020)第064898号

---

feng qingqing , deng ni xihuan wo
风轻轻，等你喜欢我

出 品 人 /	周　巍
著　　　 /	提拉诺
特约策划 /	伍　利　王　琼
责任编辑 /	李　旭　张泽群
装帧设计 /	颜小曼　西　楼
封面绘制 /	绘心小猪
出版发行 /	黑龙江美术出版社
地　　址 /	哈尔滨市道里区安定街 225 号
邮政编码 /	150016
发行电话 /	（0451）84270524
经　　销 /	全国新华书店
印　　刷 /	湖南凌宇纸品有限公司
开　　本 /	880mm×1230mm　1/32
印　　张 /	9
版　　次 /	2020 年 7 月第 1 版
印　　次 /	2020 年 7 月第 1 次印刷
书　　号 /	ISBN 978-7-5593-5960-5
定　　价 /	36.80 元

001
新同学 >> 楔子

009
同桌的你 >> 第一章

029
软柿子保护行动 >> 第二章

045
卢瑟联盟 >> 第三章

064
保持距离 >> 第四章

086
校服定律 >> 第五章

116
手机里的秘密 >> 第六章

144
关于白兮 >> 第七章

171
没能说出口的话 >> 第八章

200
一别经年 >> 第九章

221
时间修补器 >> 第十章

249
介绍一下，我男朋友 >> 第十一章

新同学

楔 子

上课铃已经打响了,可是卢婉婉还在学校门口来回踱步。

每走一步就长叹一口气,她焦虑地看着最后一个全力奔跑的学生进了校门,更是急得满头大汗。

昨天班级篮球赛之后,班里的气氛就很尴尬。

准确来说,只有卢婉婉一个人这样觉得。

因为……昨天放学之后举行的那场篮球赛,他们三班跟五班的比赛以惨烈的比分完败。

而罪魁祸首就是卢婉婉,她在给主力队员乔扬送东西的时候,完全不知道乔扬杧果过敏,还偏偏给他准备了杧果汁,眼睁睁看着他被同学背进了医院。

卢婉婉想要跟着老师、同学一起去医院,却被同学狠狠逼退了。

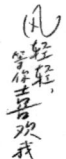

而这个同学，就是乔扬的后援会队长安琪。

安琪双手叉腰，瞪着眼睛警告道："卢婉婉！你看我之后怎么找你算账！"

撂下这句话之后，安琪就跟着"护乔"大队一起离开了。

卢婉婉站在操场中央，看着三班的同学苦苦支撑着剩下的比赛，在五班队员各种打压重挫之下，惨败而归。听着五班同学们的欢呼雀跃，她的心跌到了谷底。

其实，在发生这件事之前，没人知道乔扬对枞果过敏，最关键的是，那杯饮料根本不是卢婉婉准备的，只是由她端过去了而已。

但是现在谁对谁错，没人能说得清楚。

回到教室拿书包的时候，卢婉婉都觉得如芒在背，体会了一把美人鱼走在刀尖上的痛感。

她只觉得背脊凉飕飕的，战战兢兢拿着自己的书包逃也似的离开了教室。

其实本来拿不拿冠军也没什么，关键是三班的班主任也教五班的数学，所以日常就夸五班的数学多么优秀，加上两个班入学以来各种竞争第一第二名，在班级荣誉上，多少有点硝烟的味道。

这下好了，数学没考过五班，这次篮球赛也……

为什么偏偏是跟五班的比赛啊。

卢婉婉眼看着校门口的教导主任要关门了，才迈着沉重的步伐走了过去。

可是一想到如果被教导主任抓住，自己可能更惨，她又胆怯地停住了脚步。在犹豫着该怎么办的时候，她忽然看到有两个同样迟到的男生，转身走进了一旁的小巷子里。

她来不及多想,脚步一转,跟着他们向小巷子里跑过去。

这是学校的外墙,其中有一处地方堆了几块砖,简直就是……

这两位看起来像是老手了。

他们几乎不需要任何人帮助,上了砖堆之后,双手扒在墙边一撑,脚一蹬,轻而易举就过去了。

还没有等卢婉婉学会这套动作,另外一个男生也翻过去了。

要不要翻呢?

翻了可能会被抓,不翻如果迟到的话,被安琪抓到了把柄,铁定要遭殃。

算了,横竖都没有好果子吃。

卢婉婉深呼吸一口气,往后倒退几步,朝着那堆砖搭起来的"小楼梯",加速跑过去。

一切都非常顺利,卢婉婉脚踩上"小楼梯"之后,借助这股力量双手抓住了围墙的边缘,用力向上一撑!

就在这一瞬间,伴随着清脆的一声"啊",卢婉婉的头不知道撞上了什么坚硬的"物体",正中脑门心,让她直接摔回了地面。

果然还是不能做坏事,现世报来得太快了。

卢婉婉的大脑出现了几秒的空白,眼前白茫茫的一片,头疼得让她龇牙咧嘴,甚至听不见周围的声音。

等她恢复意识的时候,只感觉到有双手把自己从地上给拉扯起来。

卢婉婉一边捂着额头一边说:"谢谢啊……"

哪知道回答的声音让她吓出一身冷汗。

"别客气,你还好吗?有没有受伤?"教导主任的脸上带着一丝担忧。

难得见到这么和蔼的教导主任,卢婉婉哪顾得上自己的伤,摆摆

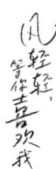

手赶紧解释:"老师,您听我说,我出现在这里完全是个意外……"

"真没事?"教导主任不放心地又问了一遍。

卢婉婉的想法特别简单,自己捅了娄子,就不要再给别人添麻烦,如果她说自己受伤了哪里不舒服,教导主任肯定要带她去医院检查,又得通知家长。

所以,卢婉婉很肯定地点头:"嗯,没事,要不我跑两圈给您看看?"

得到这样的回答,教导主任的表情立刻就变回之前笑面虎般的模样了:"那很好,既然你没事……"

"出事了!出事了!"

突然,墙的另一边传来了一个女人的惊呼声。

卢婉婉对这个声音也很耳熟。

"小张?是小张吗?"教导主任显然也听出来了,"怎么回事?"

这个小张,就是整个高三学生闻风丧胆的年级主任,专门抓高三学生的纪律,手里总是拿着一个册子,看到谁在课堂上睡觉、发呆或者悄悄玩手机,就会被记录在她的"死亡笔记"上。

"李主任!今天新来的白兮同学好像撞墙上了,额头上好大一个包!你说这孩子,就算不想来上课,也不应该这么自残啊!"

"白兮?他没事吧?"

"没事,就是撞了一下。"年级主任回答了教导主任的话之后,似乎又在跟那个人说话,"你不是早就进校园了吗?我刚刚还让你去找你们班主任报到来着呢。"

那个人大概没回话,因为压根就没听到声音。

但是卢婉婉顿悟。

刚才和自己撞上的……显然就是这个人。

而且这个人的名字叫白兮。

白兮,白兮。

莫名带着一丝说不出的特别。

卢婉婉来不及再多想,已经被教导主任给喊回神来了:"我算是弄明白了,一个想进去,一个想出来。行嘞,走,一起去教务处吧。"

五分钟后,卢婉婉在教务处看到了白兮的庐山真面目。

人长得高得出奇,至少有一米八五,站在这一排男生中间,可以高出一个头,所以格外扎眼。他不算很瘦,相反,还很结实,皮肤是健康的小麦色,和"白兮"这个名字完全不搭。他五官俊朗,不像是现在大家喜欢的小鲜肉,气场有点不羁与桀骜,透着一股凌厉的气息,看起来有些凶巴巴的,不好接近。

这教务处站着的一排人,都是今早抓到的翻墙学生。

而卢婉婉之所以能认出他来,是因为就他的额头上红肿了一片,对方显然也认出她来了。两个人就这么面对面站着,都没有先开口说话,倒是旁边的人,都忍不住笑了。

对,多亏了额头正中央的这块红印子,才稍微把白兮的棱角给磨平了一些,没有那么锋芒四射。

卢婉婉也忍不住笑了,现在他们俩看起来一定非常滑稽。

结果这一笑,身边的人立刻瞪了她一眼,像是一把利剑一样,直直刺过来。

卢婉婉迅速咬着嘴唇把这个笑给收了回去,转移了自己的视线。

"笑笑笑!违反校规校纪你们还笑得出来!"教导主任怒吼一声。

大家立刻收敛了脸上的表情,就连坐在不远处的老师,也都尴尬地摸着自己的嘴角,想要挡住自己的笑容。

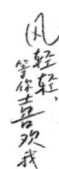

"卢婉婉,你真是厉害,高三一千来号人,我怎么偏偏就把你给记住了。"教导主任就差没有鼓掌了,"人才啊。"

卢婉婉双手在身前扭来扭去,局促不安地赔笑回答:"大概是因为……您记性好。"

"我不想记住你都难啊,这开学才多久,你已经迟到得有二十次了,哎哟,你看看,登记表上的常客啊。"教导主任手里拿着登记表,狠狠地在上面写下了卢婉婉的名字。

卢婉婉低下头想着,都怪自己家住得太远了,以前老爸还没有破产的时候,倒是有车子接送自己,现在只能靠坐公交车,路途遥远,只要没有准点赶上那趟车,就铁定迟到。

"你这个态度不行啊!"教导主任还想继续教训她,可是忽然被人打断了。

"老师,我还得去报到。"

说话的人是白兮。

卢婉婉发现他的声音竟然还挺好听的,不疾不徐,清扬但掷地有声。

教导主任看了白兮一眼,略有不满:"你还记得要去报到啊,那你往外跑?"

白兮没有丝毫的畏惧,依旧云淡风轻,没有回教导主任。

教导主任扫了他们俩一眼,无可奈何地摇摇头:"现在早读要结束了,白兮又是新同学,既然没事了就先去上课,放学之后,你们俩给我来这里好好做个检讨!"

卢婉婉就差没有跪谢圣恩了,点头哈腰地说:"好的,李主任!谢谢李主任!"

哪知道身边这人不为所动,只是从鼻腔里哼了个"嗯"的音。

让卢婉婉感到惊讶的是,教导主任平时哪会让学生对自己这个态度,没想到这次他毫不计较,还跟白兮说道:"那你先去找班主任报到,我跟她说过了。"

白兮转身就要离开,教导主任冲着他的背影又吼了句:"这次不许再逃了!否则我们就通知家长了!"

卢婉婉惊讶地看着对方头也不回地走了。

教导主任看着她,催促道:"卢婉婉,你也赶紧给我回去上课!"

卢婉婉立刻说了句"老师再见",就逃也似的离开了。

可是回到班上……卢婉婉再次长叹一口气。

早读还没有结束,安琪作为英语课代表正在抽查背课文的情况。

卢婉婉用手捂住了自己的脸,怎么偏偏是安琪,真是天要亡我。卢婉婉抱着书包,悄悄从后门进去,然后溜到了最后一排自己的座位上。

刚放下书包,她就听到有人叫自己的名字。

安琪看着她说:"卢婉婉,既然迟到了,就把昨天的课文背一遍吧。"

前排的陆鸣转头给卢婉婉投来同情的一眼。

卢婉婉背后发凉,立刻站直了身子,满脸窘迫,看着安琪:"我昨天……回去太晚了,就没来得及背熟。"

安琪略带遗憾地笑道:"老师说今天没有背出来的同学可是要罚抄课文三遍的,而且放学前就要交。"

"不然我先尝试着背背?"卢婉婉之前多读了几遍,开头还是记得挺清楚的。

安琪大概也没想到卢婉婉还要垂死挣扎,索性答应了。

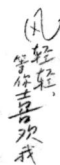

卢婉婉快速扫了一眼要背的课文，手里不自觉把橡皮擦拿着，开始背课文。

不记得什么时候养成的习惯，每次一紧张，卢婉婉就会不知不觉想要用橡皮擦在纸上或者桌子上擦来擦去，稍微缓解一下情绪。

第一段还是很顺利的，第二段开始就结巴了。

卢婉婉眼睛开始扫桌面，陆鸣赶紧把自己的英语书给立起来，想让她尽力看清楚一点。

但卢婉婉近视，压根就看不清，她急得把手里的橡皮擦都快擦没了。

就在她觉得铁定逃不过这一劫的时候，一个高大的人影突然走进来了。

周围的人开始窃窃私语，有女生惊呼"好帅"，卢婉婉正是在背得头昏脑涨的时候，看到了白兮的脸。

还有他那被自己撞得红肿的额头，与自己红肿的额头，仿佛遥相辉映着。

他居然……是转来他们班？

同桌的你
第一章

  白兮依旧是冷冰冰的模样,好像对这里发生的一切并不关心。

  站在讲台上的安琪也被吸引住了,她看着白兮露出了一副少女怀春的娇羞模样:"同、同学……请问你是……"

  白兮的高个子这时候真派得上用途,往安琪面前一站,就直接把她的视线都给挡住了。

  陆鸣立刻把书给举起来了,卢婉婉在众人都关心着白兮的时候,大声地把课文给"念"了一遍。

  白兮看着安琪,皱了皱眉头,没有回答,然后扫视了全班一圈,视线停留到了卢婉婉那个方向。确切来说,是卢婉婉身边的位置上。

  全班同学,只有卢婉婉没有同桌。

  跟白兮视线交错的那一刻,卢婉婉又真切感觉到了对方的怒意。

她真是无辜,这件事又不完全是她的错。

而且他翻墙是要逃学,她翻墙可是为了及时赶到教室上课啊!怎么看,生气的都应该是她啊!

结果卢婉婉想反抗的时候,却撞上白兮凌厉的视线,她立刻认怂地低下头,看向别的地方。

正好这时,班主任走了进来,看到这一幕,立刻走到了讲台上,询问安琪:"早读都结束了吧?"

安琪这才想起来,指着卢婉婉说道:"还有卢婉婉要背书……"

卢婉婉迅速回答:"刚才我都背完了啊。"

安琪恼火:"我没听到啊。"

前面的陆鸣迅速帮腔:"我听到了啊,周围的同学都听到了对不对?"

陆鸣平时在班里人缘不错,他这么一说,旁边的同学都只能尴尬地点点头,当作赞同。

安琪眼看着失去了能够整治卢婉婉的机会,脸上写满了不甘心。

班主任也并未在意,对安琪摆摆手:"你先下去吧,卢婉婉你也坐下。"

卢婉婉立刻长呼一口气,坐了下来。

安琪本来还想说什么,但是看着大家的注意力都已经在白兮的身上,安琪只能悻悻地回到了座位上,还狠狠瞪了卢婉婉一眼。

"趁着上课前给大家介绍一下,这是新来的转学生,叫作白兮。那白兮,你给大家做个自我介绍吧。"班主任给大家介绍道。

白兮满脸不情愿,半天才一副凶神恶煞的表情,冷冰冰地开口:"我叫白兮。"

就这四个字。

白兮说完之后,看着底下众人和班主任都没吭声,就扭头看了班主任一眼。班主任这才顿悟,白兮的自我介绍说完了。

全班同学也顿时恍然,本来还以为这人说话大喘气呢,没想到还真的就结束了。

"那、那我看给你找一个座位吧……卢婉婉旁边是空着的,我看看谁跟卢婉婉坐……"班主任环顾着四周,搜寻着合适的人选。

就在这时,白兮突然指了指卢婉婉的方向:"我就坐那里。"

这句话一出,全班都震惊了,看看白兮,又看看卢婉婉。

当然,最觉得惊讶的还是卢婉婉本人,她看着一脸不耐烦的白兮,还以为是自己看错了。

"那也行。"班主任大概有些尴尬,"那赶快入座吧,马上要上课了。"

白兮就这样带着淡漠的神情,慢慢朝卢婉婉走了过去。

一直到白兮走到她的身边,书包重重砸在书桌上,拉开椅子坐下,卢婉婉才肯定,原来自己没有看错,白兮说要坐的位置,是自己身边的这个没错,但是他的表情却不像是那么情愿。

可是……为什么呢?

卢婉婉只能想到是因为自己把他给撞了这件事。

该不会是要借此报复自己吧?

也不至于那么小气吧!

这时,陆鸣的同桌麦甜看着他俩,忍不住打趣了一句:"看你俩的额头,还挺般配的啊。"

真是哪壶不开提哪壶,要不是看在平时麦甜总帮自己的分上,卢婉婉真想用透明胶封上她的嘴。

刚说完这句话,白兮就给了麦甜一个凶狠的眼神,麦甜立刻闭了

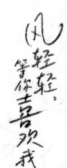

嘴,转过身子去。

只有陆鸣依然回头看着白兮和卢婉婉,一双眼睛在白兮和卢婉婉的额头上扫过来扫过去,他嘴里念叨着:"有情况,有情况,卢婉婉,你从实招来。"

卢婉婉小心地看了眼白兮,尴尬地笑了笑说:"晚点跟你说……先上课,老师都来了。"

陆鸣还是不太情愿,一直盯着白兮。

幸好上课的老师进来了,陆鸣这才哼哼两声扭头过去。

卢婉婉赶紧把这节课的书拿出来,做好上课的准备。可是看了身边的白兮一眼,他打开书包,里面竟然什么书都没有,就连文具用品都没一个。

她想着白兮是新同学又是新同桌,本着互助的原则,她把书挪了过去,小声说道:"要不……你先跟我一起看课本?"

结果,白兮看都没看她一眼,就直接趴在桌子上,完全没有要理她的打算。

这人才转学来就想逃课,教导主任见到他也没有平时那么凶,对谁都不冷不热好像全世界都欠他钱一样。

"那好吧。"卢婉婉无奈地说道,"那如果你想看的时候跟我说啊。"

白兮还是一言不发,一动不动,就这样睡了一节课。

下课铃一响,陆鸣就转头过来,眯着眼睛一副打量卢婉婉的模样,问道:"老实交代,你跟……怎么回事!"

陆鸣冲白兮抬抬下巴,示意说的是他。

卢婉婉故意转移话题:"你知道乔扬怎么样了吗?我要不要去医

院看看他,毕竟是我的问题。"

"没事,听说明天就回来了。"陆鸣知道她打什么主意,又问了一遍,"你到底怎么回事?"

卢婉婉打算直接离开座位,去小卖部买早餐,以此来逃避陆鸣的追问。结果一转身,白兮把出口堵得死死的,而且他还趴着一动不动,看起来像是睡着了的样子。

为什么自己偏偏要坐在靠墙的位置啊?!

卢婉婉不敢打扰,又重新坐了回去。

陆鸣从抽屉里翻出一个面包扔给她:"给,吃了就继续交代。"

卢婉婉想要假装发脾气,结果刚准备开口,就看到安琪走了过来,而且一看就是朝着她过来的。

卢婉婉立刻吓得趴在桌子上假装睡觉,想要借此回避安琪。

她生怕自己不小心被捉住了,就得被安琪要求重新背一遍课文。

可是安琪的声音响起,喊的人却是……

"白兮同学,你好,我是英语课代表安琪。"

卢婉婉惊讶地抬起头,连装睡都忘记了,看着安琪。

安琪站在白兮的桌子旁边,满脸的笑容,似乎在等着白兮一抬头就能够看见她那清纯可爱的笑脸。

但是白兮一动不动,像是没有听到一样。

安琪的笑凝固在脸上,她尴尬地看着卢婉婉和"围观"的陆鸣,稍微提高了音量又喊了一遍:"白兮同学,是这样的,因为你刚来,我想跟你说,我们班的英语老师有让我们结对子……我在想或许我可以跟你一组。"

其实就是找个一起练习英语的学习伙伴,老师说不需要非得选同桌,自由选择就好。

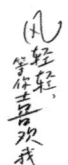

白兮依旧睡自己的觉,没有搭理。

人们常说,你永远无法叫醒一个装睡的人。

卢婉婉不能确定白兮是不是在装睡,但是眼下安琪确实极为尴尬,所以她给安琪投去了同情的眼神。

没想到,安琪看着她立刻变了脸:"卢婉婉!你背的课文并没有通过,你放学的时候找我再背一遍!"

说完,安琪就气呼呼地转身走开了。

这下,换成陆鸣给卢婉婉同情的眼神了。

不过自己突然多了个同桌,卢婉婉还是觉得挺不习惯的。

之前她一人独享整张桌子,旁边的抽屉都被她堆满了书,书包也能放在旁边的椅子上,自己坐得舒服自在,偶尔自习课坐得累了,还能把脚搭在旁边的椅子上,现在多了这么个大块头的白兮,什么都没了。

下课的时候,白兮也一直趴在桌子上睡觉,她想出去,也不好意思喊醒他。

总算是坚持到了课间操,白兮终于起身,直接走向了别处。

卢婉婉这次终于能出去了,跟着全班同学一起往楼梯口走去,可是白兮却朝着另外一个方向走远了。

这是要去哪儿?

卢婉婉看着白兮离开的方向,那边没有楼梯了啊,她皱着眉头看着他的背影。

卢婉婉频频回头,走得慢了一些,结果陆鸣一把按住了她的脑袋,推着她往前走:"看什么呢?赶紧的!"

陆鸣就这么压着她,一直到了楼下操场排队做操。

不管她怎么张望，都没有看到白兮的身影。

课间操结束，重新回到教室，卢婉婉看到白兮已经在位置上了，仍旧在趴着睡觉。

卢婉婉无奈地看着他，轻声喊了句："白兮同学……"

可是白兮没什么反应，就在卢婉婉决定要再喊一声的时候，他忽然抬起身子来，皱着眉头看着她。

卢婉婉看着他这略带不耐烦的样子，立刻堆起礼貌的笑容，指了指里面的位置。

白兮一言不发地站起来，让卢婉婉走了进去。

趁着白兮还醒着，卢婉婉赶紧提出："同学，你说要不要我坐外面？这样就不需要麻烦你总是走来走去。"

"不要。"

卢婉婉没想到他回绝得那么干脆，一时语塞不知道该说什么。白兮却已经趴下了。

当然除了喜欢睡觉这件事，白兮作为一个同桌没有任何的毛病。

因为两个人基本不交流。

好不容易熬到了放学，下课铃声一响，白兮就像是一直在等待着这一秒那样，以迅雷不及掩耳之势提着包就走出了教室。

多亏了他走得快，卢婉婉才能趁着安琪没有想到自己要背书这件事之前，迅速跑出了教室，来到教导处。

教导主任看到她，立刻向她身后扫了一眼，眉头蹙起："白兮呢？"

"嗯？他没有来吗？"卢婉婉惊讶。

教导主任摇头叹气："算了，连课都不想上，还指望他来这里被教训？反正你俩一个班的，就由你去告诉他吧，你俩这次翻墙的惩罚

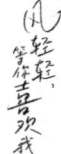

是扫教学楼后面那块地一个礼拜。白兮的情节较为严重,让他再写一份检讨上来。"

"好的。"卢婉婉应了一声,内心郁闷,他连课都不想上,还指望他去罚扫地?

当然卢婉婉没敢说,毕竟这次教导主任很仁慈地没有让她请家长,于是她就赶紧离开了教导处。

回家的路上,卢婉婉坐在公交车里,戴着耳机看着窗外,忽然看到白兮瘦高的身影,缓缓走过街角,他一个人的背影,看着不知道为什么特别落寞。

回到家里,卢婉婉打开门,发现屋子里一个人都没有。

来到饭厅,空荡荡的饭桌上放了一个炸鸡汉堡的袋子,看来这个是自己的晚餐了。

她拿着东西上了二楼自己的房间,空荡荡的房间里只有一张床、一个衣柜和一个书桌,之前自己的房间还有很多超大的玩偶娃娃,后来都被搬走了,昂贵的家具也被老爸老妈卖掉了。

那么华丽的别墅里,只有简单必备的家具,甚至客厅里连个沙发都没有,只有地上铺着一个地毯,上面摆着一张简陋的小茶几。

自从老爸老妈被骗破产后,所有东西基本都变卖了。

不过这个别墅是他们最后的坚持,一定得保住这个地方。

所以现在卢婉婉不得不住在这个空荡荡的大房子里,老爸老妈早出晚归,甚至连个人影都看不见。

一边吃着东西一边写作业,卢婉婉想起了在路边走着的白兮。

她总觉得,他或许跟自己一样寂寞。

第二天去上课，卢婉婉起了个大早，终于在上课铃打响之前进了学校。

走向教室的时候，卢婉婉就觉得很诡异。

为什么那么多人朝他们班的方向走过去，而且还都是女生？

卢婉婉加快了步伐，看到这些人还真的是来自己班上的，不光是高三的，甚至还有高一高二的学妹，都围在他们教室门口。

卢婉婉好不容易挤进去，终于发现她们在看什么了。

——她的同桌，白兮。

白兮此刻正趴在自己的桌子上，很烦躁地玩着一瓶改正液，在手里把玩旋转着，看起来很是郁闷。

卢婉婉看着这一幕，都有些不敢靠近：第一，害怕白兮会不会突然朝自己发脾气；第二，如果被这些姑娘们知道自己是白兮的同桌，自己好像会很惨。

而且，该怎么跟他说写检讨和罚扫的事情呢？

算了，她甚至不敢让他站起来放自己进座位。

就在她进退两难的时候，白兮正好站起来扔垃圾，回座位的时候扭头看见了她，对她不耐烦地说道："快上课了，你怎么还不过来？赶紧过来，我不想起来两遍。"

卢婉婉在众人的注视下，下意识地捏紧了自己的书包带，战战兢兢地走了过去。

这还是他第一次对自己说那么多话啊。卢婉婉想。

她坐下之后，前排的陆鸣立刻回头笑着说道："见识到咱们转学生的厉害了吗？今早他想翘课来着，结果被粉丝发现了，一路上围着，结果就……哈哈哈……哦，我就随便说说，你别生气。"

陆鸣看到白兮的眼神之后，立刻老老实实地闭了嘴。

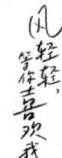

卢婉婉表示理解地点点头，环顾了教室一周，没有看到乔扬。

"你在看乔扬啊？"陆鸣注意到她的视线。

"嗯，我以为他今天会来的……"

"来了呀！"陆鸣边说着，就看到乔扬走进了教室，手里还抱着一沓作业本。

乔扬看起来精神好多了，卢婉婉松了一口气。

她想要给乔扬发信息的，可是她连他的号码都不知道，只是班上老师为了布置作业建了个QQ群，她给乔扬的QQ留了言，但因为是"陌生人"，也不知道他收到了没有。

不过，现在看到他这样神采奕奕满血复活回来的样子，她也稍微安心了。

卢婉婉上课的时候一直忍不住看着乔扬，想要确认他是不是真的痊愈了。

不知不觉，一上午就这么看过去了。

中午，卢婉婉不回家，一般会在学校门口随便买点吃的，然后回到教室里稍微趴着休息一下。不少家住得比较远又不愿意住校的同学就会这样，所以中午教室里总会有五六个同学跟她一起。

卢婉婉买了一些吃的回来，发现自己的同桌竟然还在位置上。

昨天他一放学就消失了，她还以为他中午是有去处的，结果怎么也……

还好现在不是上课时间，她就悄悄坐到了最后一排，默默吃东西。

结果吃着吃着，忽然听到外面传来嘈杂的声音，不知道什么时候又来了三个女生，一直站在教室的后门，叽叽喳喳讨论着，能够听得到"白兮"两个字。

看着白兮始终趴在桌子上，卢婉婉不禁佩服他睡觉的功力。

不光能睡，而且完全不怕吵。

就在她盯着白兮的时候，他忽然抬起了头，睡眼惺忪地看了周围一圈，一扭头看到了她。

每次看到他这样不耐烦的眼神，卢婉婉就莫名有一点害怕，于是缩了缩脖子，把视线紧紧锁在自己的碗里，小心翼翼地吃着碗里的饭菜。

白兮站起来走出去，卢婉婉这才松口气。

那几个女生也立刻跟着离开了，教室里马上清静了不少。

结果没多久，白兮又回来了，怀里抱着一碗泡面，皱着眉头默默撕开了包装袋，看着这泡面很是头疼的样子。

难道连泡面都不会？

不过身后的三个女生也跟着回来了，脸上露出了挫败的失落表情。

总感觉在白兮去买泡面的路上，好像发生了很多事情啊。

正想着，白兮拿着泡面来到了卢婉婉的面前，问道："这儿没有热水？"

这班上还有那么多人呢，怎么就偏偏来找她呢……

"有！怎么会没有呢！"卢婉婉立刻站起来，很"狗腿"地给他指着方向，"就在食堂旁边，那里有饮水机，基本上都是热水！不过呢，你要注意看，因为有的是喝的热水，有的是给住校生准备的洗澡水……"

看着白兮一脸疑惑的表情，卢婉婉试探着问了句："要不要我帮你去泡？"

白兮皱着眉头看了一眼门外的女生，说了句："我跟你一起去吧，反正我也得知道位置在哪儿。"

卢婉婉浑身紧绷起来，眼下白兮的粉丝就在门口，而这个凶神恶

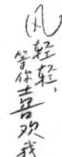

煞的同桌还得跟着自己一路同行,她现在开始后悔为什么要这么积极了,还不如把这件事推给门口的女生,她们肯定十分乐意。

"想什么呢?"白兮催促道,"快走。"

卢婉婉就这样捧着白兮的泡面,朝门外走去。

白兮人高马大,跟在她身后就像个大冰山一样,散发着阵阵寒意,让她的后背一直感觉到莫名的凉意。

他们身后还跟着三个虎视眈眈的女生,一副随时都要冲上来取代卢婉婉的样子。早前见识过乔扬的后援会有多么凶残,此刻卢婉婉真觉得自己走在刀尖上一样,如履薄冰。

终于到了接热水的地方,卢婉婉指着饮水机:"那里就是了,旁边那个大一点的是住校生洗澡用的热水。因为宿舍里面热水供应时间是固定的,这些地方就是方便那些其余时间想用热水的同学……"

白兮看了她一眼说道:"我不住校。"

意思就是她其实不需要解释那么多,所以卢婉婉应了一声,就直接走上去开始接热水。

"喂。"白兮突然喊了她一声,"这点事儿我还是会做的。"

白兮对她伸出了手,所以她就把面递了过去,大概是因为有点慌乱,两个人在交接过程中难免出现了一些接触,她递过去的时候撞到了白兮的手。

这么清纯又正常的触碰,没想到一下子就让那三个女生震怒了。

其中一个女孩子走上来质问白兮:"卢婉婉就是你拒绝小葵的理由吗?"

卢婉婉吓了一跳,她完全不认识这三个人,她们怎么会认识自己的。

不过眼下这不是关键,而是白兮很是烦恼地问:"谁是小葵?"

这个女孩子身后的一个连衣裙少女已经露出了无辜又受伤的表情,眼睛红得如同一只兔子。

"倩倩,算了。"小葵抹着眼泪说道,"他可能真的对我不感兴趣吧。"

"嗯,是。"白兮直接面无表情地回了一句。

卢婉婉看着都着急,女孩子都这样了他还要落井下石补充这一句,也太扎心了。

倩倩一听,从不高兴变成了暴怒,上前来对着白兮就是一掌,推了推他的胸口,怒道:"你还是不是男的啊!女孩子跟你表达心意,你有必要说那么狠的话吗!还有,你居然对卢婉婉这样的女生感兴趣?"

卢婉婉真觉得委屈,自己怎么站在旁边还中枪了呢?

白兮淡淡回答:"跟你无关。"

这位亲怎么还火上浇油呢!

卢婉婉试图当和事佬,上来赔着笑脸解释道:"是这样的……我跟这位同学……"

倩倩立刻生气地对着卢婉婉就想要伸出手,结果白兮上来就把倩倩的手给抓住了。倩倩的战斗力在此刻飙升,长臂一挥,把白兮手里的面给打翻了,里面接的热水"哗啦啦"就倒了出来。

面也洒了一地。

倩倩当即大呼小叫地后退几步,不停地甩着手。

卢婉婉心里"咯噔"一声,完了,肯定是烫着她了,刚想要上前去查看,哪知道倩倩一边后退一边怒吼着:"你居然用水泼我?"

倩倩这句话是对着他们两个人一起说的,卢婉婉也分不清楚到底是谁泼的,满脑子就想着道歉:"对不起啊,当时真的没有注意……"

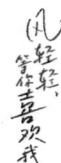

"我们走着瞧!"倩倩撂下这句狠话,转身就带着另外两个女生走了。

卢婉婉看着这一地的面,有些哀伤。

最近肯定是水逆,不然怎么会这么倒霉。

正想着怎么办的时候,站在一旁的白兮突然拉着她的手腕就带她走到另外一边的冷水池旁,打开水龙头,握着她的胳膊,用冷水冲着。

"你不疼吗?"白兮不解地看着卢婉婉。

卢婉婉有些惊讶,他竟然发现了。

其实那碗面打翻的时候,正好全部都泼向了卢婉婉这边,因为她一挣扎,才会又泼向了对立方向的倩倩。

刚才她就感觉到了手腕上火辣辣的疼痛,当即缩了缩手,可是倩倩反应太大,一尖叫起来就把所有人的注意力给吸引过去了,她担心是不是倩倩比自己更加严重,一着急起来,也忘了自己的手还疼着。

卢婉婉顿时委屈得不行,带着鼻音回答:"疼。"

"我还以为你没知觉呢。"白兮说这话的时候,声音里带了一丝浅浅的揶揄,这么简单的一个改变,竟然让他整个人看起来都柔和了不少。

"可能当时顾不上自己疼吧。"卢婉婉长叹一口气,"我就是担心那个女生,她好像比我严重。"

冲了一会儿,白兮关了水龙头,松开了她的手。

"她没有怎么样。"白兮的口气还挺肯定的,"其实是我的错。"

卢婉婉困惑地看着白兮,他这是在承认错误、道歉吗?只是他依旧看上去心情不好的样子,皱着眉头,满满的无奈和烦躁。

不过,卢婉婉没注意自己盯得太久了,白兮也把视线转移到了她的脸上,不解地看着她。

她立刻就像是做坏事被发现的人一样，心虚地快速看向地上，一双眼睛不安地在地上乱转，发现地上的面并没有泡开，面团还是原本的形状。

"你的午饭没了。"

白兮蹲下，轻而易举就将面拿了起来放回了碗里，然后扔到了旁边的垃圾桶里，指了指食堂："我再去买一个就好，走吧。"

卢婉婉虽然不知道为什么自己要跟着白兮走，但是他一说话，她就不知道怎么拒绝，只能老实跟在他身后。来到食堂，看着白兮重新买了一碗泡面，又转悠到冰柜的地方，弯着腰在里面扒拉了半天，拿出来两根冰激凌，这才去结账。

付完钱之后，白兮把其中一根冰激凌递给她："喏，当作赔礼。"

"你别那么客气……"看着白兮的眼神，卢婉婉接了下来，"谢谢。"

卢婉婉撕开冰激凌，跟着白兮又重新去接了热水，两个人这才回了教室。

回到教室里，白兮站在座位旁边，似乎在等卢婉婉先坐进去。

卢婉婉走到了旁边那组其中一桌，正好在电风扇下面，比较凉快，对他说道："不用了，我想睡一会儿。"

说完，她就用四张椅子拼在一起，然后躺了上去。

大家平时中午想睡觉的时候偶尔会用这个方法，不过今天留在教室的人少，另外两个人直接趴在桌子上就睡了。卢婉婉之前试过这样，但是睡着睡着就会觉得胸闷，不好呼吸，所以基本都是躺着睡。

早上起得太早，卢婉婉没一会儿就睡着了，只是因为手还有些疼，一直睡得不踏实。

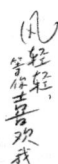

结果才刚刚下午两点,她就醒了。

这一会儿校门刚刚打开,不会有人来得那么早,下午上课大家基本都喜欢踩点,一般两点二十分才到。卢婉婉赶紧把桌椅恢复成原样,才发现白兮已经不在位置上了。

她伸了个懒腰,走向厕所洗把脸。

看着自己有些泛红的手臂,依然隐隐作痛着。

卢婉婉重新回到教室的时候,白兮又回来了,而且看起来像是刚才跑出去了很远的样子,满头大汗还在喘着粗气。看到她走过来,他就把椅子往前移了一些,让她能够从他的椅子后面过去。

她坐下后,本来想跟白兮说些什么,还没有想好该说什么的时候,陆鸣已经来了。

"婉婉,你同桌的人气真高啊,我刚才在校门口,看见不少校外的女生呢,都想来偶遇一下你的同桌。"陆鸣走过来拍拍白兮的肩膀,"不错啊,少年。"

白兮却皱着眉头说了句:"跟你没关系。"

陆鸣一下子被堵得不知道怎么接话,只能回到自己的位置上,像是在暗暗生气。

不过卢婉婉也顿时丧失了和白兮说话的勇气,就只能这么老实待着了。

下午上课的时候,卢婉婉总觉得白兮有些诡异,他竟然没有睡觉,而是坐直了身子拿着书,一副在听课,又像是在神游的样子。

物理课的时候,老师点白兮起来回答问题,白兮站起来理直气壮地回答了一句:"没注意听。"

这硬核的回答让卢婉婉替他捏了把汗,老师鉴于他是新同学,就

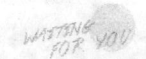

让他坐下了。

最后一节课铃声响起,卢婉婉就老老实实地拿着扫把准备出去扫地。

白兮已经第一时间消失得不见人影了。

忽然,同班的袁婷走过来,双手握住了卢婉婉的手,说道:"婉婉,今天我值日,但是我等会儿有事情要出去买点东西,我还得上晚修,你不用上,能不能帮我扫个地?"

其实卢婉婉的手还是有点疼,她有些为难:"其实啊,我……"

"拜托了,下次我也帮你值日一次就好了!"

话是这样说,但是上次也还没有帮忙扫回来呢。

无奈卢婉婉耳根子太软,只能点点头:"好吧,那你去吧。"

"太谢谢啦!"袁婷立刻转身对另外几个女生挥了挥手,欢呼雀跃着离开了。

卢婉婉悲伤地在教室里扫着地,要上晚修的同学都抓紧时间吃饭去了,所以教室里也没什么人。

差不多快扫完的时候,乔扬忽然拿着篮球进来了,刚好两个人对视一眼,都稍微停顿了一下。

卢婉婉心里想着要赶紧开口的,结果话到嘴边又被重新吞了回去。

自己想问的那么多,却怎么都鼓不起勇气。想到这里,她不禁沮丧地低着头默默走开。

"卢婉婉。"身后传来乔扬的声音。

卢婉婉惊讶得立刻回过头去看他,生怕是自己听错了,瞪着一双眼睛,指着自己:"你喊我?"

"这里还有别人吗?"乔扬忍不住笑了,"还有谁叫卢婉婉?"

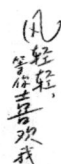

"哦。"卢婉婉尴尬地摸摸自己的后脑勺,还以为是幻听呢,于是紧张又局促不安地问,"你……找我……呃……"

"你没有话想要跟我说吗?"

"有!"卢婉婉立刻点点头,"你……身体没事了吧?对不起啊,都是我……"

乔扬打断她:"我没事了,这不是你的错。"

"啊?"卢婉婉愣了好一会儿,没想到乔扬竟然会对自己说这些话,"可是确实是我拿给你的饮料……"

"我杧果过敏这件事也没人知道,不知者无罪,别人的话你不要太在意了。"乔扬笑起来,露出整洁的牙齿,沐浴在暖色的夕阳里,显得他温暖又美好。

卢婉婉的脸开始发红,低着头笑了笑:"嗯,谢谢你啊。"

"说什么呢,大家都是一个班的同学。"乔扬挑眉,抬头看了一眼黑板,发现今天的值日生名单上并没有卢婉婉,不禁问道,"今天怎么是你在值日啊?"

"哦……因为袁婷有点事,我跟她稍微换了一下。"卢婉婉解释道。

不过乔扬没有多问,点点头,然后去到自己的座位上了,他喝了一点水,就来了几个男生把他给喊走了。

看来是等会儿约了打球。

卢婉婉把教室扫完之后,来到被罚扫的教学楼后面的空地时,远远看到了球场上的乔扬。

他没事了真好,卢婉婉看着乔扬打球的身姿,虽然隔了那么远,只是一个模糊的身影,但是她好像总能够在那么多人里,认出他。

卢婉婉看了看空地还算是干净,就迅速把落叶扫了之后,将垃圾一倒,准备回家。

除了手疼让她耽误了不少扫地的时间之外，好像也没什么。

她重新坐上回家的车时，又在一个转角，看到了那个熟悉的瘦高身影。

白兮竟然又在同样的地方走着。

卢婉婉看他一放学就消失，还以为他应该早就已经回去了，没想到今天她打扫了那么久，还能够在这里看到他。

公交车拐弯的时候，刚好经过正在过马路的白兮面前，卢婉婉就坐在窗边紧紧盯着他看，没想到他抬起了头，两个人目光交错。

"白兮……"卢婉婉想喊他，但是又没有发出声音，只是做了一个口型。

不知道为什么，她就是鬼使神差想喊他的名字。

至少告诉他……他不是只有一个人，她看见他了。

但是白兮看着她的目光却变得冷冰冰的，不是陌生人的淡然，而是一种……在闹情绪的不满。

自己又什么时候惹到他了吗？

不过车子很快就离开了，白兮的身影也被落在后面。

卢婉婉一边回想着，一边回到了家里，家里面还是老样子，空荡荡的，老爸老妈又出去了。

她也不想看家里有什么吃的了，直接回到了卧室，打开书包想拿出作业，结果发现包里竟然有一个白色的塑料袋。

她拿出来打开一看，居然是烫伤药。

知道她烫伤的只有白兮。

卢婉婉看着这个药，惊讶得老半天没有动，总觉得这件事十分诡异。

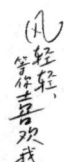

所以，这个药是白兮买的？

卢婉婉想要否认这个想法，但是又想不到还有谁会给自己买药，然后神不知鬼不觉地放在自己的书包里。

总不能是那个叫作倩倩的姑娘吧？

她试图发了一条信息给陆鸣："今天你有给我买什么吗？"

陆鸣回复得非常快："你是不是收到什么了？卢婉婉，居然有人给你送东西！快点交代，你什么时候有的爱慕者，收到什么了？吃的吗？"

她没有回复，但是陆鸣还是接二连三发了好几条信息过来，逼问她到底收到了什么。

那么答案显而易见，只可能是自己的同桌。

第二章 软柿子保护行动

卢婉婉因为晚上胡思乱想失了眠,去学校的时候毫无疑问又迟到了。

教导主任站在校门口点人,看到卢婉婉的时候,不禁摇摇头,长叹一口气:"卢婉婉,你如果再这样迟到下去,就还是住校吧,我有点受不了你了,这才开学多久啊。"

"主任再给我一次机会吧。"卢婉婉赶紧诚恳地道歉,"我真的不是故意的,我明天一定起早一点!"

教导主任还想说些什么,忽然又露出一个冷笑:"哎哟,真是巧了。"

卢婉婉扭头一看,白分缓缓走了过来。

"算了,你们俩站在这儿我头都痛,进去吧。"教导主任挥挥手,

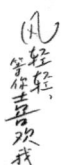

让他们俩进去。"

卢婉婉又惊又喜,赶紧向教导主任道谢,而白兮只是向教导主任微微弯腰颔首,就先一步朝里面走了。

卢婉婉跟在白兮的身后进去,走到他身边,看了他一眼,他表情依然是昨天下午在公交车上看到的那样,板着脸。

"你……你今天怎么来这么晚啊?"卢婉婉鼓起勇气主动开口搭话。

白兮扭头看了她一眼,应了声:"嗯。"

真是奇怪,又不像是不想搭理自己,但是又确实像在生自己的气。

卢婉婉也不敢继续说什么,就只是跟在他的身后。没想到上了楼梯,准备走向教室的时候,他们竟然跟准备下楼梯的白兮粉丝们迎面碰上。

不是上次的小葵、倩倩了,而是同年级的女生。

看到白兮,她们都非常直截了当地上前,一并走到他面前。

为首的女孩子笑嘻嘻地说了句:"同学,要不要加个微信啊?我们都高三,马上就毕业了,交个朋友吧。"

白兮板着脸没有说话。

"哎呀,拜托嘛。"为首的女生噘着嘴巴,露出无奈又委屈的表情,"你就跟我们加一个微信吧,我们也不会多打扰你的,毕竟马上就要毕业了,难得看到有这么高品质的帅哥出现,交个朋友就当作是给我们高考加油了!"

卢婉婉本来想着这么热闹的场面,自己还是回避一下比较好,可是几个女生把路都堵死了,一看就是不拿到白兮的微信就不走人的架势。

结果等了几秒钟,白兮悠悠开口:"高三了就好好复习。"

一句话让在场的女生都非常尴尬，可是当事人已经轻轻拨开面前的两个女生，从她们身边走了过去。

卢婉婉也趁机跟在他的身后，一起上了楼。

回到教室，卢婉婉先小跑了两步，在白兮之前，回到自己的座位上坐好。

白兮走到她身边坐下，转头看了她一眼，没有说话。

"你真厉害啊。"卢婉婉当时听到他的回答时就想给他鼓掌，但是害怕被那些女生痛揍一顿没敢说。现在回到教室了，她立刻忍不住对他竖起了大拇指，可是想想又有点担心，"你就不怕以后她们找你麻烦吗，其中一个女生是学生会的，以后给你穿小鞋怎么办？"

"无聊。"白兮白了她一眼。

前面的陆鸣立刻回过头来，兴奋地问道："欸？怎么了怎么了？什么情况？刚才门口有一群女生，是来堵白兮的，遇上了吗？"

"就是因为那群女生啊，来要白兮的微信……"卢婉婉正想把刚才的事情绘声绘色说一遍，结果白兮扭过头来，一双墨色的眼睛瞪着她，她立刻认怂，"没、没什么。"

陆鸣被吊胃口，闹腾了好一会儿，才在白兮的视线警告之下放弃。忽然，陆鸣又想起来另外一件事，拉着卢婉婉问道："还有，你昨天问我的那件事，还没告诉我呢，你到底收到什么了？老实交代，是吃的还是用的？玩具？还是玫瑰花？你说你怎么能想着来问我呢……"

卢婉婉心里一凉，不停地给陆鸣使眼色，但他像是完全没有理解那般，反而继续说道："你在这儿给我挤眉弄眼什么呢！别想忽悠我，现在早读，老师还没来呢！"

完了，他说得那么大声，如果真的是白兮给自己买的药，白兮肯

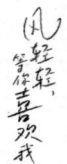

定知道陆鸣在问什么了。

卢婉婉正想着怎么封住陆鸣的嘴时,讲台上的语文课代表点了陆鸣的名字,让他站起来背诵一下课文。

陆鸣立刻就安静了,老老实实转过身去背书了。

只剩下卢婉婉小心翼翼地用眼睛瞟着身边的白兮。

要问吗?

她犹豫了一会儿,想要开口的时候,白兮却先说话了。

"药擦了吗?伤口怎么样了?"

果然是白兮买的!

即使已经猜到了,但是听到他亲口承认,卢婉婉还是感到不可思议:"擦了,已经好很多了,就是有点红,其实不算严重。可是……你怎么会给我买药啊?什么时候买的?"

"擦了就行。"白兮回了这么一句,就拿出书本来,趴下去睡觉了。

上课的时候,卢婉婉哀伤地看着窗外刮着风,而身边的白兮依旧睡得舒服。

风轻轻吹过白兮的发梢,他露出一部分侧脸,浓密纤长的睫毛、挺拔的鼻梁、薄薄的嘴唇,勾勒出了一个精致又独特的线条。

确实长得很帅。

甚至比乔扬要更好看一些。

只是卢婉婉很难过,怎么可以有人这么肆无忌惮地上课睡觉,每次她上课偷偷吃面包都要提心吊胆的,多次因为没有这个胆子最终放弃。

好不容易熬到下课,卢婉婉打算好好享用自己路上买的面包,一个叫作林夏的女孩子走到她面前来,视线虽然一直在白兮的身上,但

喊的是她的名字。

"婉婉，你是不是要去食堂啊，能不能帮忙顺便带一个面包和一袋牛奶啊？"

卢婉婉举起手里的面包："我已经有早餐了……"

"那你就顺便去买一下呗。"林夏的视线始终看着白兮，自己到底回答了多么无厘头的话也没有在意。

卢婉婉很郁闷，都不去食堂怎么"顺便"。

"拜托啦。"见卢婉婉不回答，林夏又说了句，"谢谢你哦。"

第一节课下课的食堂是最可怕的，因为所有在上课前没有来得及买早餐的人都会蜂拥而至，大多数人都会想要避开，可是第二节课下课就是课间操，肚子肯定已经饿得不行了。

之前卢婉婉因为总是迟到，所以几乎都是第一节课下课跑食堂，偶尔帮同学顺手带了一些东西。

但是后来她也觉得跟大家一起挤着太累了，这几天放学回家的路上都会先把早餐给买了。

没想到之前让她带过几次早餐的林夏已经养成了习惯。

卢婉婉就安慰自己说，反正也可以去打热水，去就去吧。

"那你要吃什么样的？"卢婉婉问。

"就和之前的一样就好，但是牛奶我想要热的，等会儿你买回来了给你钱！"林夏说完，望着白兮的脸依依不舍地离开了。

卢婉婉叹口气，拿起自己的保温杯准备去食堂，结果她一站起来，又来了几个同学让她帮忙带东西。

所以，当卢婉婉从食堂的"早餐大军"中厮杀出一条血路的时候，她手里的面包都有几个被挤扁了，还得额外抱着两瓶饮料和三袋牛奶，手里的保温杯早已经摇摇欲坠。就在从食堂出来的路上，上课铃

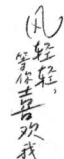

打响了,她只能拔腿就向前跑,哪知道手没有抓稳,保温杯就这么直接脱手掉了下去。

她正以为自己的保温杯就要这样报废的时候,忽然看到一个身影过来抓住了杯子,一抬头,竟然是乔扬。

"好险好险。"乔扬看了一眼她手里的东西,"我帮你拿吧。"

"不用了,你帮我拿杯子就好。"

乔扬也没再坚持,两个人一起朝着教室走过去。

结果快进教室的时候,他们看到新晋校园人气偶像白兮同学,跟一个女生在走廊的另外一头,那边远离教室和老师办公室,所以很偏僻。他们听不见那两个人在说什么,但可以看见白兮垮着脸,抑制着怒火,像是随时要爆发出来一样,对女生说了什么,然后把手里的东西给扔到了地上。

"快走吧,别看了。"乔扬催促道。

卢婉婉想看热闹,尤其是白兮被惹毛这么精彩的画面,但是她又不想失去跟乔扬一起回教室的机会,只能点头,和乔扬一起走进了教室。

临进教室前,卢婉婉又看过去一眼,发现白兮转过脸来,不高兴地看着她和乔扬。

真是太诡异了。

白兮为什么要这么凶巴巴地看着自己呢?卢婉婉想着。

乔扬淡淡说道:"这位新同学人气真高啊。"

这么尴尬的一幕被看到,卢婉婉害怕自己的同桌会不会又莫名其妙生气,于是抓紧时间走开。

白兮似乎也不打算理会自己身边的女生,朝着教室这边走来了。

卢婉婉回到教室,把买的东西分发给大家。没想到林夏却噘嘴,

· 034 ·

露出不满的表情:"唉,这面包都扁了。"

"抱歉抱歉。"卢婉婉笑着说道,"不然这个面包就我请你吧。"

"那就谢谢啦!"

卢婉婉回到座位上,但是白兮堵在那里,丝毫没有打算要移板凳的样子。

"同桌,上课了,让我进去吧。"她小声哀求着。

白兮看了她一眼,没有搭理。

还好这时老师走进来喊了一声"上课",全体自动站起来,白兮也不例外跟着站起来,卢婉婉趁机进到了自己的座位上,跟着大家一起喊:"老师好。"

顺利坐下之后,卢婉婉有些郁闷:"这位大哥,我惹到你了吗?"

"没有。"白兮拿出书本,把自己桌子的前方用书叠成一座小小的山,看来是做好睡觉的准备了。

"那为什么在发脾气?"

"因为你没脾气,谁都可以欺负你。"白兮不冷不淡说了句,"好捏的软柿子。"

是,她也知道所有人都觉得她很好说话。

但是大家心照不宣,她也可以安慰自己说至少这样,自己是被需要的。仅剩的那一点自尊心作祟,她宁愿自欺欺人,也都无所谓。

现在被白兮这样直接说破,她委屈又难过,心底的那些虚荣心被他狠狠刺激,一下子无名火也上来了。

"所以你也可以随便欺负我?"卢婉婉还是第一次用这样的语气对他说话。

本来她也打算破罐子破摔,跟他吵一架好了。

哪知道白兮不徐不疾说了句:"我是想告诉你,不要这样被欺负。"

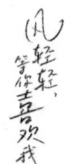

这……跟自己想的不一样啊……

卢婉婉的脾气来得快，去得也快，傻愣愣地看着他，摸不清楚他话中的意思。

白兮又没好气地补充了句："不过总有人英雄救美，你至少还算是个幸运的柿子。"

说完这些莫名其妙的话，白兮一言不发地盯着书看，思绪不知道飘到哪里去了。

可是卢婉婉想着自己毕竟已经跟白兮呛声了，也算是一个进步，在他跟自己好好道歉之前，不打算理他了。

当时的她并不知道 flag 不能随便立！

刚下了这样的决心，课间的时候，安琪忽然在教室里宣布说之前英语课文没有背过的同学，放学后去她那里背完了再走，背不出来的必须在放学后抄课文，如果有的同学现在就能背完，可以现在就去找她。

卢婉婉心里暗道不妙，总感觉安琪是冲着自己来的。

果然刚说完，安琪就朝她这边看了一眼。

完了！这是要第一个拿自己开刀了啊！卢婉婉心中惊呼。

上次背课文被她逃过一劫，看来这次安琪早就准备好磨刀霍霍向她来了！

卢婉婉立刻小声对白兮说："先、先让我出去一下。"

白兮一动不动，像是完全没有听到一样。

"老大，你先让我出去。"卢婉婉忍不住哀求，"她要过来了！"

白兮捧着物理书目不转睛，没有反应。

他肯定是故意的！卢婉婉愤怒地看着他，平时上课都不听课的人，

这个时候假装看书!

于是,卢婉婉就成功地被安琪抓住了。

"卢婉婉,出来背个书吧。"安琪对她露出一个甜美又阴森的微笑。

这时,白兮默默将椅子往前移了移,给卢婉婉让出了路。

这个大浑蛋!

卢婉婉成功地加入放学留堂抄课文的队伍,当然也更坚定了她不打算再跟白兮说话的决心。

白兮也不约而同配合着卢婉婉的冷战,两个人都没有主动跟彼此说话,就像是当彼此不存在一样。就是每次有女生来给白兮送信或者零食,麻烦卢婉婉转交的时候,她因为不会拒绝人,只能答应,把东西放到白兮的抽屉里,然后用便笺纸写上是谁送的,也不愿意跟他主动说话。为了不让自己落到需要求助他的地步,卢婉婉不得不每次都在白兮坐到座位之前先坐进去。

近来也多亏了白兮的毒舌和冷酷,来班上看他的粉丝少了许多。有时候走在路上,还会听到有人小声议论着白兮,说他风评很差,因为在之前的学校惹了事才会转学过来的。

卢婉婉愤愤地想,看他这样,风评不差才怪!

反正再坚持一个礼拜,就可以从第四组换到第一组去了,到时候自己的位置是靠走道的,看白兮每次进去怎么办!

这个氛围连陆鸣都察觉到了,他看看卢婉婉又看看白兮,鄙夷地摇摇头:"你们吵个架,我怎么觉得如芒在背,浑身不舒服。"

卢婉婉和白兮很有默契地假装没有听到,陆鸣也就怏怏地转身回去。

结果就这么冷战了三天,星期五下午,所有人都要进行大扫除,

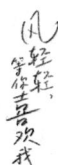

终于不需要留下来抄课文了,卢婉婉按照原本的安排去扫教学楼后方的空地,她刚拿着扫把走出教室没多远,就被教导主任给喊住了。

"卢婉婉,白兮有没有认真执行罚扫任务啊?检讨也没有交上来!"教导主任看着她有些不高兴,"刚才我跟他说的时候,他像是完全不知道啊……"

"有的有的!"卢婉婉立刻替白兮打掩护,"检讨应该已经快写好了!我让他下礼拜一定交给你!"

"行吧。"教导主任点点头。

教导主任说完就离开了,卢婉婉松了口气。

扫地好解决,可是检讨该怎么办?不管了,她才不管他的死活!这次一定要告诉他,让他自己搞定!

卢婉婉拿着扫把来到空地,却发现有四五个女生和两个男生守在这儿。

这都是来打扫卫生的?可是完全没看到打扫工具啊。

走近一看,卢婉婉认出来了,这几个人其中就有上次被水烫了的倩倩和小葵,还有一个是在走廊尽头给白兮送礼物的姑娘,不远处还站着在楼梯间搭讪过白兮的同级女生。

这、这是伤心阵线联盟?

全都是被白兮伤过的可怜人啊。

倩倩一看卢婉婉来了,立刻说道:"她跟白兮是同桌!"

是啊,自己真是倒了大霉,才当他的同桌。卢婉婉心想。

"欸,白兮呢?"其中一个男生问卢婉婉。

卢婉婉摇摇头:"我不知道啊。"

下了课白兮就一溜烟跑了,班干部布置大扫除任务之后,大家也就都散了。

"那你去把他喊过来。"那个男生又说道。

"啊?"卢婉婉看着这个男生,染着一头黄发,举手投足都散发着一股吊儿郎当的混混气息,不由得问,"你找他有事吗?"

"关你什么事啊!去喊过来就可以了!还有,别让他知道我们在这里等他!就说你找他有事!"男生又说道。

此时送礼物给白兮的女生拉了拉男生的胳膊说:"阿智,算了啦,我其实没有怎么样!"

"那怎么行!动了我的朋友,我这次不可能不好好教训他!"这个叫阿智的男生怒道,"你,快给我把白兮喊过来!看我今天怎么收拾他!"

卢婉婉一听就蒙了,她站着没动:"我不去。你弄错了,是你朋友自己刻意接近白兮,白兮拒绝了。"

阿智愣了愣,看看身边的女生:"常薇,这是真的?"

"怎么可能呢!"常薇当即满脸通红,大声否认,"你别信她的!她是白兮的同桌,平时跟白兮走得很近,肯定站在人家那边,所以才帮着他说话污蔑我!我都听说了,白兮在以前的学校就惹了事,后来闹得太大了,学校勒令退学,白兮隐瞒了我们学校的领导才来到这里的!"

远处的女生立刻点头,跟着说道:"就是啊,别看他一副高冷的样子,说不准私底下是个什么人呢!"

身后那个倩倩也跟着帮腔:"是啊,上次小葵被白兮给耍了,我去给她出头,卢婉婉也是帮着白兮的!大家都愿意帮他,听说在以前的学校,白兮也仗势欺人。我那天就是被白兮用热水泼的。"

"卢婉婉?"阿智重复了一遍这个名字,"啊,就是你啊。"

所有人在知道她是卢婉婉之后,都会露出跟他一样的神情。

其实也没有什么，在这个学校里知道卢婉婉的人不少，毕竟卢家曾经是本市富豪榜前三的常客，在卢婉婉初三之前，她在每个学校里都小有名气。

她的爸爸卢迪，作为一个挥金如土的富二代，虽然自己本事不大，但人不是坏人，甚至有些老好人。对于女儿，他更是在自己有钱的时候给予了她足够的溺爱。女儿读幼儿园，他就把幼儿园给买了；女儿读小学，他就去给小学投资；女儿读初中，他就去捐图书馆、捐实验室……直到现在，本市都还有以"卢婉婉"命名的教学楼。但卢迪没有秉持他爸白手起家的打拼精神，只会投机取巧，想着不劳而获，终于在女儿初三的那年彻底破产。

家里变卖了所有的房产地契，只保住了那栋房子。

但是，卢婉婉没有想到的是，有时候一夜失去了所有的财富或许也是好事，因为她在那个瞬间认清了这个世界上的人情冷暖。

还是有钱人的时候，她不是特别有天赋，但是大人们不会对她过多苛责。

她的身边总是有数不尽的朋友，依着她的所有想法满足她的所有要求，夸奖她，缠着她，大家都想要靠近她。

现在这些都没有了，她从一个众星捧月的小公主变成了一个人人笑话的 loser（失败者）。

尽管这样，她也受到了良好的教育，知道做人的原则，在父母的保护下，她对于所有事都会习惯看到积极向上的那一面。

而且卢婉婉自我修复能力很强，不过是从特别有钱变成了一个普通人而已，她坚信只要继续努力，比别人付出得更多，总可以获得自己想要的，所以从不气馁和轻易妥协。

她虽然讨厌白兮莫名其妙地冲自己发火，而且自己也立誓不要轻

易原谅他,但是现在看到他这样平白无故被误会,她没有办法假装不知道。

她听着倩倩的话,恍然大悟地点点头,毫不退让地直视着他们:"哦,所以你们是因为被白兮拒绝了,现在联合起来讨伐他?他只是不喜欢你们而已。常薇,你说白兮是在以前的学校惹了事所以被退学,听谁说的?你有证据吗?还有你,倩倩,你说白兮动手打女生,那天是你先对白兮推推搡搡,自己打翻了泡面手才被烫到的,这个你的好朋友小葵也在场,难道不是吗?你们这样以讹传讹,你们知不知道风言风语是会害死人的!"

倩倩被卢婉婉说得恼羞成怒,立刻就冲上来,对着卢婉婉扬起了手臂。

卢婉婉自己说得畅快,但没想到对方居然真的会动手,立刻吓得闭起了眼睛。

结果那个巴掌没落下来,倒是听到了身后传来熟悉的声音。

"我以前没打过女生,但是现在不一定了。"

卢婉婉回过头,看到白兮冷着脸望着众人。

"你怎么来了?"卢婉婉诧异。

白兮白了她一眼:"你一直都是自己一个人在这里打扫?"

"喂,现在是你们聊天的时候吗……"阿智说着就要挥拳头。

白兮眼疾手快地将卢婉婉拽到身后,抬脚就踢了过去。

阿智应声倒地,另外几个男生也不甘示弱要冲上来。

卢婉婉不知道哪儿来的勇气,大喊了一声:"主任!你快过来,这边有人打架闹事——"

对方一伙人立刻慌张地四处看。

卢婉婉像模像样地恐吓道:"教导主任说要来检查我们罚扫的成

果,正在来的路上,你们要打可以,但是我会把你们打架的起因都说出来……"

那些人一听都有些怯了,估计也不想闹事,把阿智扶起来,撂下一句"你们给我等着"就愤愤不平地离开了。

她这才长呼一口气。

却听到身边的白兮说道:"你那么有本事,之前怎么会被人当作软柿子随便欺负?"

卢婉婉觉得浑身冒冷汗,而且腿发软,差点没站住,朝旁边倒过去,幸好被白兮给扶住了。

"我胆子不大啊,装的。"卢婉婉大口呼吸,"如果真的打起来了,我们只有两个人!我们肯定输,我很怕疼的。"

"你怎么知道一定会输?"白兮斜眼瞥她。

"你会被我拖累的。"卢婉婉很哀伤,"我从来都没赢过。"

"所以别人都叫你 loser 啊。如果不是教导主任找我,我都不知道你一个人在罚扫,今天你就死定了。"白兮恨铁不成钢,用手拍了拍她的脑袋,"卢婉婉,你就那么喜欢吃黄连?"

卢婉婉惊讶地看着他:"你第一次说那么多话啊。"

白兮愣了愣,没有搭理她,而是拿起了扫帚,自顾自地打扫起来。

"你自己去拿一把,这是我的!你用了我怎么办?"

白兮头也不抬,专心扫地:"你在旁边看着垃圾桶,哪儿都不准去,等我打扫完了一起回去。"

"垃圾桶有什么好看着的。"卢婉婉不解,明明两个人一起干活儿更快一些。

白兮扭头看她,夕阳仿佛在这一刻洒进了他的双眼中,让他柔和了不少:"那你就看着我。"

卢婉婉脸一红，不敢看了。

两个人打扫完之后，已经傍晚。

公交车站零零散散站着三五个人，白兮一屁股坐在了等车位上，双手交叉在胸前，眼睛眯着，一副昏昏欲睡的样子。

他白天上课也这样，让人不敢打扰。

卢婉婉站在一旁看着白兮，直到白兮睁眼瞥她，发现她傻愣愣站在旁边，于是拍了拍身边的座位："坐啊。"

"哦。"她这才点头坐过去。

明明是同桌，可现在这么并排坐着，好像又多了点什么。

白兮忽然开口："为什么不跟我说要罚扫的事情？"

卢婉婉很直白："你看起来很吓人啊。"

白兮盯着她的脸老半天，像是生气又像是无奈，硬是没说出一句话。

看他没有反应，卢婉婉就壮着胆子问："那你为什么总是上课睡觉啊？总是睡不醒的样子。"

"我在倒时差。"

"哈？"

白兮眯着眼睛，说得一本正经："我要去国外读书，得先适应那边的时差。"

"啥时候去啊？"卢婉婉有些诧异，他分明刚转学过来，"出国手续呢？学校呢？"

"还没办。"提到这个事情，白兮皱起了眉头，"先准备着再说。"

"……"这次是卢婉婉沉默了。

白兮看得出她在压抑自己想说的话，不高兴地催促道："要说你

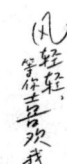

就说。"

"你怕不是个智障。"卢婉婉忍不住了。

这跟还没去学游泳先在家里用盆练习憋气有什么区别！

白兮瞪着她，想要发脾气。

可是卢婉婉忽然大笑起来，捂着自己的肚子笑得眼泪直流："我还以为你是个沉默不语，但是会一鸣惊人、闷声干大事的人呢！"

白兮看着她的笑脸，脸蛋很圆，眼睛眯成了一条线，因为大扫除过后，还显得有些疲惫，但是伴着路灯下的笑容，显得格外有感染力。

让人想要……跟她一起笑。

白兮的脾气忽然就没了。

"你怎么知道我不是？"白兮反问。

卢婉婉收敛了笑容："那这过几天就是月考了，你惊人来看看？"

白兮摸着下巴，点点头。

卢瑟联盟
第三章

月考成绩发下来当天，白兮确实一鸣惊人了。

全年级有 635 个学生，白兮考了第 634 名，最后一名是因为腿摔断缺考没有成绩。

事实证明，不好好学习是不会有好成绩的。

电视剧里那些白天不上课，但是一考试就拿第一的神话，到底还是少。

成绩单发下来的当天，卢婉婉忍笑忍得快不行了。白兮看了一眼成绩单就把它压在了书下面，对她怒吼了一声："别笑了。"

卢婉婉忍不住拍拍他的肩膀："没事啦，这说明你进步空间大。"

白兮不耐烦地瞪着她，刚要发火，前面的陆鸣也转过头来，一把抽走了他的成绩单。

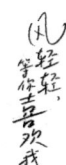

"啊呀呀，这位一来就荣登'最受女生关注的男生'榜首的白同学，你终于走下神坛了。"陆鸣摸着自己的下巴，仿佛是古代留长胡子的军师，"依老朽之见，您可能需要上个补习班，怎么样，跟我一起吗？我一个人太无聊了。"

"不去。"白兮言简意赅地回答，抢回了自己的成绩单，打算重新趴下睡觉。

大概是上次卢婉婉直接说过白兮很凶，白兮的态度明显改变了不少，虽然依旧沉默寡言，但是每次她进座位，他都会提前站起来等着。

尤其是每隔两周的换组之后，他们的位置到了中间，不需要让来让去，每次她快要靠近的时候，他还是条件反射会站起来一下。

卢婉婉提醒他的时候，他还会傲娇不承认："我就是站起来伸伸懒腰。"

她也不拆穿，直到他自己又习惯了不再站起来。

但是至少，她现在一点都不怕他了。

下午快放学时，安琪过来叫白兮去英语老师的办公室。

卢婉婉以为是白兮没有按照英语老师的要求把卷子错题给重写三遍，立刻从他抽屉里拿出卷子来看，发现他不光没有重写错题，甚至没有根据老师讲的把错题改掉。

卷子没怎么写，但是试卷上的涂鸦倒是一大堆。

别说，如果只是看涂鸦的话，他水平还挺好的。

她急得拿出本子帮他重写起来。

结果过了一会儿，白兮和安琪一起回来了。

两个人都面色不佳，尤其是安琪。

已经放学了，教室里人不是很多。

白兮回到座位,看见自己的卷子被卢婉婉压着,不禁皱眉:"你干什么呢?"

"你不是没有写英语作业吗,我想着先帮你写一部分……不然太多了。"卢婉婉看了看,几乎是要全部重新抄一遍。

白兮一把抽回自己的卷子:"不用,不是这个事。"

"那是?"卢婉婉愣了愣。

"没什么。"白兮似乎也不愿意多说,"回家吗?"

卢婉婉点点头,开始收拾书包。

虽然白兮不坐公交车,但是这些天都会送她去公交车站,说是担心之前闹事的人又重新找回来。

卢婉婉正要感动,白兮却悠闲地说道:"哦,我担心的是我的人生安危……毕竟我需要一个嗓子大的人帮我求救。"

她就肩负着这样的重任,时时刻刻盯着校门口,有什么风吹草动,就打算拉着白兮逃命。

不过第二天,卢婉婉就知道老师为什么找白兮了。

而且理由让所有人都目瞪口呆——学校决定让白兮和乔扬一起代表学校参加国际高中生英语竞赛。

当然现在还没有正式定下来,只是每个班挑选两个人参加全校的培训,最后选择成绩最好的两位。

卢婉婉又从抽屉里拿出了他的试卷,鲜红的16分反复敲打着她的脑袋瓜。

老师是不是"秀逗"了?

当然老师宣布的当时,就有人质疑:"白兮不是考了倒数第二名吗?"

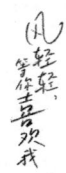

"就当作是一个鼓励好了。"英语老师笑着把话题带了过去,"所以从今天开始,白兮和乔扬放学后留下来做一段时间的集训。"

卢婉婉悄悄拉扯了一下白兮的袖子,低声问道:"怎么回事啊?"

"不知道。"白兮撇撇嘴。

"那你要去吗?"

"不去。"白兮简短回答,就又趴在桌子上了。

一时间,班上风言风语,卢婉婉上厕所的时候,都能听到有人在小声议论,是不是白兮家给钱了,毕竟英语竞赛这么重要的赛事,选择年级第一的乔扬,大家没话说,但是选择成绩垫底的白兮……这其中肯定有黑幕。

陆鸣这个八卦王,也第一时间试图收集资料,从白兮那里问不出来什么,就转战卢婉婉。

她更是一问三不知。

放学的时候,乔扬站起来喊白兮去培训。白兮抬眼看了看他,淡然道:"不必了,我不去。"

乔扬也不多劝,点点头就走了。

"你不去的话,还是跟老师说一下不想参加吧。"卢婉婉担心他的态度会惹怒老师。

白兮也很无奈:"我说过了,但是显然没什么用。"

白兮就这么肆无忌惮地过了一个礼拜。放学的时候,负责辅导的英语老师直接就进来了,用书本敲打着教室前门:"你们班的白兮到底怎么回事,缺席一个礼拜的培训了。"

这个宋老师在年级里是出了名的铁面无情,但是本身能力很强,

还因为气势十足特别派去镇压吵闹的班级。

班上的同学几乎都没走,大家的视线立刻集中在白兮的身上。

卢婉婉都觉得如芒在背,收拾书包的时候默默低着头,不想接触任何人的视线。

"乔扬!我说了多少次了!如果下次他再不来,出了任何问题都是你的责任……"宋老师认识乔扬,就只能点着他出气,"现在乔扬和白兮都给我出来!"

乔扬镇定自若地站了起来,然后朝外走。

白兮把手里的书一放,也跟着走了出去。

三个人走到了走廊的末端,班上的人都悄悄探出头去看。

宋老师愤怒地挥舞着手,不知道在说什么。

乔扬不卑不亢,白兮则全不在意,反而让人觉得两人的气势完全没有被对方压倒。

最后白兮朝宋老师微微欠身,转身走了。

留下乔扬一人,接受宋老师的怒火。

白兮回到班上,自顾自地收拾书包。

这时,安琪气势汹汹地冲过来:"你既然没有心思要参加就跟老师说退出,占着位置让别的人也失去了一次机会!还牵连同伴被责骂,你这样的纨绔子弟能不能不要出来祸害人?"

白兮没有说话,就像是往常一样,不在意任何人。

安琪更加恼怒:"不就是家里有点钱吗,一个英语考 16 分、成绩垫底的人,靠家庭背景,不光直接进入了我们学校,还进了尖子班。平时对所有人都臭脸,瞧不起大家。凭着自己长得帅有什么用?还不是虚有其表!真的以为自己可以为所欲为……"

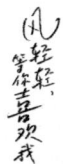

在此之前,卢婉婉还觉得安琪对白兮的态度不错呢。

后来被白兮冷漠对待了几次,虽然没有再来纠缠白兮,而是重新回到了乔扬的后援会阵营,但是没想到她对白兮的态度已经恶劣到这个程度了。

卢婉婉听不下去了,小声劝道:"这是老师的要求,不是白兮自愿参加的。如果你真的觉得别的人更合适,你其实可以好好跟老师说一下,是否有别的同学愿意参加然后去争取……"

安琪大吼:"我跟你说话了吗?你一个吊车尾的有什么好说的!跟你当然没关系了!垃圾!"

陆鸣虽然喜欢热闹,但也看不下去了:"哎呀,有话好好说,骂什么人呢。"

白兮一只手支撑着半边脸,微微抬起眼睛,看着安琪,冷冷道:"你说谁是垃圾?"

"你们俩都是!"安琪接近歇斯底里了,连带着陆鸣都一起骂了,"还有你,都是一丘之貉!"

陆鸣虽然平时看着顽皮,但内心还是有点小心眼的,他从座位上往外迈步的时候,一只脚钩着凳子,向安琪的方向倒下去。

他大概是想用椅子砸安琪的脚进行幼稚的报复,但是没想到身后有人抬着一桶刚擦了窗户的水经过,对方吓得一松手,眼看着脏水就要泼到安琪那白色的小裙子上了,她却全然没有发觉。

卢婉婉见状,想用手推安琪,让她躲开。

安琪却像是看到了恶臭的垃圾一般,打开卢婉婉的手:"拿开你的手!不要碰我!"

果然人蠢的时候,救都没办法救过来。

安琪没躲开,反而自己撞了过去,被水泼脏了整条裙子,躲避的

时候踩到了落地的凳子，还失去重心倒在了旁边的桌子上。她也真是够倒霉的，那张桌子上有一瓶打开的墨水，直接被她的手打翻了。

于是，裙子变得脏兮兮湿漉漉的，上身的小洋装也被黑色墨水弄脏，要多狼狈有多狼狈。

身后的同学也很尴尬："人家都准备拉开你了，你偏要自己撞过来。"

在场的人看到这一幕，都不约而同"扑哧"笑了一声。

正好这时，乔扬进来了。

在自己男神面前丢了面子，安琪彻底崩溃了，她在三个发火的对象中，选择了战斗力最弱的卢婉婉。她用手推搡着卢婉婉的肩膀："都怪你！你怎么有脸笑出来！"

卢婉婉有些蒙，被她推得后退一步，撞进了白兮怀里。

安琪还是不依不饶。此时，一只手过来握住了她的手腕："安琪，你冷静一点。"

大家看到，事件当事人乔扬走到了这边，制止了自己的"脑残粉"在这里发难。

"等会儿。"白兮偏了偏头，看着安琪，"跟卢婉婉道歉。"

"不用了啦……"卢婉婉有点尴尬，这点小事而已。

"我凭什么要给……"安琪愤怒又难堪。

乔扬却站在了卢婉婉的身边，低声劝慰道："这件事确实跟卢婉婉还有新同学没什么关系，他一开始就拒绝了，你当时在场，应该也是知道的。如果你觉得不满意，我会亲自跟班主任说这件事，让我们班派出的两个名额，都通过竞选的方式来分配。"

"我不是这个意思……"安琪没想到乔扬会说出这样的话。

但是乔扬已经朝外走了。

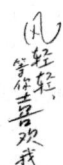

安琪急忙追上去,只是临走前还对着白兮和卢婉婉怒道:"班里的老鼠屎!"

卢婉婉也不是完全没有脾气,被这么蹬鼻子上脸地欺负了,肯定是很不爽的。她转过身,看着身后的白兮,对方依旧一副毫不在意的模样,看得她心中的火气又大了一些。

但她不是容易发火的人,只是激动地拉住白兮的手腕:"我决定了。"

白兮不解地挑眉。

"我要帮你补习。"卢婉婉目光坚定。

"噗——"前座的陆鸣忍不住喷水,瞪大了充满求知欲的小眼睛,"你说什么?你再说一遍!"

卢婉婉对于他这样的表现很不满意:"我说我给白兮补习英语,你有什么意见吗?我至少也是排在了200名以内的,只是在我们班是垫底而已……我有充分的自信可以把白兮教到前……500名!那也是进步了!"

陆鸣用手拍她的脑袋。

白兮眯着眼把卢婉婉给拉到了一旁:"你再打就真没救了。"

卢婉婉却看着白兮拉住自己的胳膊,忍不住红了脸。

自己的同桌其实还是在护着自己的……

"你放心!"卢婉婉顿时像是打了鸡血一样,立誓道,"我一定会竭尽全力给你补习的!"

白兮看着她笑不出来。

卢婉婉安慰道:"你不要被安琪的话打击到啦,我觉得老师选择你肯定是有原因的,你要相信你自己的实力!今后我们就结成联盟了!"

白兮的眼神中充满了无限的同情。

卢婉婉气的不光是安琪那样说白兮,还有她当着乔扬的面这样说自己。

虽然她脑子不够好,但是她也始终相信勤能补拙。

所以她开始提前半个小时去学校,听录音磁带,熟读课文。

就为了给白兮好好补课。

这是何等感天动地的同桌情谊!

结果白兮来了学校就开始睡觉,顶着一头有些凌乱的头发。

普通人头发乱,就是鸡窝。

好看的人头发乱,就是凌乱中带着一丝不羁的美感。

卢婉婉以前对此很生气,但是此刻她觉得真美好,甚至有点不想叫醒他。

等等,你清醒一点啊卢婉婉!

卢婉婉铁面无私地推了推白兮:"你快别睡了,我给你讲试卷。"

白兮一动不动。

她也不气馁,就在白兮的耳边继续念书,反复听的话,总会有点印象吧。

但是她念了老半天,对方仿佛睡得更香了。

她不知道白兮是装睡还是真的困,于是凑过去,结果刚一靠近,白兮忽然对着她这边侧过脸,两个人目光交错,都是一愣。

太近了,可以感受得到彼此的呼吸。

她可以看见白兮浓密细长的睫毛,还有淡褐色的双眸,像一只慵懒的猫咪。

"卢婉婉,你怎么不念了?"

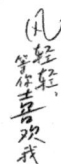

"啊？"

"我是说，念书。"

"你不是一直都在睡觉吗……你还能听得见？"

白兮看着她，眼神还带着熟睡过后的蒙眬："嗯，你的声音，很好听。"

卢婉婉张着嘴巴看着他，顿时像是失去了说话的能力。

大概是白兮也意识到自己说了什么奇怪的话，两个人就这么对视了好一会儿，都没有人先动。

"不过……卢婉婉，你凑那么近干什么？"白兮最先打破沉默，同时坐直了身体，揉了揉眼睛。

"我、我……"卢婉婉支支吾吾说不出话，只是把试卷摆出来，"你拿试卷出来，反正这个试卷我都听老师说明白了，比较有把握。"

白兮半信半疑地把试卷给拿了出来。

十分钟后……

卢婉婉满头大汗，看着卷子上自己的笔记，很是苦恼："嗯……反正这个就是这样的组合……是一个词组……你就按照这个答案这样选择！没错的！没有理由，就是自己硬背！"

"真的？"白兮扬眉，"这道题应该是时态的变化吧。"

"是啊，所以就是死背就好了。"卢婉婉有些心虚，"下一题下一题，这个完形填空我比较理解……"

又十分钟后……

陆鸣来到教室里，看到的是卢婉婉趴在桌子上，两眼无神地看着自己的试卷发呆。

"她怎么了？"陆鸣想伸手给她顺毛。

白兮在本子上写写画画，听到陆鸣的问话抬眼看过去。陆鸣感觉

自己的手背像是被利刃砍了一下，顿时一愣，默默收回了手。

"这是没吃早餐给饿的？"陆鸣坐在座位上，从口袋里拿出一个煎饼馃子，"吃吧，我俩一人一半，你像是去抢救济粮没抢到的乞丐，无助地坐在路边充满绝望。"

卢婉婉拿起煎饼馃子一口咬下去："不会的，我一定可以想出来为什么这道题要这样解答！"

毕竟是经历了大风大浪的人，从众星捧月的小公主到班里默默无闻的吊车尾 loser，卢婉婉的小宇宙不会因为这些小事就熄灭。

老师果然在课上宣布，班上参加英语竞赛的两个名额由下一次的测验成绩来决定，大家公平竞争。

卢婉婉郑重地拍了拍白兮的肩膀："周末跟我去一趟书市吧。"

"不去。"白兮想也不想就拒绝，"好累。"

卢婉婉对于白兮这样自暴自弃的行为很不满意："白同学，你不能因为一两次挫折就失去信心！你可以的！我都觉得我再努力一点，可以进步，就算结果不尽如人意，至少我们也是尝试了嘛……"

白兮不喜欢这种从脑残偶像剧里抄袭来的鼓励台词，干脆闭起眼睛睡觉。

卢婉婉正要开口再劝两句，一个身影站在了座位旁边。

"婉婉，你去不去小卖部啊？"林夏又来了，满脸带着没有诚意的歉意，"我肚子有点不舒服，能不能帮我去买个面包啊？"

卢婉婉显然很为难："我已经吃过了啊，也没有什么东西要买的，不然你再等等？我要去的时候帮你带……"

"可是我现在就很饿啊。"林夏有些不高兴地打断，"反正你总去小卖部，早去晚去都是一样的……"

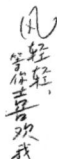

· 055 ·

卢婉婉犹豫了一下，站了起来："那……"

可是身边的白兮不动声色，拉着卢婉婉坐下了。

白兮抬头，看向身边的林夏："卢婉婉要帮我补课，她要吃什么我都会去买，没空帮你们带了。"

林夏顿时惊讶又慌乱，脸立刻就涨红了，尴尬道："我、我只是……"

别说林夏了，卢婉婉都没想到白兮会说这样的话，只能顺着他的话对林夏道："抱歉啊，你找别人帮你带吧。"

林夏愤愤不平，忍不住道："卢婉婉，你真的变小气了！"

说罢，她就离开了。

卢婉婉虽然觉得很失落，但下意识地想站起来答应林夏，结果白兮一下子握住了她的手腕："不用去。"

"其实去一趟小卖部也没那么麻烦的。"卢婉婉耳根子软，尤其是看到这种情况，更是担心对方会误会自己。

"卢婉婉，友情不是求来的，单方面的付出不会显得你很伟大，只会显得很傻。"白兮松开她的手腕，"你要去的话我不管你，但是我讨厌每天看到这些人的嘴脸，你换个同桌。"

"换同桌？"卢婉婉愣住了，心情顿时跌进谷底。

不知道自己为什么难过。

明明之前都是一个人坐，她也已经习惯了。

她甚至在脑中上演了一出"离婚"的大戏，"丈夫"白兮坐在沙发旁边，把离婚协议书递给她，沉痛说道："我们离婚吧。"

而她跌坐在客厅的地板上，对着他伸手大喊："不——"

"不！"卢婉婉一下子顺着自己的幻想叫了出来。

结果同学们纷纷看了过来，其中还有站在讲台上板着脸的安琪。

卢婉婉的脸"噌噌"红了一片，低下头好好看书。

安琪在讲台上忍不住说道："一个全班倒数的给全校倒数的讲题，真的是一个敢讲一个敢听啊。"

白兮依旧是漠不关心的模样，淡淡地看着面前的书，充耳不闻。

卢婉婉无奈地躲在了书堆后面，不想让大家看见自己。

尤其是这其中还有乔扬。

卢婉婉有些丧气，不过更担心身边的白兮。

她悄悄问道："你会不会不信任我啊？虽然我也特别清楚，但是三个臭皮匠顶个诸葛亮，再加上陆鸣一起，我们三个相互帮助，肯定能进步的。"

白兮很嫌弃地白了她一眼，一直都没跟她说话。

放学的时候，卢婉婉在思考着怎么跟白兮和解，却看到白兮一听到铃声就转身出门了。

她垂头丧气，忽然发现桌子上多了一个笔记本，一抬头，是乔扬站在她面前。

"卢婉婉，你如果有不懂的，其实可以来问我。"乔扬的话掷地有声，在喧闹的班级里，更是显得突出。

"哐当"一声。

卢婉婉转头看到安琪手里的保温杯掉到了地上，她满面愤怒和不解，有人想帮她把水杯捡起来，也被她面色不善地阻止了。

"卢婉婉，你有听我说话吗？"乔扬又问了一遍。

卢婉婉这才把注意力重新集中到这边，看着面前的乔扬，她低下头有些不好意思："我……当然……"

正要回答，身后冷不丁传来白兮的声音。

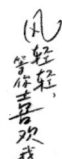

"卢婉婉,周末几点?"

"啊?"这没头没尾的一个提问。

白兮走过来,一个侧身就隔开了乔扬和卢婉婉,插在两人中间,斜着身体去拿桌子上的书包。卢婉婉愣愣地看着白兮额前的汗珠,还有紧蹙的眉头。

"周末你不是想去书市吗?"白兮又重复了一遍,"几点?"

"周六下午一点……"卢婉婉呆愣地看着白兮拿起书包,站直了身体。

"那现在可以回家了吗?"白兮一只手将书包拎在身后,"你真慢。"

卢婉婉立刻把书全部装进书包里,站了起来:"好的好的!我来啦!"

她现在满脑子都是同桌居然原谅自己了,也顾不上还在旁边的乔扬,拿着书包跟他打完招呼就跟在白兮身后跑出去了。

南方的秋日依旧炎热。

卢婉婉从家里出来时,已经比约定的时间稍微晚了一些。

爸妈压根不知道她还在屋子里,出门的时候反锁了大门,偏偏那么巧,大门新换了锁,她也没钥匙,只能等着老妈买菜回来,才被放了出来。

可她才发现,自己没有白兮的联系方式。

他也不在班级群里面。

卢婉婉完全是抱着最后一丝希望,来到了书市门口。

她跑得满头大汗,四处张望,都不见白兮的人影。

远离市中心的书市本来就门可罗雀,一眼就能够看个清楚。

那个高高瘦瘦的身影并不在，绕了一大圈也没有，卢婉婉停下了脚步，有些沮丧。

她正打算离开的时候，忽然看到角落里蹲着一个人，就在台阶上坐着，用手支撑着下巴昏昏欲睡，像是一只被人扔在路边的大狗。

卢婉婉走过去，忍不住伸手摸摸他的脑袋。

白兮一下子被惊醒过来，从地上跳起来，结果卢婉婉来不及躲开，他的后脑勺直接撞上了她的鼻子。

卢婉婉大脑一片空白，立刻就感觉到一股热流从鼻腔里汹涌而出。

"白、白兮……"她颤颤巍巍喊着同桌的名字，"我是不是……"

白兮一看，也顾不上自己后脑勺疼得不行了，从她的包里翻了半天，找到了纸巾帮她擦干净脸，堵住鼻子。

"呜呜呜，现在咋办？"卢婉婉说话带着鼻音，有些慌乱。

"先去止血。"白兮四顾一圈，带着她到路边的一家饮料店。

白兮板着脸用店老板提供的冰块包裹着毛巾给她反复按摩，然后让她把右边胳膊举起来。

因为她是左边鼻子在流血，就举着右手。

胳膊才举了几秒，她就觉得累了，想收回来，白兮面色越发阴沉，抓着她的手腕，帮她把手举起来。

卢婉婉看着近在咫尺的白兮，脸红了一片，像是所有的血液都往脸上涌，让她觉得鼻血更加止不住了。

"你怎么了？"白兮打量她的脸，"还在流吗？"

声音是难得一见的温柔。

卢婉婉决定不再想入非非，而是扯开话题，解释道："对不起啊，

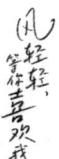

我家里出了点事情,结果我又没有你的联系方式,没有办法跟你说一声,其实我都以为你走了。"

"那你还来?"白兮的脸冷下来。

"因为我希望你还在啊。"卢婉婉"嘿嘿"笑了笑,"结果你真的在!我好高兴啊,你还在。"

白兮看着她的脸,觉得又蠢又狼狈,但是这样的笑容,竟然让他……心情也好了一些。

"把手机给我。"白兮对她伸出手。

卢婉婉拿出手机递过去,看见白兮在她的手机上输入了自己的手机号,还顺便加了微信。

在操作的时候,白兮盯着手机,不去看她,没好气地抱怨:"是啊,也不知道某个人到底来不来,又在想是不是路上遇到了什么麻烦,想去旁边找个地方休息,还得担心来了之后会看不见……"

卢婉婉觉得讶异,靠上去不可思议地看着白兮的脸。

白兮一抬头,两个人四目相对。

白兮也忍不住红了脸:"怎、怎么了?"

"你担心我吗?"卢婉婉眨着眼睛,惊讶地看着他。

他一下子有些慌乱,把她给轻轻推开,回避着她的视线:"离我远点,你的鼻血要蹭到我衣服上了……"

"你先说嘛!"卢婉婉不依不饶地抓着他的衣服。

白兮挣脱出来,回避着她的追问:"你现在真的越来越不怕我了……"

卢婉婉乐呵呵:"怕啊,如果你少生气,我就真的一点都不怕了。"

准备离开店面时,白兮找老板买了一罐可乐,他递给卢婉婉:"喏,继续敷着鼻子吧,等会儿就能喝掉了。"

卢婉婉有些尴尬地看着他:"我不喜欢喝这样的可乐,我喜欢放在杯子里,然后加冰块,用吸管喝的,就像是电影院的那种……"

看着白兮的脸色变得难看,她立刻把可乐接过,老老实实地贴在了自己的鼻子上。

"那你就敷着,等会儿我来喝,行了吗?"白兮无奈地叹口气,"卢婉婉,你怎么那么麻烦?"

"那你讨厌我吗?"卢婉婉有些担心,"我喝也可以的。"

"哈。"白兮却忽然笑了起来,飞快用手揉乱她的头发就跑开,"你看,你还是很怕我的。"

"我哪有——"卢婉婉边说着追了上去。

书市里没什么人,两个人从店里打闹到店外,路上也没有需要避让的行人,更是闹得肆无忌惮。

这个秋天,还真是火热啊。

回家的路上,白兮跟卢婉婉一起去坐公交车。卢婉婉问他住哪里,要坐到哪一站,也说不出来,只说跟她是同一个方向。

可是他却连乘车卡都没有办,甚至不知道手机可以安装付款的软件,卢婉婉半信半疑地帮他付了款。

坐在位置上,卢婉婉拿出了今天买的一大堆练习册,开始分配好自己要留给白兮写的部分,还耐心地跟他说工具书的使用方法。

虽然卢婉婉现在上不起课外补习班,但是以前老师教的学习方法,还是牢牢记在脑袋里。

卢婉婉忽然发现白兮也买了些文具,其中还有一本速写本和一些画画的工具。

"白兮,你是不是很喜欢画画啊?"

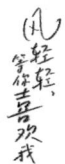

"没有事情的话，画画可以打发时间。"

卢婉婉完全不能理解"没有事情"这件事，因为他每次画画都是在上课的时候。

"那你会画人吗？Q版或者肖像都可以……"

"我不画人。"白兮斩钉截铁，打消了卢婉婉的念头。

"哦。"卢婉婉垂下头，"好的吧。"

白兮扭头看她一眼："你想让我画你？"

"倒也不是……"卢婉婉犹豫。

白兮以为卢婉婉要小心翼翼地否认了，结果听到她又说道："……不行。"

倒也不是不行？

卢婉婉认真地看着他："反正你也缺人练手嘛，我给你当模特，不收费的那种。"

白兮白了她一眼，说道："算了吧。"

卢婉婉从自己的袋子里拿出一个笔记本递给她："这个送你记笔记，别客气。"

白兮："小姐，你看我像是会记笔记的人吗？"

"那我觉得你现在开始记一下也不错啊，就是平时把错题都记下来，多看几遍……"卢婉婉又开始传授自己平时学习的方法了。

她说得也很心虚，毕竟她的学习经验并没有什么说服力。

白兮不感兴趣地扭头看窗外，不知道过了多久，只觉得肩膀一沉，扭头看到一颗毛茸茸的小脑袋，有规律地起伏着，看起来睡得很香。

这么近的距离，睫毛的长度、脸上的青春痘都能看得一清二楚。

白兮慢慢靠近她的脸，想要更加清楚地看她的轮廓。

他一点点地拉近距离，就连呼吸都放缓了，害怕自己的动作会吵

醒她。

就在这时,车子"咯噔"一下,女生睁开眼,和他的视线交错。

带着一丝蒙眬的睡意,似乎还没有弄清楚眼前的状况,只是这样静静地看着他而已。

像是一个无辜懵懂的小孩子,眼中闪烁着微凉的光,像是在期待着什么。

白兮愣住了。

不知道为什么,他竟然有些害怕她这样的视线……

于是,他想也不想地,就将身子凑了过去,伸手给了她一个轻轻的拥抱。

卢婉婉吓了一跳,像是受惊的小鹿。

"你在干什么……"

白兮觉得此刻的脸上如果倒了油,大概可以煎鸡蛋了,但是表情依旧淡然。

他听见自己小心翼翼地回答:

"没什么,只是车子晃了一下而已。"

保持距离
第四章

卢婉婉是回到家之后,才反应过来这件事有点不对劲。

她那一刻睡糊涂了,不能百分之百确定是不是车子在晃,而他只是不小心撞上来的。

但是脑袋清醒了过来想想,就算再怎么晃,他抱自己的这个行为也很怪异啊!

在她睁开眼之前,白兮到底在做什么呢?

看着自己?

卢婉婉心中憋不住事情,当即就拿起手机,给自己的"新加好友"发了一条信息,用不经意的口吻跟他说要好好做习题,有什么不明白的就等她来教他。

可是发过去半天,白兮并没有回复。

卢婉婉带着好奇心起了一个大早，就为了立刻赶到学校，能够见到白兮。

结果一直等到上课铃打响，都没有看到那个高高瘦瘦的身影。

前排的陆鸣扭头过来："欸，你同桌呢？"

卢婉婉趴在桌子上，失落地叹气："不知道啊。"

"你们平时不是秤不离砣，公不离婆吗？怎么连他为啥不来都不清楚？"陆鸣语重心长，"你不知道，安琪专门拉了一个群，给班上她玩得好的人发了复习资料，唯独咱们几个没有。我真是咽不下这口气，这次一定要考好！"

是啊，周五就得进行英语的考核测验了，白兮这个时候忽然不来，真的让人很担心。

难道是因为讨厌她平时这样逼着他学习吗？

卢婉婉给白兮发了几条信息，都没有得到回复，她便下定决心要给他打电话，虽然不是关机，但是也没有人接听。

老师像是也完全不知情的样子，询问班上是否有人知道白兮的去向。

卢婉婉急得像是热锅上的蚂蚁，但是没办法做任何事情，只能这么干着急。

白兮就这么缺席了四天的课程，周四下午放学，卢婉婉一个人看着窗外还怀抱着期待。

可是夜幕降临，她垂头丧气独自走了出去，彻底死心了。

卢婉婉刚走到校门口，就发现那里站着几个人，堵住了她的去路。

"又来？"卢婉婉看着阿智他们。这次只有阿智一个男生，剩下的都是气势汹汹的女生,有常薇和之前要动手打人的倩倩,那个楚楚可怜的小葵倒是没来,她不禁皱眉,"你们幼稚不幼稚,都已经高中了,还玩校园霸凌是不是不太好啊?"

"你少废话!"倩倩怒骂道,"你今天最好老老实实下跪道歉,并且答应去找老师调换位置,不再跟白兮同桌,或者干脆离开三班,不然有你受的!"

下跪?换位置?

卢婉婉哭笑不得:"你们真的好无聊啊,我没做什么事,我不会道歉的。而且白兮是我同桌,只要他不换座位,我也不会换的——"

刚说完,卢婉婉就被人推倒在地上。

手里的练习册散落一地,她的手腕刮到了地面,一下子就摩擦变红了。

她的内心闪过一丝害怕。

想起了老爸刚刚失去一切的时候,那些跟着破产的公司人员来家里抢东西,她还小,什么都不懂,曾经冲上去想要阻拦,结果也被无情地推开了。

原本从打击中走不出来的老爸,在那个瞬间忽然爆发,像是疯了一样地向那群人挥拳而去。

结果当然是惨烈的,那些人群起而攻之,老爸怕她受伤,只能在混乱中将她护住。

回想起不好的记忆,卢婉婉压根没有注意对方已经愤怒地向着她抬脚踢来。

直到有人挡在她的面前。

就像是自己的老爸一样——

这个人竟然是乔扬。

乔扬走过来，趁着阿智准备抬腿踢向她的时候，直接过去踹向阿智站直的那条腿，阿智失去重心，倒在地上。

阿智愤怒又尴尬地想起来复仇，看到是乔扬却犹豫了。

乔扬是年级第一，家境优渥、背景雄厚的事情早已众所周知，就算阿智是一个不介意自己前程的混混，也知道什么人可以惹，什么人不该惹。

普通混混打架闹事，最多关看守所。

如果惹到了乔扬，他们家要是追责起来，自己肯定是耗不过去的。

"卢婉婉，你还站得起来吗？"乔扬并不在意这里的人，直接走到卢婉婉身边，把她从地上拉起来。

卢婉婉还有些惊魂未定，不知所措地看着散落一地的复习资料，还有身上脏兮兮的污渍，眼神失焦。

"你没事吧？"乔扬放柔了声音，无奈地蹲下来，帮她拍了拍身上的灰尘和泥巴，"别怕，如果他们欺负你了，你跟我说，我帮你……报仇。"

最后两个字虽然是带着微笑说出来的，但是乔扬这样的语气，竟然极具威慑力。

身后的倩倩有些不甘地说道："喂，你别瞎说，我们什么都没有对她做！"

乔扬也并不理会，拍了衣服后顺便把地上的资料都捡起来，也没有递给她，而是自己拿着，只是用手轻轻拍了拍她的肩膀。

卢婉婉这才反应过来："啊，我没事，就是刚刚有点走神。"

"确定没事？"乔扬斜眼看一旁的几个人。

卢婉婉勉强挤出了一个笑容："嗯，我没事。"

"走，我送你去车站。"

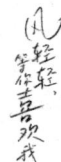

两个人就这么直接略过身边的几人,向着公交车站走过去。

卢婉婉想从乔扬手里把自己的东西都给拿回来,乔扬却躲开她的手,笑了笑:"算了,我来拿吧,哪有看到同学拿那么重的东西都不帮忙的道理,我就送你到车站。"

她看着那些资料,都是给白兮准备的,可是这个家伙却消失不见了,电话和信息都没有任何回复。

"乔扬……你知道……白兮去哪儿了吗?"卢婉婉忍不住问。

乔扬是班长,跟老师的关系还算不错,唯一能够知道白兮近况的,显然也就只有他了。

乔扬挑了挑眉毛,淡淡地笑了:"如果你都不知道,我怎么会知道呢?"

"啊?我其实跟他……"卢婉婉想到这里很沮丧,低下了头。

我其实跟他好像也没有那么好。

车子缓缓开来,卢婉婉跟乔扬挥手道别,上了车。

车子经过拐角的时候,她习惯性地看向窗外,忽然,一道熟悉的身影抓住了她的目光……

那个人……

卢婉婉站了起来,快速地走到了公交车后门,一边探着身子想要看清楚,一边喊道:"司机!可以开下门吗?"

司机无奈回答:"没到站啊,我开不了!你赶紧坐回去吧。"

车子按照路线缓缓转弯,那个人的身影也消失在了路口。

卢婉婉重新回到座位上,终于放弃了挣扎。

白兮都已经将近一个礼拜没有来学校了,现在又怎么会出现呢?

周五考试时间到了，卢婉婉绝望地坐在教室里。

因为是班级自己的考试，只能安排在放学后。

白天白兮都没有出现，现在就更加不用指望了。

"哈，知道自己没本事，所以就不来了吧。"安琪看着卢婉婉的方向冷嘲热讽道。

卢婉婉无话可说，只是安静地坐在位置上，看着英语老师走进教室，准备发试卷。

这时，教室里突然想起一阵细碎的讨论声。

卢婉婉低着头检查自己的文具，就听到英语老师说了句"你现在才来"，她猛地抬头，果然看见白兮站在门口。

一个礼拜没见而已，白兮额前的刘海都快遮住他的眼睛了。

他就在众人的注视下，面无表情地走到卢婉婉身边坐下。

卢婉婉忍不住盯着他看，想要等他注意自己，哪怕是一个眼神也好。

考试开始，英语老师忍不住道："卢婉婉，你在看什么呢？"

全班的视线立刻集中过来，卢婉婉害羞得脸都涨红了，还是忍不住悄悄看着白兮。

可即便这样，他也毫不在意。

不过他来了就好。

卢婉婉有些开心，至少他来了，一起考试的时候，也觉得像是有人跟自己并肩作战。

考试的题目理所当然的很难，不过卢婉婉还是咬着牙完成了。

英语老师喊交卷，卢婉婉交完之后立刻走向白兮，可是白兮直接站起来转身就朝教室外面走了。

卢婉婉想追，结果大家都要回自己的座位，拦了她一路。

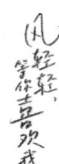

她好不容易追出教室了,又碰到乔扬抱着书经过她身边,问道:"卢婉婉,你考得怎么样?"

卢婉婉的眼睛盯着前面飞快回答:"还行。"

她又想走,乔扬竟然一下子拉住她:"卢婉婉,如果有什么不懂的地方,你可以来问我。"

"好!"她知道乔扬的好意,但是看着他拉住自己的胳膊,使劲甩开似乎也不好,只能为难地说,"但是我现在有点急事……"

乔扬松开她,她立刻冲了出去。

教学楼里哪里还有白兮的身影。

卢婉婉失望地回到教室,看着白兮坐过的位置,他就像是根本没来过一样。

白兮又正常来上课了。

但是白兮再次恢复到了转学最初的模样,几乎没有搭理过卢婉婉。

现在座位不靠墙,卢婉婉也没有借口在进出座位的时候跟白兮说话。

卢婉婉忍不住在草稿纸上写了"你这几天去哪里啦"推过去,白兮看都不看,趴着继续睡觉。

平时一起放学回家的路上,白兮也都会走得飞快。

卢婉婉的心里一阵失落,还以为他回来了,他们俩至少能够回到之前的样子,结果越来越糟糕了。

她忍了两天,周三早上带着自己昨天晚上做好的小饼干送到白兮面前,但是又怕直接给他尴尬,于是塞了一封信在里面,想要悄悄放他抽屉里。

她弯腰看着白兮的抽屉哪里适合放这封信,结果发现了之前白兮

买的速写本,正准备悄悄打开看。

忽然,陆鸣的声音传来:"什么东西?"

随着他的话,她手里的小盒子已经被他抢走了。

"哇,这是礼物啊?"陆鸣看见卢婉婉过来抢,立刻举高。

陆鸣手臂太长,个子也高,卢婉婉踮着脚也没办法够到,只能蹦蹦跳跳挣扎着。她一下子急了,踩在凳子上,一手抓着陆鸣的头发。

陆鸣"嗷嗷"叫起来。

两个人打得不可开交的时候,忽然听到一声冷冰冰的声音:"让一下。"

卢婉婉回头看见白兮,赶紧趁着陆鸣也愣住的片刻,把礼物盒抢下来,跳了下来,将盒子放在了身后。

可是白兮并未理会,只看了一眼自己凳子上的脚印。

糟了。

卢婉婉赶紧拿纸巾去擦,可是白兮已经一言不发用身体挡住她,自己拿纸擦了之后,坐了下来。

陆鸣还在大惊小怪,回到座位后凑到白兮面前:"你知道吗!卢婉婉这个盒子肯定是要给哪个男生的,你看包装得这么精致,里面估计还有信呢!"

被戳中心思的卢婉婉急了,她想也不想就脱口而出:"不是啦!是别的女孩子给我,让我转交给白兮的!"

陆鸣愣了愣,立刻对这件事表示理解了:"好吧,我还以为是你要送乔扬的呢。"

卢婉婉疑惑说道:"我……我送乔扬干什么?"

陆鸣耸耸肩:"我以为你挺在意他。"

卢婉婉吓得赶紧看向白兮,解释道:"没有啊!"

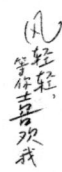

"你们俩不是一直走得很近吗……"

卢婉婉真想用手捂住陆鸣的嘴,就他大嘴巴!

她回到座位,看见白兮正从抽屉里拿出书来,便小心翼翼地把盒子递过去,放在了他面前:"白兮,你要不要看看这个……"

她的话没有说完,白兮就拿着盒子,站起来直接扔到了后面的垃圾桶。

卢婉婉的脸一下子通红,脑袋里乱糟糟一片,脸上很烫,又觉得心里很冷。她低着头假装在收拾书包,但还是没忍住地觉得鼻尖发酸,眼前的视线也氤氲水汽。

陆鸣摇头叹息:"哎呀呀,不愧是见过世面的,拿到这样的礼物拆都不拆就扔了。"

过了好一会儿,卢婉婉忽然听到陆鸣大惊小怪叫起来:"卢婉婉,你怎么了?"

此时班上的人已经陆陆续续来了,他这一喊,所有人的视线都集中过来了。

卢婉婉抬头看到乔扬,他也正看着自己。唯独身边的白兮,始终盯着自己的书本,漠不关心的样子。

她用手捂着嘴,用蹩脚的演技打了个哈欠,说道:"连、连打了几个哈欠……就……就这样了……"

陆鸣用将信将疑的语气说了个"哦",尾音拉得老长,就转身回去了。

卢婉婉扭头看了一眼教室后方垃圾桶里的盒子,还是忍不住难过。

英语课的时候发了选拔考试的卷子,卢婉婉一直很期待自己之前帮白兮补课的成果,所以看着卷子从前面传来,也不由得紧张起来。

尤其是当她和白兮的卷子来到面前的时候，更是屏住了呼吸。

但是当她拿过卷子，看见上面鲜红的"67"时，像是被人兜头泼了冷水。

她也顾不上白兮莫名其妙地在和自己冷战，一把抓过了他的卷子，看到了上面红色的"43"。

这下好了，泼的不是冷水，而是冰水了。

原来安琪说得没错，吊车尾就是吊车尾，两个吊车尾即使一起加油努力，也不会有什么好的结果。

她太糟糕了……还以为可以靠自己帮助白兮好起来，自告奋勇要给他补习，要辅导英语，结果就是这个结果。

卢婉婉一节课都沉浸在悲伤的情绪当中，一直盯着窗外的树发呆。

天气越来越冷了，树叶所剩无几，风吹过的时候，又落了一大片。

"吧嗒"一声。

一滴眼泪滑落在卷面上。

卢婉婉担心被别人看到，只能趴在手臂上，假装在睡觉。

结果非常倒霉的是，英语老师一眼看到了卢婉婉，成绩这么差上课还睡觉，不由得厉声道："卢婉婉，如果困了就去厕所洗把脸，在门口站一站，不要睡。"

全班同学都忍不住笑起来。

包括这次成功拿到英语竞赛资格的安琪。

安琪成功地和自己的男神乔扬一起代表班级去参加比赛了，眼下更是带着胜利者的目光，对卢婉婉露出了嘲讽又得意的笑容。

卢婉婉站起来，拖着步子，垂头丧气地走了出去。

卢婉婉在厕所的水池前洗了把脸，冰凉的水刺激着皮肤下的神经，

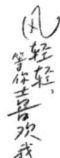

她终于好一点了。

顶楼连接天台的楼梯有一处拐角十分隐蔽,所以平时会有不良学生躲在这里逃课。她不想回教室继续遭受别人的嘲笑,也不知道在学校时还能躲到哪里,就干脆坐到了这里。

英语是上午的最后一节课,放学之后,学生都陆续离开了教室。

她等到人走得差不多了,才拍拍裤子,慢悠悠地走回教室。

教室里只有两三个中午留下来午休的人。

她去拿书包,打算去校门口买点吃的,没想到走到学校门口,看到乔扬站在门卫室的地方,书包单肩背着,正午的阳光照下来,他整个人温柔又明亮。

卢婉婉看了他一眼,继续埋头走出去。

乔扬竟然大长腿一迈,挡在了她面前。

"卢婉婉,我等你好久了啊。"乔扬有些不高兴,"你翘课啊。"

乔扬是班长,他负责考勤。

"我肚子疼……就去医务室躺着了。"

"医务室我去过了,你不在。"乔扬毫不客气地拆穿她,"你是因为没考好?"

聪明的人连这些事情都能猜得到,卢婉婉不禁佩服,不知道应该如何回答,不想承认,但也无法否认。

"其实你不需要管别人说的那些话,而且你复习的时间短……"

卢婉婉吓了一跳,她还以为乔扬是来问责的,结果是来安慰她的?

"我……"卢婉婉低下头,其实跟那些人一点关系都没有,"我只是觉得自己太糟糕了……"

她眼角余光看到一个人影,反应过来的时候,那人已经在自己面前了。

卢婉婉抬起头，看到白兮竟然站在他们面前，一只手握住了乔扬的手腕，脸上不带一丝表情。

乔扬的手悬在她头顶上方的时候，被白兮按住了。

乔扬温和地笑了："你不用担心，我不是要打她，我只是看她那么难过，想拍拍她的头而已。"

白兮依旧面无表情，松开了乔扬的手腕，转身拉着卢婉婉重新走向学校里面。

白兮拉着卢婉婉来到学校后花园的小树林里，这里有石凳和长椅，中午不回家的人偶尔也会来这里午休。

他拉着卢婉婉在凳子上坐下来，然后双手抱胸，一双眼睛盯着她。

卢婉婉不知道自己到底哪里惹到他了，也有些委屈："没有经过你的同意拿你的试卷是我的错，我向你道歉，对不起。但是你不要那么凶地看着我……我不喜欢你这样看我。"

"你喜欢乔扬看你吗？"白兮冷不丁开口说了句。

她不解地看着他："这跟乔扬又有什么关系？"

"算了，跟你说也是白说。"

卢婉婉也来了气："那你倒是说啊！你从来什么都不说就开始生气！我都不知道怎么招惹你了！如果你不想搭理我，那你就换同桌好了！"

白兮眯起眼睛看着张牙舞爪的卢婉婉，没有说话。

卢婉婉的气势立刻就弱了下来。

"我的意思就是……反正……我……我也没啥用。"

她都自身难保了，竟然还大言不惭要给人家补课，现在闹了笑话，白兮当然会瞧不起她。

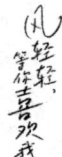

"我什么时候说你没用了?"白兮终于开口了,"我也没有说要换同桌。"

卢婉婉低下头,低声说道:"你突然就消失了一个礼拜,我发的信息也不回复,回来之后也不理我……"

"去吃饭吧。"白兮站了起来,拍拍裤子,"刚才找东西累死我了,肚子饿。"

就这样?她还打算把自己的抱怨全部发泄出来呢……

大概是看出了她的情绪,白兮伸手捏掉了她头发上的落叶:"我请你吃饭,你也别再因为考试不高兴了,行吗?"

"好吧。"她大概是被他的举动给吓傻了,才这么轻易就消气了。

结果两个人走到食堂,已经没有东西吃了。

再走到校门口,那里的饮食店也已经关门了。

他们俩又默默走回小花园,坐在椅子上,卢婉婉摸着肚子看着白兮:"所以你为什么要拉着我回来!我刚刚都已经要出去吃饭了!"

白兮也没想到会是这个情况,小心翼翼地看着卢婉婉:"我也没想到会这样……"

卢婉婉的肚子发出了响亮的"咆哮"。

"走吧,我带你翻墙出去。"白兮看了看小树林附近的围墙,"就在这旁边。"

"又来?"卢婉婉跟着白兮走过去,果然发现学校后墙有一个地方堆着废旧的椅子,在这杂草丛生的小树林里看着极为隐蔽。

"你帮我拿着包,我先出去,然后你再出来,我接着你。"白兮把书包脱下来扔给她,一眨眼就行动迅速地翻身出去了,在墙外说着,"赶紧出来。"

卢婉婉也不敢怠慢,学着白兮的模样,翻上了墙。

墙内有踩的椅子，没有觉得这个墙很高，但是墙外就只是平地，卢婉婉一下子腿软了。

白兮朝她伸手："赶紧跳。"

"我有点怕。"

白兮脸色一变，指着卢婉婉的身后："那里好像有蛇……"

话音刚落，卢婉婉就吓得往前栽下去了。

本来想着这次要摔惨了，她闭上了眼睛，却感觉自己跌入了一个温暖的怀抱里。白兮的手臂搂住她的腰，没有让她磕碰到一点。

她愣了愣，抬起头跟白兮四目相对，两个人都傻了。

"你赶紧起来。"白兮皱眉。

卢婉婉手忙脚乱地从地上爬起来，这才发现白兮的书包拉链在她跳下来的时候被拽开了，里面的东西全部散落出来，包括一个让她眼熟的盒子。

"这不是……"卢婉婉趁着白兮爬起来的时候，立刻抓了起来，反复确认就是自己的没错，而且盒子还被拆开了包装纸，只是盖子依旧完好无损，她拿着盒子问白兮，"你不是扔了吗？"

"嗯，"白兮点头，"捡回来的。"

"为什么？"

"之前不想要，现在又想要了。"白兮从卢婉婉手里拿回盒子放进书包里，一点点把地上的东西捡起来。

卢婉婉咬嘴唇，干涩地开口："那你……拆开了吗？"

难道是因为看到她写的信，所以今天才会突然又跟她搭话了？

"没有。"白兮低着头继续捡东西，"不过如果以后有人让你带东西给我，一律都不要接受。"

"那为什么这个你又要了……"

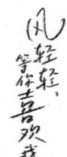

"因为是你给我的。"

"啊？"卢婉婉吓了一跳，不是说没拆开吗？

"别人找你拿给我，但肯定不知道是我扔的，只会找你麻烦吧。"白兮终于把书包收拾好了，"走吧，我要去吃饭。"

好吧，原来他捡回来的理由是担心送的人看到了会怪罪到她身上。

卢婉婉说不上开心，毕竟其实送的人就是她，但也还是有些暗暗庆幸，至少他的意思……是在担心她会遇到麻烦吧？反正他们已经和好了，看不看信都无所谓了。

卢婉婉翘课，毫无疑问又被班主任找过去谈话了，最终结果就是罚扫和写检讨。

以前的卢婉婉虽然成绩不好，但是不至于违反校规。

班主任考虑要不要找家长，卢婉婉别扭地说道："我爸妈……经常不在家。"

这个城市说小不小，说大不大。

班主任也多少听说过卢婉婉家里的事情，也能理解。

准备离开办公室之前，卢婉婉随口问了句："老师，之前白兮一个礼拜没有来，是生病了吗？"

"他？"班主任眉头紧蹙，"这小子还不知道会弄出多少幺蛾子！要不是当初看了他以前的成绩，学校怎么可能破格录取……"

卢婉婉愣了愣："他以前的成绩怎么了吗？"

"你出去吧。"班主任已经按着眉心继续改作业了。

卢婉婉带着疑惑回到教室，一眼就看到白兮正看着窗外发呆。

一看到她回座位，白兮回过神来，问道："怎么样了？"

"老配置，罚扫三天，一篇检讨。"卢婉婉长叹一口气，回家又

· 078 ·

要晚了。

"谁让你没事还翘课的!"白兮幸灾乐祸。

这都是因为谁啊!她无精打采地趴在桌子上,拿出纸笔开始写检讨。

放学后,卢婉婉拿着扫把准备去扫地。

刚走到空地上,就被不认识的小学妹拦住了。

"学姐,听说你是白兮学长的同桌,这个可以帮我给他吗?"小学妹的手里拿着精致的糕点。

这似曾相识的场景,卢婉婉处理得太多了。

她想起白兮的话,有些犹豫:"你为什么不自己给他呢?"

"直接给他的都被扔了……上次听说学姐给他的,都扔到垃圾堆了,白兮学长还去翻出来了。"小学妹直接拉住卢婉婉的手,"麻烦学姐了!"

难道是上次她给的那个礼物?

就在她犹豫的时候,另外一只手从她手里把礼物给抢走了。

白兮面无表情地出现在两个人面前,将蛋糕重新放回学妹的手里:"抱歉,她没有快递这个业务,以后也别送了,我不要。"

白兮拉着卢婉婉走向后面的操场。

她这才发现原来白兮也带了扫把过来。

"都跟你说了多少次了,不要帮她们送了。"白兮一边扫地一边忍不住道,"你没有必要什么事都去迎合别人,去做自己不想做的事情。"

"我……我哪有啊……"她明明只是想到了自己,才会感同身受地想要帮她们传递而已。

"那你是真的想帮她们送礼物给我？"白兮被她这个反问弄得很糟心，回头看着她。

卢婉婉想了想："也是一个心意……"

白兮瞪着她："你认真的？"

卢婉婉看他变脸了，虽然不知道原因，但还是很狗腿地改口："不是啦，我开玩笑，以后不帮忙了，真的。"

他这才满意地开始扫地。

过了好一会儿，白兮低着头问她："考试的事情……你不用在意。"

"啊？"她一下子没反应过来，想了一会儿，才意识到说的是英语测验，"我就是有点担心你而已，你消失了一个礼拜没有跟我联系……"

"我只是去了一趟我妈妈那里。"

卢婉婉看着白兮，这还是他第一次提起自己的家人。

"我妈在国外，所以只能请一个礼拜的假去看我妈妈。"

"哦……"卢婉婉还是低着头。

白兮知道她在沮丧什么，走到她面前，用手指戳着她的额头，轻轻用力，让她抬起头直视着自己。

"卢婉婉，下次考好就行了。"白兮认真说道，"我相信你。"

傍晚的风夹杂着微微的凉意，此刻的卢婉婉就像是忽然被风吹得打了个哆嗦，又仿佛有电流"滋滋"穿过全身。

她看着面前的白兮，总觉得对方美好得像是秋风带来的第一缕清新。

今年初开学的夏末太炎热，高一新生的军训和运动会都改到了凉爽的十一月。

从宣布开始，体育委员就在班上多次动员大家积极报名参加比赛项目。

卢婉婉看了一眼报名表，目光停留在了广播员上面。

"这个是我们自己报名还是班上选出来的？"卢婉婉悄悄问了陆鸣。

结果陆鸣狐疑地看着她："你想参加？这个听说竞争还挺激烈的，毕竟整个年级就选两个……"

卢婉婉摇摇头，她也不是想去参加。

就是她总记得白兮说她的声音好听这件事，突发奇想或许自己可以试试。

但是一听竞争这么激烈，卢婉婉就放弃了，还是老老实实参加体育项目吧。

女生对运动会本来就没什么兴趣，这样一来，很多项目空缺，卢婉婉拉着白兮去报名的时候，她选择了比较简单的女子 100 米，不求名次，只要完成各班的指标就可以了。

白兮说什么都不愿意报名。

僵持的时候，乔扬走了过来，报了男子 100 米和 1500 米。

卢婉婉想起去年乔扬只有 100 米拿了第一，因为 1500 米跟男子混合接力的比赛时间太近了，虽然班上的接力赢了，但是 1500 米只拿了第二。

体育委员果然劝道："接力和 1500 米时间上太靠近了，不然你换个 200 米的？我们班能保证三个第一的话，总分上不去，这些加分也能超过别的班啊。"

"200 米我们班还有很多人可以跑，但是 1500 米应该没人愿意报吧？"乔扬有自己的考量，"放心，接力和 1500 米我都能拿下。"

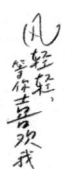

卢婉婉有点担心："其实重在参与嘛，你也不要太勉强自己了。"

乔扬点头改口："好，那就报200米好了。"

"哇！如果你这次200米也能破纪录的话，是不是我们班又能加分……"卢婉婉想起去年乔扬凭借100米决赛上精彩的身姿，疯狂圈粉，一举成为第一个有自己"后援会"的高中生。

当然不至于真的像是粉丝后援会那么夸张，但是听陆鸣说确实有女生为了乔扬拉了群。

卢婉婉的话还没有说完，一旁的白兮冷冷道："我去跑1500米。"

"啊？"在场余下三人都看过去。

卢婉婉不敢相信："你不是说不想参加这么无聊的集体项目吗？"

"我什么时候说过？"白兮从体育委员手里拿过笔，在报名表上写了自己的名字。

"不然你把男子接力也给报了。"卢婉婉趁热打铁，"还有班级足球赛……"

白兮已经转身走了。

卢婉婉想跟着一起走，但是乔扬喊住她："卢婉婉，加油啊。"

"嗯！你也是！"卢婉婉双手握成拳对他做了个加油的动作，就跟着白兮回座位了。

白兮拿出书来，又跟以前一样趴下了。

卢婉婉看着外面的操场，兴奋地推了推他："喂，放学一起去练习跑步吗？"

"不去。"

"好吧，那我再问问别人……"卢婉婉已经猜到了他的回答，忍不住失落。

"跑多久？"

"你是答应了？"

卢婉婉惊讶，看向身边的人。

某人依旧趴着，偏了偏头，露出半张不情愿的脸。

辛苦练习了一个多礼拜，体育委员忽然找到了卢婉婉，面露难色双手合十，就差要鞠躬了。

卢婉婉面对这样的情况已经习惯了，早就不奇怪，只是礼貌地微笑道："嗯，有什么事你就说吧。"

体育委员纠结了一会儿，说道："卢婉婉同学，是这样的……你知道女生报名的人本来就少，所以我好不容易动员了大家……但是现在问题就是，你参加的两个项目，还有别的同学也想报名，你看看你能不能让出来，去报个别的？"

卢婉婉一下愣住了："报名不都是先来后到的吗？"

"话是这样说没错……"体育委员闭着眼睛飞快地说，"但是现在咱们是以班级整体利益为重，你看你要是有别的项目合适，要不要换一个？不然的话，咱们班项目真的报不满……只要有人参加项目，至少还能拿0.5的基础分啊，就算是凑人数也好啊！"

卢婉婉被打败了："这两个都得换掉吗？"

她知道体育委员来找自己换项目，而不是最开始就让别的人报剩下的项目，都是因为她很好说话。

所有人都知道卢婉婉耳根子软，只要拜托她的事情，哪怕是很为难，她也基本不会拒绝。

说好听点是乐于助人，说难听一点就是好欺负。

体育委员："嗯……最好是……"

卢婉婉咬咬牙："好吧……"

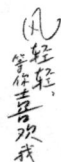

体育委员大喜过望:"那你看看这几个有什么想参加的?"

表格上面只剩下实心球和800米了。

这两个一直都是女生最不想参加的比赛,报不满也不奇怪。

但是卢婉婉看着自己最开始报的两个项目下面写着安琪的名字,心中带着不甘。

可是那又怎么样呢?

体育委员欢天喜地拿着表格离开了。上课铃打响,从小卖部回来的白兮从怀里扔了一包薯片和一瓶饮料给卢婉婉。

"你是不是没吃早餐?"

"嗯。"卢婉婉接下来,"谢谢啊。"

听着声音不对,白兮扭头看着她:"你心情不好?"

卢婉婉垂下头,打开了饮料:"不是,就是我运动会报名参加的项目变了,我要去练实心球和长跑了。"

白兮放下手里的饮料,正色道:"你自己要换的?"

卢婉婉摇头:"班上别的女生不愿意参加,所以我就让出我的名额……"

"我去找体育委员。"白兮听了一半要站起来,可是被卢婉婉拉住了,白兮恨铁不成钢地看着她,"你就这样算了?你脑子被门夹了?你都已经练了一个礼拜……"

卢婉婉尽量保持着微笑:"没关系啦,本来我就练得不好,去哪个项目都是凑数完成任务而已。"

"卢婉婉,别人让你换你就换?你没有脾气的吗?不停地退让,那些人有真的把你当朋友吗?没有,他们只是觉得你好欺负,所以变本加厉,没人照顾你的感受……我真是要气死了,你能不能多在意自己一点?"

· 084 ·

她怎么会不知道呢？

白兮瞪着她，烦躁地挠了挠头发。

她没想到白兮竟然比自己还要生气，可是看到他这样，她的心情居然好了不少，至少他知道她的心意就好了。

卢婉婉好心安慰道："但是这样我就可以跟你一起跑步了啊。"

"比之前更惨了，你还觉得好吗？"

"好啊。"卢婉婉想也不想就回答，"跟你一起干什么都好。"

这句话一出来，两个人都看着对方，愣住了。

卢婉婉不敢看白兮的眼睛，只能看他的耳朵，才发现已经红透了。

而她自己肯定也没有好到哪里去，于是立刻低下了头，大口大口地灌饮料。

"反正你不要丢脸就好。"白兮扔下这句话，把脸埋在了双臂里。

第五章 校服定律

运动会当天,阳光正好,但是风很大。

开幕式上,卢婉婉站在寒风中瑟瑟发抖,毕竟上午就是她的 800 米比赛,她没穿得太厚,校服外套里面只穿了 T 恤,没想到会这么冷。

校长的发言致辞一结束,主持人宣布运动会正式开始,学生们就可以各自回班上了。

卢婉婉一转头,一件校服就直接往她的头上盖下来。

她闻到了一股熟悉的沐浴露的清香,拿下来一看,果然是白兮的校服外套。

"你给我干什么?"卢婉婉看着白兮在扭着自己的胳膊。

"热身。"

卢婉婉看着操场的另外一边,此刻正在检录的明明就是短跑的选手，白兮参加的是 1500 米，至少得等到短跑全部结束了才开始。

结果她正要开口反驳，白兮就皱着眉头怒道："你就穿着好吗？我现在热，也不想拿着。"

一阵风吹来，她又一个哆嗦，赶紧把外套给穿上了。白兮的校服外套又宽又大，像是一件披风罩在了身上，还残留着一丝他的体温，她一下子就暖了。

可是看看白兮只穿了一件长袖 T 恤，总觉得他也没有比自己穿得暖和。

"你确定……"她想再次确认，可是白兮已经抓着她的领子，把她拉向了自己班级的大本营。

走到一半，忽然有人在喊卢婉婉。

陆鸣站在乔扬的身边对着卢婉婉招手："来看我们比赛啊！我马上要跑步了！"

卢婉婉自然而然要走过去，结果白兮一只手按住了她的后颈。

"不许去。"白兮皱眉，要继续拉着她走。

陆鸣已经小跑着过来了，站在卢婉婉和白兮中间，一边手搂住一个人的胳膊，撒娇道："走吧走吧，本大爷最后一次运动会上跑步的英姿，你们不该用手机帮我记录一下吗？"

"好呀！我想看！"卢婉婉甩开白兮的手，乐呵呵跟着陆鸣蹦跶着往前走。

结果一双手直接拉开了他们俩，白兮把两个人给分开自己插了进来，板着脸对陆鸣说："等会儿就要比赛了，你还在这里玩，不热身吗？"

"说的也是啊。"陆鸣赶紧回到乔扬身边一起热身。

跑道旁边已经站满了加油助威的同学，尤其是起点处和终点处，

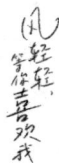

乔扬的粉丝后援会已经占据了最佳的观赛位置,手里拿着矿泉水、饮料和纸巾,就差没有拿出手幅和应援棒了。

卢婉婉跟白兮被挤到了跑道中段的位置。

每个选手已经拿到了自己的号码牌,准备要夹在自己的衣服上。

忽然,乔扬向着他们这边走了过来。

卢婉婉还愣了一会儿,以为乔扬是不是忘记拿什么东西,或者过来找人的,还四处东张西望。

直到乔扬站在卢婉婉面前,把号码牌递给她:"卢婉婉,可以麻烦你帮我弄一下这个吗?"

"可、可以……"她有些不解。

尤其是守在原地的后援会粉丝们,更是对乔扬的这番举动表示诧异和疑惑。

卢婉婉要伸手去接乔扬的号码牌,结果白兮一把抢了过去,挡在她面前,看着乔扬说道:"我帮你。"

乔扬抬了抬眉毛,温和地笑了:"那就麻烦你了。"

说完,乔扬把校服外套脱了下来,递给卢婉婉。

"这个可以麻烦你帮我看着吗?里面还有我的手机。"

卢婉婉全然不顾此刻白兮目光中的恼怒,接过了乔扬的校服,然后抱在自己怀里,郑重地点头:"好!我会好好看着的!"

白兮明显带着不耐烦的表情帮乔扬把号码牌扣在了衣服上。

乔扬转身要走,卢婉婉想到每年乔扬拿下第一时热血沸腾的画面,忍不住在他身后喊了句:"班长!加油啊!"

乔扬立刻回过头来,对她笑了笑:"嗯,谢谢。"

紧接着,她就听到自己耳边传来一声很重的呼吸,就像是在压抑着自己的怒气一般。

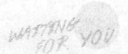

· 088 ·

她回头看到白兮板着脸，立刻双手握拳，对他露出一个讨好的笑容："你也加油呀！"

"不稀罕。"白兮转身要走。

卢婉婉赶紧一把拉住他："先看一下比赛嘛，班级荣誉感哪儿去了！"

这时候裁判正好吹响了哨子，卢婉婉的注意力立刻被吸引过去了，压根没注意白兮咬牙切齿看着她，又不爽地大步走开。

乔扬在第一轮，毫无意外地以第一名的成绩进入了决赛。

"哇！"卢婉婉举手欢呼着，忍不住蹦蹦跳跳，想回头跟白兮一起庆祝，结果看到他已经转身走向另外一边了。

又不知道怎么惹到他了。

卢婉婉现在大概摸清楚他的个性了，白兮喜欢莫名其妙地生气，不管怎么问都休想从他嘴里问出缘由。

要是以前她还会担心纠结，现在她知道了，只要放着他，没多久自然就会好了。

所以等到陆鸣也跑完了之后，她才跟陆鸣一起回到了班级的大本营。

大家都三三两两聚在一起，只有白兮坐在最后方的角落里玩手机，怎么看怎么不合群。

卢婉婉和陆鸣拖着椅子过去，像是左右护法一样坐在了他的身边。

"欸，我也进决赛了，你居然没有看就走了！说好的要给我记录跑步的英姿呢？"陆鸣自来熟地搂着白兮的肩膀。

白兮抬眼看了看陆鸣："这位同学，你好像指定拍照的对象不是我吧？"

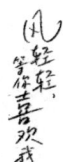

"啊,对。"陆鸣拖着板凳到了卢婉婉身边,伸出胳膊搭在她的肩膀上,"卢婉婉同学,我的照片呢?"

卢婉婉这才想起来她接受了要给陆鸣拍照的任务,双手合十地道歉:"我错了,请你吃蛋筒?"

陆鸣勒着她的脖子,另一只手疯狂蹂躏她的脑袋:"一个蛋筒能把过去的时光找回来吗!我好不容易进了决赛呢!"

白兮从口袋里掏出一张百元大钞,把陆鸣搂着她的胳膊扯下来,然后把钱塞他手里,不耐烦地对他说道:"赶紧去买吧,吃几个你看着办,顺便帮我带一个。"

"我也要!"卢婉婉立刻举手,无视白兮瞪她的眼神,"再要一杯奶茶!"

陆鸣见钱眼开,拿着钱就乐呵呵地走了。

体育委员过来让参加长跑的同学去热身准备,卢婉婉立刻紧张地咽了咽口水。

"没事。"白兮瞥了她一眼,手指点了点她的额头,"反正你也跑不赢,跑完就行了。"

"我知道。"卢婉婉还是忍不住发抖,不停地甩手甩脚活动关节。

本来她没有什么实感,直到站在跑道边上,终于意识到有多吓人了。

白兮替她签到检录后拿来了她的号码牌,抓着她的外套领子,将她拉近自己。

"欸,运动会结束当天会提前放学。"白兮低着头帮她把号码牌扣上去,"放学之后你有空吗?"

卢婉婉本来就因为紧张而瑟瑟发抖,结果现在抖得更凶了。

可是此刻她的脑子里,只有白兮的脸。

"我有的。"卢婉婉思绪乱飞，仔细思考了老爸老妈最近的出行时间，"我爸妈应该要出去……我回家后也没有别的事情……目前还没有人要约我出去……"

"那我们……"

白兮的话没有说完，就看到陆鸣提着一大袋东西过来了，身边还跟着乔扬。

卢婉婉赶紧把乔扬的衣服递过去。

"谢谢，你的校服我也帮你拿着吧……"乔扬伸手去拿卢婉婉的校服。

结果白兮的速度更快，他拿过卢婉婉的校服和自己的一起塞到了陆鸣的胸口："东西已经请你吃了，衣服你就看着吧。"

说完之后，白兮就直接按着卢婉婉的后脑勺往终点处移动。

男生先开始比赛。

白兮排在第二轮，只穿了一件黑色的T恤和深蓝色的校服裤子，个子很高，出众的外表搭配高冷的表情，站在人群中极为扎眼，很像是漫画中走出来的男主角。

尤其是卢婉婉身边围绕着几个面红心跳的女生，时不时用眼睛偷偷看他，更让她觉得这样的白兮很出众。

卢婉婉站在人群之外悄悄看着他，直到他抬头，和她四目相对。

白兮立刻皱眉，对她露出了不满的目光。

她真是委屈，也不知道自己到底哪里得罪他了。

可是卢婉婉的心跳却忽然乱了拍子一样，两个人之间熙熙攘攘地隔着那么多人，可是此刻他们眼中只有彼此。

所以也就顾不上白兮生气的眼神，卢婉婉对他微微一笑，用口型

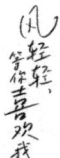

说了句"加油"。

白兮微怔,随后点点头示意知道了。

长跑的人很多,白兮站在第二排的位置,露出半张毫无表情的脸。

裁判一声枪响,所有人都冲了出去,白兮跟在人群里游刃有余地慢跑着。

虽然平时被卢婉婉抓着放学一起去练习跑步,但是大部分时间,白兮都是跟她快走两圈敷衍了事。

他腿长步子大,她在慢跑,他仅仅需要加快走路速度就能赶上,走了两圈之后,他就会躺在草地上睡觉。

所以他到底实力如何,卢婉婉完全不知道。

白兮就这么保持着匀速在队伍里跑着,很快就被大多数选手超过了,慢慢变成了队伍末尾的几名。

快跑完一圈,白兮就要路过自己面前的时候,卢婉婉早早站在跑道旁边等着他,然后跟着他一起小跑。

"喂,你行不行啊?"卢婉婉看着他身后仅剩的三个人,"你不要太勉强自己,其实长跑每年都是固定的几个人拿奖⋯⋯"

白兮目不斜视往前跑:"运动会结束那天,晚上要不要去看电影?"

"哈?现在是聊这个的时候吗⋯⋯"卢婉婉生气。

"去不去?"白兮又问了一遍。

"去去去!"卢婉婉飞快地回答。

白兮嘴角勾起一个笑容,慢慢开始加速,把卢婉婉甩到了身后。

所以⋯⋯他刚刚跑那么慢,脑子里还在想着这件事?什么时候不能问啊!偏偏跑步的时候!

他一路加速,很快就冲到了队伍的最中间,等到第三圈结束的时

候,他已经在前三的位置了。

白兮的忽然逆袭吸引了全场不少人的目光,原本不看好他的人也全都围了过来。

卢婉婉原本站的位置也被新来的围观群众给占据了。

让所有人都大吃一惊的是,就在最后一圈的时候,白兮的速度竟然重新慢了下来。

虽然已经稳拿第二名,但是大家都期待着白兮可以超过第一。

卢婉婉赶紧跑到终点的位置等他。

无奈这里人实在太多了,白兮跑到终点的时候,卢婉婉压根挤不进去,只听到人群中有女孩子惊呼了一声。

她担心白兮是不是晕倒了,立刻拨开众人往里冲。

结果挤进去之后,她发现白兮扶着一个女生的肩膀,正紧张地看着对方。

卢婉婉跑到白兮身边问道:"你、你没事吧……"

白兮看了她一眼,又转向自己面前的女生说道:"我没事,就是刚才差点撞到她了。"

女生摇摇头,笑了笑:"是我不该跑到中间来挡着你的路了,抱歉抱歉,你别紧张,我真的没事。"

白兮这才松开了自己扶着她肩膀的手。

卢婉婉认识这个女生,五班的学习委员应欢欢,也是年级里数一数二的女神,平时经常跟乔扬一起代表学校参加比赛,年级排名和乔扬不相上下,也是安琪最为警戒头疼的对象之一。

只是应欢欢不光学习好,钢琴、小提琴都很精通,就像一个真的女神一样,才貌双全。精致的五官、白皙的皮肤、从小跳舞学乐器而带出来的优雅气质,还有家境优渥但平易近人的开朗个性,让应欢欢

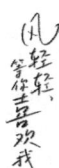

在男生女生中都有很高的人气。

所以安琪完全不敢对她放肆。

卢婉婉看着应欢欢衣服上也有号码牌，惊讶道："你也参加800米啊？"

"嗯！"应欢欢笑的时候不好意思地摸摸自己的后脑勺，"很想尝试一下，之前只参加过短跑，这次好紧张啊！看来我们是对手呢，一起加油啊！"

应欢欢也是拿过短跑冠军的人。

卢婉婉看着她，心中有些悲伤，为什么有的人就是面面俱到，什么都很优秀。

大概是看出了卢婉婉的丧气，白兮一下子捏住了卢婉婉的脸。

"喂喂喂，很痛啊——"卢婉婉拍掉了白兮的手，"你这个家伙越来越残暴了！"

"我在终点等你。"说完，白兮就转身走开了。

就这样？连句加油都没有……卢婉婉撇撇嘴，看着他的背影慢慢消失在人群之中。

卢婉婉在老师的指引下来到起跑线，颤颤巍巍躲在了其他选手身后。

反正也是为了让班级报名数达标才来参加的，就算最后一名也没关系，不是前三名，剩下的不管是第几名都只拿0.5分。

卢婉婉深呼吸一口气，目光坚定地注视着前方。

陆鸣和乔扬站在起点不远处的地方朝她挥手呐喊助威，看着他们的嘴巴张张合合，她却什么都听不到，甚至周围大家的加油声，都听不清楚。

听到一声枪响，卢婉婉就冲了出去。

卢婉婉可以感觉得到身边有人一个接一个跑过去了，她不敢回头看现在自己身后到底有多少人，只是一抬头，就能看到跑在第一名的人已经拉开她跑道四分之一的距离了。

平时练习的时候没有实感，真的参加比赛，看着旁边注视自己的人，卢婉婉只想低下头疯狂跑步，步子再大一点，双臂挥得再快一点。

但是无奈，不管怎么努力，她还是慢悠悠地没办法超过前面的人。

不知道什么时候，卢婉婉经过了起点，代表第一圈已经结束了。

她已经累得目光失焦，肺里像是火烧一样，让她呼吸变得急促起来。

卢婉婉四处张望着，人那么多，也看不见白兮的身影。

她甚至都不知道自己到底跑了多久，耳边的呐喊声仿佛隔着一片海，忽然她脚下一软，跌了下去。

立刻有人上来扶住她，轻柔的声音和一双柔软的手把她给扶了起来。

"你没事吧？"应欢欢的声音传来。

卢婉婉立刻手忙脚乱地爬起来。

她只是太累了而已，所以脚软了。

"谢谢你啊，我没事……"卢婉婉在应欢欢的搀扶下站了起来，这才觉得不对劲，"你不是……"

你不是排第一吗？

"你还可以跑吗？"应欢欢担心地看着她，"还是要喊老师……"

"不要！"卢婉婉立刻拒绝，就算是为了凑人数，这半分也得拿下来，"我还可以继续跑的。"

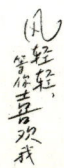

应欢欢扭头对跑道边的老师和学生会成员摇头示意。

"那我继续跑了啊。"应欢欢看卢婉婉已经站稳没事了,就松开了她,小跑着离开时回头对她握拳,笑着说道,"加油啊。"

真是人美心善。

卢婉婉感激地看着远去的应欢欢。

"别发呆了卢婉婉,加油跑起来。"白兮的声音不知道什么时候出现在耳边。

她看过去,发现白兮站在跑道边上,带着担心看着她。

终于看到他了。

刚才累得连迈步都好像只是机械性的动作了,眼前什么都看不清的时候,卢婉婉依旧忍不住在场外寻找他。

等、等等?!

卢婉婉看过去,跑在第一名的应欢欢已经看不见了,那就是在自己身后了?

她吓得赶紧继续向前冲。

但是,结果依旧很惨淡。

毫无疑问……当卢婉婉一个人孤单地到达终点的时候,对于长跑的庆祝已经结束了。

她本来就是靠意志坚持的,刚过线之后,整个人放松下来,只想赶紧躺下来,眼前一黑,就往旁边的草地上躺下去,结果不知道什么时候蹿到她身边的陆鸣和白兮一人扛着她的一只胳膊,硬是把她给架起来了。

"呜呜呜,我就是想躺一下。"

"躺什么躺!基本的常识都没有吗!"陆鸣恼火道,"你知道我

· 096 ·

们等了你多久吗……那个负责给你计时的学生,一直问裁判要不干脆算了,如果不是白兮几次用眼神威胁他,你真的就白跑了……"

卢婉婉还是啥都听不清楚,只知道自己要累死了,还被两个没有人性的家伙架着胳膊在操场上走了小半圈,才被放回大本营里休息。

白兮看着她要死不活的模样,一边递水一边没好气道:"如果真的坚持不下去就算了,只是0.5分而已。"

"大哥,我为了这0.5分可是连续两个礼拜每天放学跑操场五圈好吗!"卢婉婉皱眉想要生气,但是看到白兮凶巴巴的表情,还是认怂地缩了缩脖子,小声道,"也不鼓励人家一下。"

白兮正准备从口袋里拿什么出来,结果已经有人把饮料递到卢婉婉面前了。

"给,祝贺你跑完了。"乔扬手里拿着学校附近的奶茶,看来还专门出校了一趟。

卢婉婉有点尴尬,一是因为他们似乎还没有好到这个程度,二是她是真的害怕乔扬的后援会。

"不用了。"卢婉婉摆摆手,"其实我喝水就好了……"

"喝这个吧,班干部专门商量着一起给每个运动员买的,不是我请你喝的。"乔扬已经帮她把吸管插好了,"参加项目的同学都有份。"

既然这样,就只能拿着了。

"等会儿接力赛加油啊。"卢婉婉无以为报,只能给他加油打气。

"那我的衣服得麻烦你继续拿着了。"乔扬指了指卢婉婉搭在椅子后背的校服,"不要被别人拿走了。"

"当然!"卢婉婉拿人手软,更是决定要好好完成这个任务。

就是她不懂,为什么全班那么多人,非得让她拿校服?

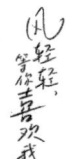

下午时分，一扫早上的清爽，变得燥热起来。

卢婉婉跟白兮都已经完成今日的项目，在大本营里联机打游戏。

下午第一项比赛就是男子接力，这可是班级里一年一度的头等赛事，承包了前两年的第一名，卢婉婉兴奋地拖着懒散的白兮来到了跑道旁边。

光是赛前准备，跑道边就已经围得人山人海，几乎三个年级的女生都来到了这里，翘首盼望着传说中的校草乔扬一展风姿拿下第一名。

陆鸣正在兴奋地跟他们俩挥手，一蹦三尺高地做热身。

白兮瞥了一眼卢婉婉怀里抱着的校服："你到底要拿到什么时候？"

"什么？"卢婉婉正在跟陆鸣和乔扬挥手，就听到耳边传来冷冷的声音。

白兮用眼神示意了一下她手里的衣服："你说呢？乔扬的粉丝到处都是，你就不能把他的校服给别人拿着？"

"那也是人家拜托我的嘛……"

正说着，本来经过他们身边的安琪忽然停下来，盯着卢婉婉手里的校服："这个是乔扬的衣服？"

卢婉婉下意识地点了点头。

下一秒，安琪伸手想要把衣服从她怀里拿走。

"嘶……"卢婉婉捂着手呼痛。

校服被抽动的时候，拉链刮到了她的手，虽然不至于出血，但是也红了一块。

安琪脸色一变，松了手，表情尴尬又不愿意服输："我来替乔扬拿就好了。"

"这个时候应该是要道歉吧？"卢婉婉面无表情地看着她。乔扬的衣服谁拿都可以，但是对方硬抢也太野蛮了。

卢婉婉也不知道自己哪儿来的底气，要是平时的话也就算了，但是她也很讨厌只会一味忍让的自己。

"我又不是故意的，"安琪撇嘴，"也没有多严重。"

卢婉婉咬咬牙，心想着是不是自己真的有点小题大做了。

安琪看到她的气势弱下来，立刻咄咄逼人道："大家都是同学，这点小事情也需要上纲上线地赔礼道歉吗？如果你真的要这样的话，我也可以跟你说对不起……"

安琪的声音带着委屈，音量加大，立刻吸引了周围人的目光。

平时大家对卢婉婉的印象也并不好，自然很快地选择站在了安琪那边，纷纷对着卢婉婉指指点点、议论纷纷。

卢婉婉咬牙，缓缓开口："我、我也不是真的要……"

结果她的话没有说完，就感觉被人推了一下，直接向着面前的安琪扑过去，慌乱之中踩到了安琪的脚。

卢婉婉赶紧道歉："抱歉，我不是故意的……"

"等等。"白兮在一旁冷笑，按住了卢婉婉，对着安琪说，"大家都是同学，这点小事情也需要上纲上线赔礼道歉吗？"

安琪看着自己脚上新入的运动鞋，满脸愤怒："道歉就有用吗？难道不是故意的说道歉就可以了？你知道我的鞋多少钱吗？"

大概这边的骚乱引起了不远处的同学的注意，不知道什么时候陆鸣也过来了，看着安琪歇斯底里的样子，还以为她要动手，直接上去就按着她的胳膊。

"你冷静一下！大家都是同学……"

"你少跟我说这句话！"安琪正因为这句自己说出来的话而怒火

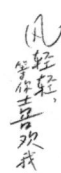

中烧，想也不想就甩开了陆鸣的胳膊。

没想到陆鸣被甩开后没有站稳，踩到了草坪上的一块石头，直接脚一扭，跌坐在地上。他满脸痛苦，捂着脚"哎哟"地叫唤着。

这下就连乔扬都跟过来了，他看着地上哀号的陆鸣，蹲下来看了看陆鸣的脚："你没事吧？"

"你觉得呢？安琪这力气大得啊，我差点被甩出去三米。"陆鸣找着机会告状，"我就是轻轻拉住她让她冷静下来，没想到啊没想到，她这么野蛮！我脚好疼啊，可能跑不了了。"

风水轮流转，现在大家关注的对象一下子成了安琪。

安琪的脸上红一块紫一块。

"那怎么办啊……"卢婉婉一边扶着陆鸣站起来，一边担心等会儿的接力赛，虽然陆鸣看起来没正经，但跑步还是不错的，现在缺少了一个主力，对班级夺冠肯定影响很大。

乔扬皱眉沉默不语，看向白兮。

卢婉婉也跟着看过去，可是她心中犹豫，白兮虽然长跑还可以，但是更看重爆发力的短跑，他到底行不行？

大概是察觉到了她怀疑的目光，白兮面色不善，半眯着眼瞪她："你这么看我什么意思？"

"没有。"卢婉婉缩脖子摆手，"就是想说要不你去试试，反正你本来也没有报满项目嘛……"

乔扬也点头赞成："嗯，不如你来吧，你跑第一棒。"

接力赛的开头和结尾都很重要。

卢婉婉担心道："可是第一棒很重要……"

白兮恶狠狠的视线扫射过来，她立刻闭嘴了。

他不爽地看着乔扬，用鼻音应了一声："嗯。"

"那我去跟老师说一声。"乔扬笑了笑,走去找负责老师更换选手名单。

卢婉婉看着白兮,想要开口,却被他恶狠狠地打断:"我知道你要说什么,放心啦,我不会跑得比陆鸣慢的。"

他的表情和语气不耐烦,但是看着她的眼神却柔和异常。

卢婉婉笑了笑:"我知道啊,我只是想让你加油而已嘛。"

女生带着笑意的眼,仿佛是璀璨的星星,又像溪水般纯净透明,一下子看进了白兮的心中。

"知道了。"白兮大手按在她的脸上,把她亮晶晶的双眼给遮住了。

接力正式开始,白兮站在首位拿着接力棒。

卢婉婉扶着陆鸣在一旁屏住了呼吸,盯着白兮的身影,身边挤满了来这里加油的女生。

"欸,你手上拿着的是你们班体育委员的校服吧?"其中一个女生跟自己身边的女生悄声说,语气中满满的揶揄,"哎哟哟,抱着不放啊。"

"难道我不帮他拿,给别的人拿吗?他敢吗?"被揶揄的女孩子理所当然道,"这是宣示主权的时候好吗!就是要给别人一个警示……"

卢婉婉忽然盯着自己手中乔扬的校服,一下子蒙了。

她忍不住回头看着身后的两个女生,看起来应该是学妹,便壮着胆子问道:"不好意思啊……这个帮男生拿校服是什么意思啊?"

两个学妹先是惊讶地愣住,然后看了一眼卢婉婉怀里的校服,上面别着乔扬的铭牌,在阳光下闪闪发亮,两个人顿时惊讶又羡慕地看着卢婉婉。

其中一个学妹冲她挤眉弄眼道:"学姐,你跟乔扬学长关系那么好啊!去年乔扬学长的校服可是非常热门的!"

"我、我没有!我不是!你别乱说!"

陆鸣对她露出一个无可救药的眼神,摇头叹气:"你怎么什么都不知道,难怪白兮要气死了……"

她一头雾水的时候,正好枪声响起,白兮如同离弦的箭一般冲了出去。

之前看他总是懒散的模样,虽然拿了长跑的第二名,但是没想到短跑也那么厉害,虽然是外道,但是也没有让内道的选手占到便宜,迅速地完成了接力棒的交接。

陆鸣兴奋地蹦跶了一下,拍手叫好:"好样的!"

卢婉婉看着陆鸣的脚,顿时惊讶:"你没事?"

陆鸣伸出手指点了点她的脑袋:"我说你脑子不灵光还是客气了……你就是蠢啊!看着安琪那样欺负你,如果我不上的话,你可就惨了。别太感激我啊,我也看她不爽很久了……每次英语早读都点我起来背书!"

聊天的时候,不知不觉中,跑道上的选手已经在进行最后一棒的冲刺。

陆鸣拽着卢婉婉的胳膊赶紧冲到了终点的地方。

果不其然,乔扬遥遥领先地拿了第一名。

整个三班都沸腾了起来,所有人都跑过来围着几个选手一起欢呼着,尤其是体育委员带来了破纪录的消息,更是让大家都兴奋不已。

隔着层层人潮,卢婉婉看见白兮在人群中东张西望半天,最后目光停在了她的脸上,对她得意地抬抬下巴,露出了一个浅浅的笑容,

像极了电视剧里让少女们为之疯狂的白月光校草。

卢婉婉没出息地呆住了,好像此刻只剩下他们两人一样。

"给,快去送水!"陆鸣不知道什么时候往她手里塞了一瓶水,说完他就迅速跑开,走之前还对她捏拳鼓励,"加油啊!"

"送、送给谁?"卢婉婉有些发愣,但是陆鸣已经跑远了。

结果这时,乔扬正好经过她旁边,看着她,停了下来,竟然抬脚向她走了过来。

怎么了吗?卢婉婉不解地看着他。

"你没什么要对我说的?"乔扬抬抬眉毛,"卢婉婉,我刚刚拿了第一,你可以表扬我吗?"

"我……当然!"突如其来的要求,让卢婉婉一下子没反应过来,只能敷衍地说了句,"你很棒。"

乔扬抬起嘴角,露出一个浅浅的笑。

这么干巴巴的表扬竟然也不介意?卢婉婉真佩服他。

而且,他这样的人,怎么会缺少别人的赞扬呢?

"那这个水,可以给我喝吗?"乔扬的目光落在了她手上的水瓶上。

"但是我……"卢婉婉稍微侧身,去看之前白兮所在的方向,但是乔扬挡在她面前,遮挡住了她看向白兮的视线,她也不太好转头得太明显,想想只是一瓶水而已,就点头答应了。

乔扬拿过水瓶,扭开瓶盖大口喝起来。

卢婉婉这才立刻探向乔扬身后的位置,可是白兮已经不在那里了。

回到大本营,大家立刻喜气洋洋地开始写表扬稿。

一般这种时候,大家的"彩虹屁"层出不穷。

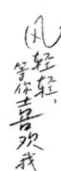

原来乔扬说的"表扬"是这个意思啊,也是,自己付出了努力当然想听到夸奖。

或许白兮也是这样想的?

她绕了一圈没看到白兮,真不知道他跑完步去了哪里。

卢婉婉想听到白兮的名字也能被报出来,结果哪知道听了几张,要么就是夸赞班级队伍拿奖,要么就是夸赞乔扬带领队伍夺冠和最后的冲刺。

她有点心理不平衡,明明白兮也是努力了的,为什么不配拥有姓名。

"林夏,这个表扬稿为什么没有白兮的名字啊?"安琪不在这里,卢婉婉问了同样负责班级稿件写作的林夏。

林夏本来就对不再愿意帮自己跑腿的卢婉婉有些不高兴,想到自己还被白兮嘲讽了一番,不耐烦道:"这本来就不是每个人都会念到的,而且是乔扬拿了最后的第一。"

换作以前卢婉婉就忍了,但是此刻她反驳道:"那参加接力的另外三个同学就没有努力吗?第一棒没有落后,已经很不容易了……"

"欸,你那么激动干什么?"

"我……"

"欸欸欸——"陆鸣一把按住了卢婉婉,打圆场,"没事没事。"

陆鸣拖着卢婉婉走了。

陆鸣安抚她:"你何必跟她争执,你就直接写了之后,自己送去广播站就行了。"

也是!她对陆鸣难得能够给出这么合理实用的建议感到惊讶。

卢婉婉立刻写好了稿子,然后悄悄去广播站看了一眼,安琪拿着表扬稿站在那里,盯着播音员念完。

等安琪回来，卢婉婉也悄悄拿着表扬稿去了广播站。

结果这位播音员一看见三班的稿子就摆摆手："别了吧，你们班来了三次了。"

"但是之前有人没有念到……"

"差不多就行了啊。"播音员是七班的，自己班没有拿到名次就算了，还得连续念别的班的稿子那么多次，她也不太高兴，"适当庆祝就好了，每个班都得有机会。"

"那等会儿呢？"卢婉婉诚恳道，"因为刚才念了那么多，都没听到我同学的名字。"

播音员看她那么迫切，点头："行吧，那你先放在这里。"

卢婉婉连声感谢之后就回去了。

结果之后念了很多张，甚至重新念到三班的时候，依旧没有出现她的表扬稿。

卢婉婉又回去找播音员，她也很无奈地表示："你们班后来送稿子来的人看了一眼说没必要，就拿走了。"

"谁啊？"

"就那个安琪啊。"播音员翻了个白眼，"她也真是够了……还让我不要随便接你们班其余人送来的稿子，你们班自己的事情自己弄清楚了。"

大概也是安琪惹怒了播音员，不管卢婉婉怎么求，对方都不答应帮她念稿子了。

卢婉婉垂头丧气地回到大本营。

"哎哟哟，你给你同桌写的表扬稿咋还没出来？我都牺牲了自己的脚……"陆鸣说完后发现对方依旧愁眉紧锁，立刻知道不对劲，"怎么了？"

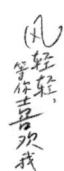

"啊……"卢婉婉长叹一口气,"安琪跟播音员说接力赛的稿子念过了,没必要再念。"

陆鸣瞧她这样,立刻拍拍胸口:"我有办法。"

陆鸣敲诈卢婉婉买了饮料,到了所有项目都停歇的时候,带着她走到了播音站旁边,示意她在旁边等着。

"真、真的可以吗……"卢婉婉犹豫。

陆鸣鄙夷地瞪她一眼:"每个班自己悄悄念稿子也不是第一次了,而且老师也没有太计较这个,之前高二的某个校草在跑接力的时候,他们班的妹子逼着播音员放《灌篮高手》的歌当作背景音乐,你看谁说了什么了……"

卢婉婉决定相信陆鸣。

只见他拿着饮料跑去勾搭起了播音员妹子,起初播音员妹子不太搭理,但是陆鸣长得不算差,又风趣幽默,立刻把播音员妹子逗笑了,两个人说着还真的站起来,跟他到一边聊去了。

陆鸣趁机给卢婉婉使了眼色。

她深呼吸一口气,悄悄走到了播音台面前,之前来过两次,看过播音员播放过,她也按照那样打开了。

话筒捏在手里,卢婉婉却半天说不出话来。

不行,这本来就该是属于白兮的荣誉。

结果就在这时,白兮嘴里叼着冰激凌,站在播音台下,愣愣地盯着她。

卢婉婉也愣住了,就跟他这样对视着。

"你在干什么?"白兮对她做出了口型。

不知道哪儿来的勇气,卢婉婉拿着话筒举到了嘴边,大声念出来:

"表扬稿,表演我们高三三班的白兮同学在刚刚结束的4×100米接力赛中,表现优异,为我们班赢得接力冠军贡献了自己的力量……"

她看到白兮张着嘴,不可思议地看着她。

卢婉婉鬼使神差加了一句:"谢谢你,这么努力。"

说完之后,她就快速把话筒给关了,匆匆赶下台。

最后一个台阶,她还差点没站稳,结果对面来了人,她一下子撞进对方的怀里。

白兮的声音不紧不慢响起来:"慢点,别摔着了。"

她一抬头,刚好两个人对视上。

卢婉婉脸红红的,不敢去看他:"我、我就是……我……"

"给你这个。"白兮把手里的另外一支冰激凌递给她,"帮你买的。"

"我的呢?"陆鸣不知道从哪儿跳出来。

白兮眼疾手快从卢婉婉手里抢回冰激凌,利用身高优势举着手把冰激凌的袋子给剥开,然后迅速捏着冰激凌的棍子把它塞进了卢婉婉的嘴里。

"没人性啊没人性,我明明才是最大功臣!"陆鸣愤怒摇头,"我应该在车底,不应该在车里。"

卢婉婉感觉嘴里的冰激凌甜到了心尖上,嘿嘿笑着:"谢谢。"

三个人一起往班级大本营走。

白兮看着卢婉婉放在她椅子上的另外一件校服,低声问道:"这个校服,你还打算帮他拿多久?"

狂欢之后,大家还是得面对总分输给五班的事实。

第一天运动会结束,所有人拖着板凳放回到教室里,卢婉婉还看

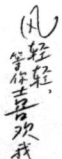

着手里的校服发呆,偶尔看向身边三三两两经过的人,确实有不少拿着男生宽大校服的女孩子,身边跟着一个帮忙拿板凳的男生,两个人有说有笑的模样。

卢婉婉手里的板凳忽然被人拿走了,一扭头看到了白兮板着脸看着前方说道:"走太慢了,今天那么累,赶紧回去吧。"

"哦。"卢婉婉疑惑地看着身边的男生,白兮什么时候变得这么体贴了?

他这个举动……是因为身边那些人也这样吗?

"喂。"白兮冷不丁地喊她,"快点跟上来。"

卢婉婉这才发现白兮已经走到自己面前,拉开了两三米的距离,正准备跟上去,却听到身后的喧哗声,扭头一看,发现了被众人追捧的乔扬。

她看着手里的校服,心一横,转身走到乔扬面前。

这一举动,所有人都愣住了,不解地看着卢婉婉。

乔扬也疑惑地看着她:"你有话要跟我说吗?"

卢婉婉把校服举到了乔扬面前,看他没有接,她便直接放到了他的手上:"乔扬,你的衣服还是找别人拿吧,我自己的衣服也得看着,而且你给我保管,我心里总揣着这件事,都不能好好享受运动会了。"

"抱歉啊。"乔扬低着头把自己的衣服叠了一下,收在了手里,"今天也谢谢你了。"

他说完这句话就掠过卢婉婉走了,看上去依旧彬彬有礼、温润如水的模样,但总让她觉得他好像有一丝丝失落?

等到这些人走过去,只有陆鸣留在原地,对她露出了赞叹不已的目光:"厉害了卢婉婉,你知道你刚刚在大庭广众之下拒绝了校草吗……"

卢婉婉无奈："我之前不知道这里面有那么多讲究……"

"所以你是知道了这些事情，还是要拒绝他对吗？"陆鸣鼓掌，"有骨气，我们loser（失败者）联盟终于硬气了一次。"

"说什么呢……"卢婉婉白了他一眼，打算继续追上前面的白兮。

刚刚因为她过来找乔扬，已经跟白兮拉开了不少距离。

"算了，其实乔扬给你拿也是正常的，去年他的后援会抢着拿他的校服，结果两天运动会下来他一天弄丢一套校服，直接就消失不见了，也不知道被谁拿走了，校牌也是，当时口袋里其实还有他的一个钱包，没人承认拿了，他也不想把事情闹大。第二天闭幕式，他作为学生代表需要上台发言，最后都是找老师重新买了一套。"陆鸣拉住了卢婉婉，装模作样假装脚受伤，"给你拿估计是觉得你跟后援会不一样，能好好帮他拿着，其实人家心里也没有别的想法。"

"这么严重？"卢婉婉不知道其中还有这些事，对自己拒绝了乔扬稍微有些不忍。

说不定人家就是因为她不像脑残后援会那么疯狂，才会拜托自己帮忙拿着，是她想太多了。

"快点走啦！"白兮老远地对她招招手，脸上挂着笑容，"快点快点，卢婉婉你的小短腿赶紧跑起来！"

他怎么回事？忽然心情那么好的样子……

"来啦！"卢婉婉一下子把担忧抛到九霄云外去了。

运动会一共就两天，卢婉婉还有一个实心球的比赛。

在此之前她压根没有做什么准备，只是练习跑步的时候，白兮帮她重新调整了一下姿势和用力的部位，试了几下效果还行。所以除了体育委员和白兮之外，也没人知道她来参加。她去检录的时候，才发现这个项目真是惨淡，要么有的班级弃权了没人参加，要么就是瘦弱纤细的美少女来充数。

以前中考的时候，为了不让体育拉低平均分，卢婉婉练过一段时间，成功地在这项上拿了A。

卢婉婉按照白兮说的方法找准感觉，两个回合下来，轻松进入了决赛。

也不知道是不是卢婉婉最近运势变好了，决赛的时候，最厉害的女同学在上一轮复试中弄伤了胳膊，直接退出了，卢婉婉超常发挥，不光拿了这个项目的第一，还破了纪录。

裁判宣布的当场就引起一阵欢呼。

正好此时陆鸣和白兮啃着冰激凌过来了，看到这个场面，也蒙了。

"大力士啊！"陆鸣拍拍卢婉婉的背，"大佬，以后要罩着我啊，谁欺负我，你就用实心球砸过去，允许对方先跑四十米……"

白兮把手里帮卢婉婉带的奶茶递过去，满眼敬佩："看不出我的同桌那么厉害，以后多担待一点。"

"你们俩够了啊……"卢婉婉无奈，这次只能算是意外，她只是正常水平而已。

不少人都是像她一样，充人数来的。

毫无关注度的运动项目拿了第一，是个不错的收获。

卢婉婉跟白兮回到大本营，却发现不少人围成圈兴奋地说着什么。她拉住陆鸣的同桌麦甜一问，才知道是安琪在刚刚结束的立定跳远拿了第二名，大家正在为她庆祝，还说专门写了表扬稿。

正好这时广播响起来了，里面传来了高三三班的表扬稿。

"表扬稿，表扬我班卢婉婉同学在刚结束的实心球项目中，不光拿到了第一名的好成绩，还破了纪录！卢婉婉，你就是我们三班的骄傲，

是我们班万众瞩目的明日之子……"

卢婉婉忍不住翻了个白眼,就差没有用校服把自己的头给盖住,难怪刚才陆鸣一知道消息就消失了,后面一大堆"彩虹屁",这一听就是他写的。

班上的人一听说这个消息,尤其是体育委员,立刻从安琪那儿走开,来到了卢婉婉面前。

"天啊!你就是我们班的秘密武器啊!这样的话,要超过五班简直太容易了……"体育委员指挥着负责写稿件的同学,"赶紧再写几篇,给我们班涨气势,今年破纪录的几个项目都带上……"

"那刚才安琪那个……"

"先放放。"体育委员自己也坐下来看着自己手里的项目表,"这样算,我们班快赶上五班了,只要拔河赢了,那我们这次就稳了!前两年都输给五班,这次绝对不行!"

卢婉婉下意识地看向安琪,果然对方上一秒还在得意扬扬地炫耀着自己的成绩,这一秒已经脸色一变,咬着嘴唇正看着她。

这视线让卢婉婉迅速低头回避开,然后走到了体育委员身边,小声说道:"既然已经念过了,还是写点别的吧……"

"少假惺惺了!"

安琪冷哼一声,离开了大本营。平时跟安琪走得很近的同学也立刻跟了上去。

正好乔扬从别处回来,目睹了这一幕。

体育委员还沉浸在自己的兴奋之中,立刻跟乔扬分享了这个好消息。乔扬听了后只淡淡地微笑着,甚至没有看卢婉婉一眼,直接说道:"嗯,知道了。"

卢婉婉想过昨天自己把衣服还给他,是不是太过直白,语气不够友善。

　　但是仔细想想,她跟乔扬本来也不是需要刻意去缓和挽救的关系。

　　下午所有的项目基本结束,就剩下每个班级的拔河比赛了。
　　果然三班跟五班的分数持平了,胜负在此一战。
　　可是以安琪为首的几个女生忽然跟体育委员说自己身体不舒服,没办法参加了。
　　体育委员劝说无用,急得直跳脚,来来回回到处询问。
　　卢婉婉因为已经参加了两个项目,所以本来排除在拔河之外,但是现在也被体育委员拉去充数了。
　　安琪看了看她,不禁冷笑:"卢婉婉力气不是很大吗,一个人顶三个人了。"
　　她顿时明白了,这件事显然是冲着她来的。
　　"安琪,之前校服那件事还有今天早上的事……"卢婉婉鼓起勇气想要给安琪解释和道歉,结果话说到一半,直接被白兮捂着嘴巴给拉走了。
　　白兮一只手捂着她的嘴,另外一只手拉着她的领子,满脸生气地把她拽到了旁边:"喂,你脑子被门挤了?你不会是想道歉吧?这件事跟你有什么关系?轮不到你来道歉……"
　　卢婉婉推开了他的手,也很无奈:"那怎么办?现在她明显是冲着我来的,反正说句对不起又不会少块肉……"
　　"就是因为你说了太多次的对不起,所以你的对不起才不值钱!没有人会在意!"
　　"那你呢?不管是不是伤害了别人,基本的道歉都不会,你就更有理了吗?"卢婉婉也来了脾气,想也不想就脱口而出。

白兮瞪着她，老半天没有说话，直接转身走了。

卢婉婉站在原地，双手握拳，长长地叹了口气。

事情到底为什么会变成这样啊……

就在她不知所措的时候，忽然听到乔扬的声音在远处响起来："之前报名参加拔河的同学，突然不参加的给我合理的理由，真的没有办法上场的，现在谁可以上的就补充进来……卢婉婉，你可以参加吧？"

"我可以！"卢婉婉赶紧小跑回到队伍里。

结果发现白兮站在队伍后排，也已经做好了准备。

她正想询问，白兮已经把视线移开了。

这家伙！脾气真的是日渐增长！

班长毕竟威信还是有的，他一声令下，原本那些推托的女生又不情不愿地回到了队伍里。

奋斗了两天，终于到了决战的时刻！

作为裁判的体育老师一声令下，两边队伍就开始喊着"一二一二"用力向后拔。

卢婉婉压根就不记得过程到底是如何的，只记得自己咬着牙闭着眼睛，耳边是震耳欲聋的加油呐喊声，自己向后倒了几步，就越来越顺利地把对方拉过来了。

裁判吹响了口哨。

整个三班都沸腾起来了！

卢婉婉下意识地看向白兮，想要跟他一起欢呼，结果就看到白兮站在应欢欢的面前弯着腰，正小心翼翼把她从地上给扶起来。

她的脚步停下来，想到白兮刚刚对自己说话的样子，再看着面前这个表情温柔的白兮。

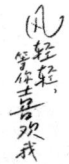

· 113 ·

卢婉婉难受得像是心里被塞进了大石头一样。

闭幕式之后，运动会就算正式结束了。

白兮扶着在拔河中受伤的应欢欢去校医室了，一直到大家把椅子搬回教室都没露面。

卢婉婉想到了自己跟白兮的约定，又不想直接去问他，所以就特地在校门口等着他，想要看他是否还记得。

但是班上的人陆续出来，也没看到白兮，最后安琪出来了。

安琪脸上带着冷笑："你还等着啊？我刚看见白兮扶着应欢欢在医务室，说是等会儿晚上要送她回家。"

"为什么是白兮送啊？"

"还能为什么？"安琪不屑地看了她一眼，就离开了。

果然，就在这时，应欢欢慢慢从里面走出来了，看起来因为摔倒而扭伤了脚，走路也一瘸一拐的，身边跟着白兮。

不光如此，卢婉婉看得清清楚楚，应欢欢身上披着一件宽大的校服，校服的铭牌处写着"白兮"两个字。

再看看一起走过来的两个人，她吓得躲到了一旁的门卫室。

门卫大爷吓了一跳。

卢婉婉立刻用手指做了个"嘘"的动作，然后抱歉地对门卫大爷笑笑："对不起啊，我同学非得管我要作业抄，但是我不想借给他。"

门卫大爷理解地点头。

正巧此时两个人走到了门口。

应欢欢的声音传进来："真是太麻烦你了啊……还要送我去医院。"

"不会，本来就是我的责任。"

· 114 ·

"耽误你晚上回家了吧,去医院的话肯定还得做检查,估计得花不少时间。"

"嗯。"白兮顿了顿,"不要紧。"

不要紧。

对于她那么在意的一次一起去看电影的机会,在白兮的口中,只是不要紧的存在。

那两个人逐渐走远了。

卢婉婉还傻呆呆地站在那里,说不出一句话。

门卫大爷奇怪道:"同学,你是说刚才门口的人要抄你的作业?人家那位女同学可是优等生!"

是啊,她怎么会不知道呢?

应欢欢长得好看成绩也好,即使是门卫大爷也能在全校几千人中认出她来。

卢婉婉发现,这块石头不止堵在心里,它越来越往上,已经到了气管里。

不然她为什么会难受得呼吸都困难呢?

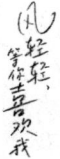

手机里的秘密

第六章

卢婉婉回到家时,接到了陆鸣打来的电话,说是班上有聚会,在市中心的夜市里吃烧烤。

她本来想去的,谁知道老妈特地给她准备了一桌子饭菜,说最近总是往外跑,要好好关心一下女儿的身体。妈妈还撒着娇,希望女儿能陪她一起看电视。

这样就更加走不开了,卢婉婉只能拒绝陆鸣。结果,陆鸣还一直给她发视频发语音,卢婉婉把手机关机之后,裹在被子里陪爸妈一起看狗血电视剧,每个男主角都像是白兮,让别人沦陷后却总是伤害对方。

老爸老妈更是气得牙痒痒的,对电视的剧情真情实感地发表着自己的看法,把男主角骂了个狗血淋头,让卢婉婉稍微也跟着出了气。

不过爸妈突然对她这么上心,一定是事出有因的。

果然,老爸老妈在睡前找她谈话,给她留了一笔钱。

"婉婉啊,爸妈这段时间大概要经常去国外。"卢妈妈很是为难,"我知道现在正是你最重要的时刻,妈妈不能总在你身边照顾你,妈妈也很难过……"

"但是爸爸真的很快就要把那个骗钱的人给找到了!"卢爸爸拍了拍女儿的肩膀,"反正不会很久了,再等等,我们一定可以过上之前的生活。"

卢婉婉无奈,爸妈破产之后,多亏了爷爷奶奶留下的一些备用金,保证了一家三口的生活,亲戚又接济了一些钱,才让他们能够过上现在的日子,已经比普通穷困家庭要好太多了。

可是爸妈永远把希望寄予在找回骗钱的那个人,想要回到以前的巅峰时刻。

但是那个逃跑的人,早就消失得无影无踪,警察都找不到,何况是他们呢?

她阻止不了,只能让自己更努力,希望以后爸妈希望破灭,把家里的钱挥霍光之后,自己有底气站出来,说以后她来养他们。

正在卢婉婉内心燃起熊熊烈火满是干劲的时候,卢爸爸拍了拍她的肩膀,语重心长道:"毕竟婉婉啊,我觉得你跟我一样,只适合当个纨绔子弟,爸爸一定让你重新变成富二代!"

周六晚上,爸妈红着眼坐着飞机出发了,卢婉婉又重新一个人住在宽大的房子里了。

周一早上出门的时候,小区门口的保安提醒道:"同学,前几天巡逻队的说我们这附近有入室抢劫发生,虽然不是我们小区,但是家里的门窗还是要锁好啊。"

卢婉婉胆子小，脸色一下子就白了。

保安大叔又嘿嘿笑着安慰："不过我们也加强警戒和巡逻了。放心吧，这小区那么多房子，不会那么巧就刚好去你家的啦。"

听完这不算安慰的安慰，卢婉婉也还算冷静了一点。

来到学校时，卢婉婉又是踩着上课铃声进的教室。

结果发现白兮已经到了，趴在桌子上睡觉。

看到他就想起那天看到的画面，卢婉婉心中平息的怒气又重新回来了，她坐回座位上，故意把书包重重一放。果然，白兮稍微动了动，慢悠悠抬起头看着她，表情很是不满。

卢婉婉假装没看到，自顾自拿出书本。

白兮这么盯着看了好一会儿，终于忍不住开口了："你就没有什么要对我说的？"

这还贼喊捉贼了？

"我应该对你说什么？"卢婉婉不搭理他，拿出了作业本。

白兮的声音显然带着一丝愤怒："卢婉婉，你答应过我的事情，爽约了是不是得给个解释？"

"我回去太累了，所以睡着了。"她也不知道应该怎么解释，直接说因为自己在生他的气？可是她又凭什么呢，生气和难受都是她自己的感受，跟白兮看似有关系，但其实又一点关系都没有，他要把有特殊意义的校服给谁，要对哪个女孩子好，也轮不到对她解释。

她对他说不出口真正的原因。

"就这样？"白兮显然无法接受这个回答。

卢婉婉点头："嗯，对不起啊。"

她毕竟还是没有勇气，更没有决心真的跟白兮闹僵。

其实她自己消化消化就能消气了。

白兮气得面色僵硬，两节课下来，两个人没有再说一句话。

其间，卢婉婉瞥了他一眼，发现他穿的是便服，也就是说校服还没有拿回来。

星期一的课间操时间是升旗仪式，他肯定会被纪检老师抓住。

果然，仪式开始之前，白兮就被检查的老师给带走了，上课的时候才回来。

白兮坐在位置上，从口袋里掏来掏去，拿出了一杯可乐，是 M 记的，他递到卢婉婉面前，闷声闷气地说了句："别生气了。"

卢婉婉惊奇："你还点外卖了？"

"嗯，送到学校后门，鸡翅在我口袋里，你下课再吃吧。"

绝了，这人的脑回路是怎么回事？

卢婉婉正要感动，结果看到白兮乖乖拿出本子开始写检讨。

宁愿写检讨，都不打算催对方把自己的校服还回来！

卢婉婉气得把文具和书本弄得"哗哗"作响，白兮皱眉看她："卢婉婉，喝点冰的降降火。"

"我没有生气！没有生气！没有生气！"她忍不住重申道，"我有什么好生气的啊。"

"行行行。"白兮把鸡翅从口袋里拿出来，"现在就给你，赶紧吃了，老师要来了。"

卢婉婉这下是真的生气了。

她气自己，为什么不能告诉他自己生气的理由，为什么不能告诉他自己没有赴约的理由。

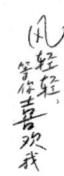

她心里憋着一口气,但是又忍不住担心他,会不会受到更严厉的惩罚。

就在她打算开口的时候,班主任进来了,宣布还有半个月就是段考,这次的成绩排名直接影响到分班。

虽然卢婉婉是这个班级的吊车尾,每次成绩都是摇摇欲坠的,但是多亏了她语文还行,在全年级还算排得靠前,根据前几次考试分班的微调情况,只要不要排在年级倒数,应该不会被分出去。

但是白兮的实力……比起自己,卢婉婉更担心白兮会被分出这个班。

卢婉婉本来还在自己一个人生闷气,现在也顾不得了,她打算等到放学的时候跟白兮好好聊一下上次英语竞赛的事情,她不确定白兮是否还愿意跟自己一起学习。

以防万一,卢婉婉还是决定先写个字条问问。

她在草稿本上写了句话,悄悄递了过去。

但是白兮写完检讨之后就趴着了,她只能用笔戳了戳他。

白兮慢悠悠抬起身子,转头看她,发现了放在自己手边的草稿本。

不过他还没拿过去看清楚,本子就被另一只手拿起来了。

卢婉婉吓得轻声"啊"了一下,全班同学的视线都汇聚过来。

数学老师看着本子上的句子,直接念了出来:"放学想找你说点事情,关于段考一起学习的事。"

顿时班上响起一阵笑声。

"卢婉婉同学,一起学习是好事,但是这件事不需要课上讨论,下课直接说不行吗?"数学老师把本子放回了卢婉婉的面前,"有心思传字条,不如上课多听讲。"

卢婉婉的脸一阵红一阵紫,恨不得把自己给埋进桌子里。

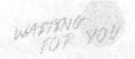

白兮用胳膊肘撞撞她，小声道："我也觉得，这种事你以后就直接跟我说，还写字条，让人怪期待的。"

卢婉婉自己写了详细的学习计划，想等白兮放学的时候一起讨论。

最后一节是体育课，学校为了提高高三学生的身体素质，体育课一律都不让老师占领，而是安排了一些小比赛，尽量让每个人都动起来。女生被分配去玩躲避球，男生被分成小组打篮球去了。

可以想象得到，运动会之后，安琪更是把卢婉婉视为眼中钉。哪怕她早早就出局了，安琪还是会故意往她这边扔球。

这都还好，就是安琪时不时还得加几句嘲讽："吊车尾还想学习啊？你觉得你跟白兮两个loser一起学习就能好到哪里去？"

看安琪这双手环胸、白眼一翻的模样，真像是故意跟电视剧里的反派学的一样，惟妙惟肖，让人拍手叫绝。

而现在卢婉婉已经免疫了，不知道什么时候开始，她已经学会不要去在意安琪的话。

越是想要打败她，越证明她具有威胁性。

所以卢婉婉对着安琪笑了笑，潇洒走开。

倒是安琪在她身后恨得牙痒痒的，怒道："卢婉婉，我们走着瞧！"

好不容易等到了放学，卢婉婉回到教室里等白兮，但是班上的男生都陆续回来了，还是没有看到白兮的身影。

她想着该不会白兮在哪儿躲着睡觉，没听见放学铃声吧？

卢婉婉赶紧收拾了自己的书包，准备出去找找他。

哪知道刚走到楼下，就看到不远处的运动场上，白兮正跟一个女生走在一起。

因为走路的姿势有些缓慢，所以卢婉婉一下子就猜中了，这个女

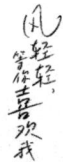

生,是应欢欢。

卢婉婉一遍又一遍地说服自己只是生气白兮结交了新的朋友,这段因为同桌而结缘的关系,不过是读书时期最寻常不过的友谊,以及同为吊车尾的"战友"情怀,所以担心一直孤单的自己被他给抛下,可是她知道,其实她更在意的是……对方是个女孩子,还是个很优秀的女孩子。

两个人走到了卢婉婉的面前。

白兮稍微愣了愣,毕竟卢婉婉藏不住心思,都写在脸上。他一看到某人这个表情,就知道她又有什么不对劲的了。

但是不等他开口,旁边的应欢欢已经对卢婉婉挥手打招呼:"嗨,我们在运动会上见过的!你还得我吗?我叫应欢欢,是五班的。"

记得,谁会不记得。

"卢婉婉,你找我有事吧?"白兮忽然开口。

"嗯,就是关于一起复习那件事……"卢婉婉正要往下说,但是看着旁边的应欢欢,自己的声音就渐渐小了下去,"我仔细想了一下,我们俩一起复习也没啥好结果,上次英语考试就证明了,差生一起学习没什么用,其实应欢欢学习更好……"

"哈?"应欢欢有些惊讶,"你们是说要一起复习段考的事情吧?怎么了,需要我们一起吗?"

"卢婉婉,我记得你要跟我说的事情,应该不是这个。"白兮板着脸,看起来很不高兴。

卢婉婉硬着头皮说道:"嗯,一开始不是,但是我考虑清楚了。"

"你……"白兮正要发怒,就被人打断。

"不如加我一个?"

三个人一起顺着声音看过去,乔扬背着书包走过来。

应欢欢跟乔扬挥手打了招呼。

乔扬自然而然地走到了卢婉婉身边，对她说道："我刚就想找你来着，听说你也要复习段考，我在想要不要我们一起……"

"好。"卢婉婉想也不想就点头答应，看着白兮和应欢欢，勉强挤出笑容说，"你看，这样刚好我们每人都能有个高手辅导，不会像我之前那样……"

白兮的脸色更加难看。

"那就这样说定了！"卢婉婉朝他们挥手，想赶紧离开。

但是，白兮忽然喊住她："卢婉婉，你没有想过如果四个人一起，会更快吗？"

卢婉婉不解地看着白兮。

白兮嘴角勾起一个笑容："既然都答应了要一起复习，那四个人一起好了。"

"太棒啦！"应欢欢拍手赞同，"这周我家装修房子，正愁周末不知道去哪儿看书呢！那我们去哪里呢？"

"不如来我家好了。"乔扬提议，"应该足够宽敞。"

"不要。"白兮拒绝，"没去过，而且你爸妈应该都在家吧？很多地方可以去，咖啡厅什么的都可以……"

卢婉婉叹气："我没钱。"

白兮瞪着她："我出钱，可以吗？"

应欢欢瞪大眼睛，满脸惊喜："真的吗？我们都有份吗？"

"那不如来我家好了。"卢婉婉只是想复习，压根没想那么破费，"我爸妈不在家，地方也大，周围也安静……"

"那就这么说定了。"

白兮和乔扬异口同声。

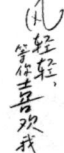

事情怎么发展到这一步的,卢婉婉自己也觉得神奇。

周六一大早,她就听到门口传来了门铃声。

卢婉婉赶紧跑去开门,看着应欢欢满脸笑容站在乔扬和白兮中间,对着她招手,这画面怎么看怎么觉得养眼。

她忽然发现白兮手里拿着一个纸袋,露出来的部分可以看得出来是校服。

看来应欢欢把校服还给白兮了。

"快进来吧。"卢婉婉招呼他们进了屋子里。

应欢欢感慨道:"哇,你家真大啊。"

确实很大,但是除了房子大,什么都没有。

以前的名贵家具都卖掉了,客厅里就剩下一些亲戚家淘汰下来的桌椅板凳,勉强凑够了一套。剩下的一些家电用了几年出了问题,也没有再买新的。

这是老爸最后的自尊心。

卢婉婉领着大家来到了客厅,为了方便复习,她已经提前把家里的毯子给拿出来铺在地上,方便大家在茶几上看书,还把家里有的复习资料、参考书都摆好了。

就是家里没有什么吃的,只有她烧好的白开水。

她看着围着桌子坐下来的三个人,还有自己寒酸的"招待",表情有点尴尬。

"不然……冰箱里还有个柠檬,我去切成片放水壶里吧!"她正要站起来。

结果被白兮给按着肩膀坐下了:"没有必要,喝水就可以了。"

卢婉婉还有些过意不去。

正巧这时门铃响了，外卖小哥手里提着一个大袋子，装满了零食和饮料。

应欢欢摸了摸自己的脑袋，嘿嘿一笑："是这样的，我看书的时候不吃点东西，就集中不了注意力，所以就买了点过来。"

可是在场的另外两个人脸色都不是很好。

果然，紧接着又来了两个外卖。

一个是乔扬买的水果，一个是白兮买的奶茶和糕点。

本来空荡荡的茶几，全部都被堆满了。

"那我们现在就开始复习吧！"应欢欢拿出了数学试卷，"咱们两个班的数学老师是同一个人，果然作业也一样，那就刚好了，我们先写数学吧。"

乔扬赞同："那就各自做题，一个小时之后，每个人空出来的题目一起解决。"

不愧是好学生！学习起来就是很有规划。

卢婉婉满眼崇拜地看着乔扬，还好没有自己一个人闭门造车，到时候还拖累了白兮。

"嘎吱"一声，白兮撕开了一包薯片，大声吃起来。

这家伙，一天天到底在生什么气！卢婉婉瞪了白兮一眼，白兮撇撇嘴，把薯片给放下了。

四个人各自找了一个位置开始写题，卢婉婉坐在角落里的地上，艰难地做完选择题，就已经抓耳挠腮不知所措了。

一抬头，发现白兮已经躺在沙发上睡着了。

应欢欢还规规矩矩地坐在茶几旁边。

卢婉婉扭头看乔扬的方向，他正好从外面推门进来，手里面拿着两枝开得正艳的月季花。

"刚刚去门口转了一圈,你家隔壁的阿姨正好在修剪,就给了我两朵,让我拿回来放花瓶里插着。"乔扬嘴角带着浅笑,走到了卢婉婉身边坐下来,"写得怎么样了?"

卢婉婉不好意思地摸摸头,看着自己到处空白的卷子:"你的都写完了?"

"嗯,差不多了。"乔扬拿过她的卷子,又拿了她的笔和草稿纸,声音轻柔,"你哪里不会,我带你算一遍。"

卢婉婉当然不会错过那么好的补习机会,立刻把自己不懂的地方全部给指了出来。

考虑到应欢欢还在做题,所以乔扬的声音放得很低,以至于两个人不知不觉离得很近。

直到有一只手从两个人身后穿进来,把拿着的卷子直接摆在他们面前。

白兮不咸不淡的声音响起来:"不如给我一起讲讲吧?"

卢婉婉才发现白兮睡醒了。

"好。"乔扬欣然答应,然后提高了一些音量,"应该都写得差不多了,那我们就一起看吧。"

"我来了我来了!"应欢欢也拿着试卷走了过来,"我就差最后一道大题的第二个小问,半个小时都没有算出来……"

"我这边空得也不多,看看谁的卷子缺得比较多。"乔扬看了一眼白兮和卢婉婉的卷子,发现白兮几乎半张卷子都没有做,只能拿着他的卷子,"那从白兮的卷子开始吧。"

白兮和乔扬分别坐在卢婉婉的两边。

乔扬讲题的时候,依旧会不自觉地靠近卢婉婉。

白兮眯着眼睛，忽然说道："不如你坐在我们对面，这样我们会不会看得更清楚一点？"

卢婉婉恍然自己可能挡住了白兮听解题思路，立刻想到了什么，站起来："我家里有个白板，我去拿出来！"

她赶紧跑向杂物间，白板是公司破产之后，仅剩下的几个不值钱的东西。

但是杂物间放着不少东西，白板靠着墙，不太好拉扯出来，卢婉婉稍微一用力，拽出白板的时候，没想到把旁边的一个柜子也给拽动了，眼看就要往她身上砸下来——

"婉婉！"白兮一只手托着那个柜子，一只手撑在墙上，正好把卢婉婉圈在他的双臂之间。

她一回头，正好跟他四目相对，两个人离得很近。

近得就差一点……

白兮大概也被她这个突如其来的转身给吓到了，手一松，柜子继续砸下来。

还好他眼疾手快抱着卢婉婉躲到了旁边。

柜子"哐当"砸在地面上。

白兮紧张得上下打量卢婉婉："你没事吧？"

"我没事。"卢婉婉长呼一口气，她本来没有觉得多害怕，可是看到白兮紧张的眼神，有一种自己好像遇到了很大危险的错觉。

白兮确认她安然无恙，才松了口气，但是随即又生气地瞪着她："下次稍微小心点，东西看都不看就往外硬扯。"

"我着急嘛。"

白兮更加生气。

卢婉婉赶紧对他露出一个讨好的笑容："你不是来了吗！所以我

没事了。"

白兮一愣。

卢婉婉自己也愣住了，不知道为什么她会将这句话脱口而出……

乔扬和应欢欢听到动静也跑了上来。

"怎么了？"

"你们没事吧？"

卢婉婉下意识地迅速从白兮的怀里挣脱出来，两个人都红着脸不去看对方。

她更是紧张得口齿不清："啊、啊？没有……就是……东西……倒了。"

白兮一言不发，已经扛着被卢婉婉拿出来的白板下楼了。

应欢欢看了卢婉婉一眼，也跟着白兮下去了。

乔扬走过来，把倒下的柜子给扶起来，帮她一起把散落在杂物间门口的东西给收拾了一下。

"谢谢。"卢婉婉由衷说道。

两个人准备下楼的时候，乔扬忽然喊住了她："卢婉婉，为什么……你没有问我运动会的事情？"

卢婉婉停下来，不解地看着他。

"为什么没有问我，为什么要你帮我拿着校服，又为什么……后来故意冷落你。"乔扬直直望着她，跟平时的他不太一样。

她一时间不知道应该怎么回答。

好一会儿，他们俩只是这样看着对方，直到楼下响起应欢欢的喊声："你们要下来了吗？快中午了，点个饭吧。"

"好！"卢婉婉赶紧回应，然后扭头对着乔扬飞快地说道，"因为我知道你肯定有这样做的理由，而且直接问你，好像也有点怪怪

的吧……"

乔扬苦笑了一下,打断她:"卢婉婉,你可能只是不在意而已。"

"我……"卢婉婉不太会骗人,只能张开嘴又闭上,咬着嘴唇看他。

"要是你能稍微在意我一些就好了。"乔扬走过卢婉婉的身边,伸手摸了摸她的脑袋,"走吧。"

卢婉婉浑身上下打了个激灵,内心充满不解。

中午大家一起点了饭,吃饭的时候,卢婉婉还在想着乔扬的话和举动,独自陷入沉思。

乔扬和白兮两个人分别坐在旁边,几乎没有任何交流。

白兮从厨房里拿了装着冰块的杯子,倒了一杯可乐。

应欢欢正要开口的时候,发现白兮把杯子放在了卢婉婉面前。

卢婉婉心不在焉地下意识拿起来喝,像是两个人之间早就形成的默契。

应欢欢捏了捏衣角,终于决定打破这个僵局,只能自己找话题:"婉婉,你爸妈出去上班了?什么时候回来啊?"

"啊……大概要一个多月的时间。"卢婉婉不知道他们是否听说了自己家的事情,所以就尽量避重就轻地回答,"所以不用担心,到段考为止都能来我家复习!"

"太好了!"应欢欢赶紧拉着身边的乔扬说道,"怎么样?就这样定了吧,我好喜欢这里的气氛哦,一起看书写卷子,而且这里环境又好又舒服……比我家安静多了!"

乔扬埋头吃饭:"我没有意见。"

"那你呢?"应欢欢看向白兮。

白兮撇撇嘴:"有好学生指导复习,我这样的差生当然不能错过这个机会。"

"可是之前你们为啥没有这样啊?"应欢欢好奇,"果然是现在要高考了,大家都紧张起来了吧!"

"因为我不想离开三班。"白兮难得主动地回答,眼睛紧紧锁定在卢婉婉身上,"我对现在的班级和同桌都很满意。"

"咳咳——"卢婉婉忍不住咳嗽起来。

白兮皱着眉头,把自己手边的饮料递了过去。

卢婉婉看也不看就直接大口喝起来,终于好了一些。

她看向白兮的时候,才发现不知道什么时候他把校服外套给穿起来了。

"哇,你们关系好好喔。"应欢欢羡慕地看着他们俩,"我们班都是自己学自己的,巴不得把别人都挤掉。我们班的座位也是按照成绩排名的,大家想要自己挑选位置,就只能拼命学习,同桌也是每次考试之后都会换一次。"

难怪五班每次的考试成绩都比三班要好。

"白兮,你觉得冷吗?"卢婉婉还是忍不住问。

白兮皱着眉头看她:"嗯。"

"那我去把窗户关起来。"卢婉婉说着要站起来。

白兮拉着她的手腕,把她重新拉回了自己身边坐着:"吃饭吧,我还好。"

本来是一个很正常的举动,但是应欢欢忽然说道:"白兮才转来这里三个月吧?感觉你们已经当了好久的同桌了……感情真好。"

一句话,说得卢婉婉无措得只能低头吃饭。

只有乔扬淡淡看了她一眼,扭头将视线转移到了别处。

他的目光忽然落在了面前的一沓草稿纸上面,除了随手画的涂鸦

· 130 ·

之外，上面写满了解题思路。

忽然他愣住了，甚至觉得有些惊讶。

乔扬抬起头，看着卢婉婉旁边的白兮，依旧一副懒散的模样，永远像是睡不醒那般，没有表情的时候就像是板着脸在闹脾气，可是面对卢婉婉的时候，视线总会稍微柔和几分。

太让人在意了。

乔扬看着白兮的目光逐渐加深。

吃完之后，卢婉婉去收拾东西，顺便把刚才买的水果给洗了。

忽然发现厨房的阳台上放着一个花瓶，上面插着乔扬带回来的两枝月季。

阳台上有很多已经空置的花瓶和花盆，破产后最开始的一段日子，老妈还想保持以前的生活品质，偶尔会买花回来，后来发现生活中的油盐酱醋比花更重要，久而久之，原来的花死了，没有再购置新的，花盆全部都空了。

这些都已经结了灰尘。

看得出来，乔扬拿来插花的时候，还把花瓶也给一并洗干净了。

"要是你能稍微在意我一些就好了。"

她想起了下楼之前，乔扬对她说的这句话。

可是她要怎么去在意他呢？乔扬本来就是天之骄子，又是学霸和校草，在意他的人从一班可以排到十五班，就算要在意，也实在轮不到她来。

她的心太小了，在意不了第二个人了。

正在出神，乔扬走进来了。

"我来帮你吧。"乔扬挽起白衬衣的袖子，从她手里拿过水果刀，

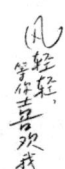

开始切西瓜。

卢婉婉就站在水池旁边洗葡萄和草莓。

两个人一起并肩站着,许久没有说话。

她对乔扬有些莫名的……尴尬,不知道应该如何面对他。

卢婉婉只能低着头。

直到乔扬先开口:"卢婉婉,如果我说的话,让你不自在的话,你可以当我没有说过。"

那么明显吗?卢婉婉吓了一跳。

她其实不讨厌乔扬,甚至很感激他总是这样耐心地给自己讲题,很庆幸有这么优秀的同学,但是也就仅此而已了。

即使她不在意,他也一直这样耀眼,不需要任何人担心。高三之后,所有人请假都必须有合理的解释,唯独乔扬,即使他只是说有点事,老师也毫不犹豫批假。

可是,白兮不一样。

哪怕是所有人都告诉她,白兮消失的那段时间是家里有事情,她也还是忍不住担心。

她想要回答乔扬的问题,但是忽然发现他似乎有些走神,再低头一看,菜板上有几滴红色的印迹。

"啊!你的手!"卢婉婉定睛一看,竟然是乔扬的手出血了。

乔扬这才反应过来,看着自己的手指,皱了皱眉头:"啊……"

她赶紧在柜子里翻出了家里的药箱,用棉花蘸了碘酒,轻轻给他的伤口消炎:"你忍忍啊。"

"我没事。"乔扬看着她紧张的样子,忍不住笑,"真的没事……"

卢婉婉一边给他的伤口吹气,一边上药。

伤口不深,但是血一直在流,而且十指连心,看着就觉得疼。

· 132 ·

"对不起啊。"卢婉婉帮乔扬贴了创可贴，但是始终没有松手，而是握着他的手，看着伤口忍不住说道，"都快考试了，害你的手受伤。"

"跟你又没有关系。"乔扬无奈轻笑，用另外一只手拍拍她的脑袋，"是我自己不小心弄到的。"

"但是……"但是好像是因为我，才让你分心的。

卢婉婉自然说不出来这些话，而乔扬似乎还等着她的回答，她只好说道："之前果汁也是。"

"那个我也说过了，跟你也没有关系。"

就在这时，门口传来轻轻的咳嗽声，她扭头看过去，发现白兮端着盘子走了进来。

卢婉婉下意识就松开了原本握着乔扬的手，走过去想接下白兮手中的盘子："我、我来洗吧……"

"不用。"白兮一言不发地站在水池旁边，开始洗碗。

他板着脸，周身围绕着一层冰冷的气息。

"你洗好就放在那个上面的碗柜里。"

白兮淡淡"嗯"了一声。

又来了，卢婉婉不知道他又在发什么脾气，只好赶紧把已经弄好的水果给收拾好。

"那我先出去了。"卢婉婉凑过去跟白兮说道。

某个人低着头洗碗，像是没听到一样。

卢婉婉和乔扬拿着准备好的水果回到客厅里，应欢欢趴在窗户上对着外面拍照，倒是惬意。

应欢欢开心地伸了个懒腰，感叹道："婉婉，我真的好喜欢你家哦!"

她把手机放在桌子上。

卢婉婉看到了手机壳,才发现应欢欢手里拿的是白兮的手机。

卢婉婉的笑容当即僵硬了片刻,尽量不动声色地把果盘放下来,招呼着她:"嗯……来吃点水果吧。"

"我也想拍一张!"应欢欢用白兮的手机拍了一张果盘的照片,自言自语地说,"哎呀,他手机上连个带滤镜的拍照软件都没有啊……"

本来卢婉婉还自我安慰可能是同款的手机壳,现在便直接证实了,应欢欢手里拿着的正是白兮的手机。

一阵酸涩袭来,到底是什么样的存在,才会这样毫无顾忌地把自己的手机交给对方?

就在她想要开口询问的时候,厨房里忽然传来瓷器摔碎的声音。

三个人赶紧站起来走向厨房。

阳台上的花瓶碎了一地,两枝月季躺在地上。

白兮沉默不语地蹲在地上捡着碎片。

卢婉婉被手机的事情弄得心烦意乱,开口的时候忍不住带着一丝埋怨:"刚刚就跟你说我来弄就好,你偏要自己来……"

白兮抬起头,皱着眉头看着她,似乎也有些不满,闷闷说了句:"放心,我不会伤到手。"

气氛一时间有些尴尬。

应欢欢赶紧笑着打圆场:"哎呀,婉婉,你出来,他自己打碎的就让他自己来处理好了,你去网上看个同款,让白兮赔给你!"

"不用了。"卢婉婉也蹲下来打算收拾残局。

可是白兮一下子握住了她的手腕:"我说了我来。"

· 134 ·

卢婉婉看着他握着自己的手,用力甩开,便站起来转身出去了。

开头还不错的补习,结尾不欢而散。

一直到离开,白兮始终一言不发,甚至没有看卢婉婉一眼。

卢婉婉一个人坐在房间里,没有开灯,她开始胡思乱想,想到了白兮的脸,想到了应欢欢手里的手机,她就开始难过,越来越讨厌这样斤斤计较的自己。

忽然,楼下传来"嘎哒"一声。

像是有人弄开了窗户的锁,还伴随着窗户被打开的声音。

卢婉婉立刻从床上弹了起来,在门边小心翼翼听着楼下的动静。

难道真的进贼了?

前几天保安大叔的话,让卢婉婉更加不安。

卢婉婉深呼吸一口气,把房间门轻轻关上,然后反锁,从口袋中摸出了手机,想也不想就拨给了白兮。

"喂?"对方接得很快。

"白兮……"卢婉婉一开口,已经带着颤抖的哭腔,"白兮……你、你能不能回来找我一下……好像有人进了我们家里。"

"你现在在哪儿?客厅还是房间里?"

"我在房间。"卢婉婉吸吸鼻子,不知不觉眼泪已经流了下来,"白兮,怎么办……"

"把门反锁,屋子里有什么可以防身的东西,扫帚、拖把都可以,拿在手上,然后联系保安室。"白兮说话的声音很冷静,但是听得出他应该是在跑动,"卢婉婉,你别怕。"

她怎么能不怕!她胆子本来就小,现在身边甚至没有一个人。

"婉婉,你别哭了,我一定会保护你的。"白兮的声音稍微远了

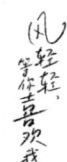

一点,"你现在悄悄联系保安室,如果对方没有应答就直接报警。"

卢婉婉按照白兮说的,找到了保安室的电话。

过了好一段时间,对方才接起来。

她说了自己的情况之后,保安大叔立刻说会派人过来查看情况。

卢婉婉赶紧握紧了房间里的扫把,站在房间门口等着。

楼下的动静越来越大,她吓得一动不动,只能捏着手机和扫把无声地哭泣着。

不知道过了多久,房间外传来了急促的敲门声。

"婉婉?卢婉婉,你在里面吗?"白兮的声音响了起来。

卢婉婉想也不想,就直接拉开门,扑到了对方的怀里。

耳边是白兮轻轻倒吸一口冷气的声音,她以为是自己撞到他了,着急想要看看,结果被白兮紧紧搂在怀里。

她的眼泪又止不住流下来了:"白兮。"

之前那么多慌乱的念头,终于在这一刻被这个温暖的怀抱止住了。

"呃……"保安大叔尴尬地打断他们,"小偷已经被警察带走了,就是这边的门和窗户都被破坏了,今晚我们会加强巡逻,但家里还是得需要有人照应一下。"

"谢谢。"卢婉婉擦擦眼泪。

"那我就先走了。"保安大叔下楼之前还看着白兮说,"小伙儿既然那么担心自己女朋友,那就留下来陪着会比较好点,小姑娘估计吓坏了。"

"他不是……"卢婉婉来不及解释,大叔已经离开了。

只剩下他们两个人红着脸面面相觑。

"谢谢你回来。"卢婉婉不敢去看白兮的视线,只觉得自己的脸热得发烫,"不过既然小偷已经被抓走了,今天晚上应该……"

"我还是留下来吧。"白兮擦了擦额头的汗,"门锁不是都坏了吗,你一个人在家里确实不安全。"

卢婉婉是真的被吓坏了,所以她也没有推托,只是点点头:"那、那……谢谢你。"

两个人走到了楼下客厅,白兮去找绳子把门和窗户稍微固定了起来。

卢婉婉在一旁看着,忍不住问:"白兮,我给你打电话的时候,你是不是都快到家了啊?"

"还没有,我刚好在路上买点东西,接到你的电话就直接打车过来了。"白兮不停地擦汗,看起来真的热得不行。

"你那么热的话,要不要我开空调……"卢婉婉看着他穿着校服外套,虽然想喊他脱衣服,但是总觉得自己开口的话,会有点奇怪。

"不用了。"白兮已经忙完了,双手叉着腰反复确认门是否被关牢了,然后看向四周,最后视线停留在卢婉婉的脸上,两个人皆是一愣,立刻有默契地转移视线,"我去洗个澡好了。"

卢婉婉把白兮带到了二楼浴室,她从老爸的衣柜里翻出了宽大的T恤和裤子,又拿上了新的洗漱用品去找他。她回到浴室门口,发现他没有关紧门,便猜测他是不是还没有开始洗,就直接说着话推门而入:"你暂时穿我爸的衣服……"

她看着已经脱掉了上衣的白兮,忽然瞪大了眼睛。

白兮的胳膊上有个明显的刮伤,像是被什么给砸了,有瘀青也有破皮的地方。

"你的胳膊……"卢婉婉甚至忘记了他没有穿上衣,就直接冲了过去。

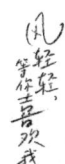

白兮皱着眉头，无奈又尴尬地拿起衣服挡在自己的身前，另外一只手推着卢婉婉的脑袋："喂喂喂，你冷静一点，这又没什么……"

　　"还说没什么！都这么严重了！"卢婉婉急得快要流泪了，"怎么弄的啊？该不会……"

　　她仔细回想，白兮穿校服之前的事情，终于明白了。

　　"你是帮我挡那个柜子的时候被刮伤了？所以才穿校服的？"卢婉婉眼睛红红地看着白兮，"你怎么都不告诉我？"

　　白兮叹口气："因为我说了你就会像现在这样，白痴一样哭起来。"

　　卢婉婉撇着嘴，使劲压抑着自己的眼泪："我、我才没有，我只是担心你而已！"

　　"你担心的人也太多了。"白兮忽然冷不丁看着她说了句。

　　不像是在生气，倒像是带着醋意的调侃。

　　"但是我最担心你啊！"卢婉婉脱口而出，顿时窘迫得咬着嘴唇，"我、我去帮你找找有没有药……"

　　"不用啦。"白兮拉住她的手腕，把她给拽回来，然后抓住她的两只手腕，让她直视自己，"卢婉婉，我有话想要问你。"

　　"你说。"

　　"你很希望我留在三班吗？"

　　卢婉婉点头："是啊……"

　　"那如果我能留下来，你可以不要再让乔扬帮你补习吗？"

　　她皱眉，很是不解："可是乔扬很厉害啊，他给我们补习，比我们俩自己看书更好……"

　　"我也可以帮你补……"

　　"噗——"卢婉婉笑出来，然后松开白兮的手，拍了拍他的肩膀，用如同哄小孩般的语气劝慰道，"白兮，我知道你可能不太喜欢乔扬，

但是他这个人真的很好的！又谦逊、礼貌、优秀……"

"卢婉婉，你能不能不要在我面前夸……"

她看着对面白兮可怕的眼神，立刻老实闭嘴不说了，却发现他刚才为了抓住自己，校服也扔在了地上，此刻他正裸着上身，站在她面前，她立刻尴尬害羞地转身要跑。

"卢婉婉，你小心一点！"白兮看她逃跑的样子担心她滑倒，不由得喊道。

可是卢婉婉已经很没出息地逃到了门口，一路冲到了客厅里，大口喘气。

她坐立难安四处转悠，看到了白兮放在茶几上的手机。

就像是听到了恶魔的召唤，卢婉婉脑中那个长着角、有着蝙蝠翅膀的小恶魔一直在怂恿她，去看看他的手机。

卢婉婉鬼使神差拿起了白兮的手机，点亮了屏幕。

居然没有上锁！

不行！卢婉婉重新把手机放下，在客厅里来回踱步。

但是想到应欢欢拿着他的手机随便拍照，可能白兮也没有很在意别人碰他手机呢？

她拿起来又放下，最后还是默默走开了。

卢婉婉从房间里拿了被子出来，把客厅的折叠沙发打开，刚好凑出了一张单人床。

她还在因为手机的事情心烦意乱，结果白兮的手机因为来了新消息开始振动，屏幕又重新亮了起来。

"简直就是在让人犯罪啊……"卢婉婉转悠到了白兮的手机旁边，终于忍不住伸出了罪恶的手。

没想到这时，白兮的声音响起来："你在干什么？"

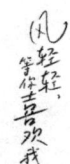

她吓得手一抖，他的手机摔到地上。

"啊……我、我……我是在……"卢婉婉伸手捡起来，想要找借口给自己开脱，但是支支吾吾半天只能说出一句，"对不起啊。"

白兮走过来拿走手机，就像是在防备她一样。

卢婉婉心中泛起失落，低着头垂着眼打算离开："那我上去了……"

"卢婉婉，你是想看我的手机？"白兮在身后喊住她。

根本就不是这个问题，她对别人的隐私根本就不感兴趣！只是因为她没能看到而已。

卢婉婉转身看着他："我只是想知道，为什么白天的时候应欢欢会拿着你的手机。"

"她手机没电了，但是想拍照，所以就拿了我的。"

"是她找你要的？"

"是我主动借给她的。"

卢婉婉越发难过："那我也可以随便看吗？"

白兮的脸色一变，把手机紧紧捏在手里："不行。"

"好吧。"卢婉婉继续上楼，很是哀伤，"我就知道，你跟应欢欢……"

白兮直接上前拉住她的领子："等等。"

"嗯？"她一脸沉重地看着他，眼睛里是敢怒不敢言的愤懑和难过，"放开我啦。"

"给。"白兮把手机递过去，满脸无奈，"要看就看吧。"

"真的？"卢婉婉不可置信地接过手机，张着嘴巴看着白兮，"确定吗？我可以随便看？就连短信、微信都可以看？"

白兮点头："嗯，趁我没有改变主意。"

卢婉婉立刻一把拿过来，打开了微信，果然是应欢欢发来的信息，

· 140 ·

但是她没有点开对话框，手指停在了上面。

"算了。"卢婉婉把手机还给白兮，"我不看了。"

这次倒是白兮有些惊讶："真的？"

卢婉婉点头："嗯，我不想看了。"

感觉虽然可以让自己不再好奇，但是好像自己做了一件不对的事情。

比起想知道应欢欢在他的手机里看到了什么，她更不愿意做一个违背内心原则的人。

白兮拿回了自己的手机，忽然笑了笑："卢婉婉，如果以后是我的原因让你生气了，你不要胡思乱想，你直接来问我，好吗？"

为什么忽然……卢婉婉一头雾水，似乎没有明白他的意思。

"还有啊，对不起。"白兮突然说道。

这把卢婉婉吓了一跳，自从他们俩认识以来，白兮还是第一次跟她道歉。

"因为把你的花瓶和碟子摔坏了。"白兮摸摸自己的手臂，"我不是故意的。"

卢婉婉恍然大悟，是因为他的手受伤了，放盘子的时候才会……

"是我的错，对不起。"卢婉婉自责不已，"什么都不知道就跟你生气了。"

白兮摸摸她的脑袋："没事，反正你本来就是个白痴。"

本来这个举动还挺温馨的，她一听某人说出的话，顿时气得抬起腿就要踢他。

没想到白兮眼疾手快躲开了，还对她露出欠打的笑容挑衅她。

卢婉婉不服气，再次举起手要追打白兮，闹来闹去，卢婉婉终于一拳砸在了白兮的胳膊上。

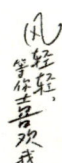

没想到白兮吃痛地捂着胳膊，她立刻要道歉，结果白兮直接长臂一伸，将她搂在怀里转了个圈，两个人倒在了沙发上。

白兮用手按着卢婉婉的双手，眯着眼睛看她："卢婉婉，就你这点力气，还想跟我斗。"

"你不是手受伤了吗？力气怎么还那么大……"卢婉婉急眼了，看到他的手在自己面前晃悠，一口就咬上去。

"嘶——"白兮松开她，用手臂支撑起来居高临下地看着她，像是一只炸毛的狮子。

可是这么看着对方，忽然意识到了不对劲。

他们现在在干什么……

白兮也愣住了，慢慢松开她坐在了沙发上。

卢婉婉迅速站起来，脸红得像是番茄："那、那你就睡这里好了，我上去了！"

她一溜烟蹿上楼梯，进屋关门用被子裹紧自己，所有动作一气呵成。

可是他的脸却在脑海里挥之不去。

卢婉婉睡不着，闭眼就会开始胡思乱想。

最后没办法，她只能抱着枕头下去了。

白兮躺在沙发上玩手机，听到声音，抬起头看着她："睡不着？"

卢婉婉点点头。

白兮直接从沙发上站起来，向她走过来："走吧。"

走、走吧？

卢婉婉脸红不已，好不容易平息的心跳又继续开始猛烈跳动着。她跟在白兮的身后回到了自己的房间，白兮从她的床上拿了一个枕头，扔在了地上，然后躺了下来。

· 142 ·

"睡吧。"她的房间是木地板，床旁边放了一块大的羊毛地毯，白兮就躺在地毯上。

"哦……"卢婉婉慢悠悠躺回了自己的床上，看着白兮已经把手机放下闭上了眼睛，背对着她，就轻声说道，"那、那我关灯了。"

"嗯。"白兮应了一声。

她关掉了灯，房间安静得可以听见彼此的呼吸声。

忽然，白兮问她："卢婉婉，那天晚上，到底为什么没有来？"

运动会结束的那天晚上，她以为白兮带应欢欢去医院了，所以生气没有赴约。

"你不是送应欢欢去医院了吗？"卢婉婉委屈地反问。

结果，白兮沉默了好一会儿，忽然无奈地叹息了一声。

"卢婉婉，你脑子里怎么想的？"白兮的声音在黑夜中显得格外清晰沉稳，"运动会那天，我撞到她的时候她就扭了脚，但是她坚持跑完了800米，拔河的时候又被同学踩到了，脚肿得很厉害，我觉得是我的责任，所以就送她去医务室，校医说需要去医院拍片子，我就送她去了医院。"

原来是这样……

"到了医院没多久我就离开了。"白兮的声音闷闷的，"那天晚上我等了你好久，你电话也关机了。我怕你是不是路上遇到了什么事……"

"对不起。"卢婉婉道歉，"我以为你突然有约了……"

"卢婉婉，我答应你的事情，一定会做到的。"白兮说，"相信我。"

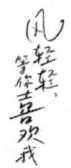

关于白兮

第七章

卢婉婉睁眼的时候,已经是中午了。

"糟糕。"卢婉婉看床的旁边,发现地上已经没人了,"白兮!白兮!"

她急忙往院子里冲,一推门出去,发现白兮跟一个修理师傅站在院子里安装门锁。看到她这么冒失地跑出来,白兮皱着眉头,提醒道:"回去穿鞋再出来。"

确认他没有走就好。

卢婉婉看着自己光溜溜的双脚,点点头,开心地又重新跑上楼,洗漱后换了衣服才下来。

但是白兮已经不在院子里,她穿了鞋推开门,发现白兮站在门口不远处的马路上,正在跟一个金发碧眼的外国人说着什么,因为隔着一些距离,只能听得到两个人在说话,并不知道具体在说什么。

等、等等?就白兮那个英语水平……

卢婉婉想冲上去帮他,无奈她自己也虚,平时当众念英语都结结巴巴的,跟老师对话的时候都呼吸急促,现在要她去面对一个外国人……

她深呼吸一口气,还是走了上去。

哪知道外国人已经跟白兮招手道别了。

白兮一转身看到她,眼神中有一丝慌乱,旋即眯起眼睛,略带一丝不满:"你睡得也太久了。"

"你起来很久了吗?"卢婉婉跟他一起走回去,又回头看了一眼已经走远的外国人,"你刚刚在跟那个人说什么啊?说清楚了吗?"

"人家会中文,只是问我这里房子出租的消息,还有小区环境。才出了入室盗窃的事情,现在安保情况应该会比之前好吧?"白兮揭发她话中的隐藏含义,"你在担心我跟他没办法交流?"

"我、我就是觉得如果英语不好的话,会害怕跟外国人交流。"卢婉婉在白兮充满威慑力的目光下,补充了一句,"就像我这样。"

卢爸爸作为一个典型的纨绔子弟,除了吃喝玩乐,对孩子完全就是放养政策,甚至他对卢婉婉的期待就是以后和他一样,只要开心快乐地长大就好了。

在她还是有钱人的时候,经常不去学校,而是跟着大家出去旅行。

所以她的基础差,等到她想学习的时候,已经和身边的人拉开一大截距离了。

"但是你的发音还不错啊。"白兮记得自己听过她念英语。

"因为我的英语是个不会中文的外国人教的,但是你知道吗,就是在什么都不会的情况下,外国人直接过来教我,我们当时真的是看着彼此尴尬。"卢婉婉想起那时候老爸一听说自己的女儿要学英语了,立刻找了一个非常厉害的外国人,要教她学最纯正的发音,她才刚刚接触 ABC 就已经开始跟着外国人对话了。

这个结果就是,她说的英语很标准,但是完全不知道什么意思,也不知道语法。

因为那个外教,完全不知道怎么跟她解释。最终她除了会发音,什么都不会。

白兮听完之后,用手弹了弹她的额头:"卢婉婉,你英语这么差,还那么积极主动地来辅导我?"

她委屈地用手捂着自己被弹的地方,想也不想就脱口而出:"我不想你走嘛。"

白兮看着她的背影,诧异地扬起眉毛。

卢婉婉还没有意识过来自己说了一句多么暧昧的话,只是继续往屋子里走,还碎碎念叨:"结果也失败了……"

"我一定会留下来的。"

白兮看着卢婉婉转身过来的样子,脸红透了一片,忍不住笑起来。留下来,留在你身边。

卢婉婉给白兮做了自己拿手的鸡蛋面。

本来她担心白兮会觉得不好吃,不过看到白兮把汤也一起喝掉了,她才松口气。

两个人凑合着吃完了午餐,白兮也该回去了。

卢婉婉送白兮上了车,白兮还是不放心,给卢婉婉发了信息,让她晚上把门锁好。

她一边看着手机信息一边往回走,没想到又碰到了之前和白兮说话的外国人,那人依然在园区里转悠,像是来这里看房子的。

大概转悠得太久了,他身上的背包也开了。

卢婉婉上前提醒他:"您好,您的背包……"

那个人听到声音后回头,一脸疑惑地看着她,开口是一连串的英文。

她听蒙了,继续用中文说道:"对不起,我、我英文不是……不是很好……您能说中文吗?"

对方依旧是满嘴英语,一连串说了很多。

卢婉婉虽然英语不好,但是凭借仅有的几个单词,大概拼凑出了他的意思,是想要询问这里的房屋管理中心,于是她只能中英夹杂给他指了一条路。

最后,外国人离开前说了句中文的"谢谢",发音非常奇怪。

看着他离开的背影,卢婉婉长吁一口气,刚才紧张得像是忘记呼吸一样,还满头大汗。

可是心中的疑惑也更深,白兮明明说对方会中文的!

现在看起来对方对中文一窍不通啊!那为什么白兮看起来跟他聊了很久的样子……

卢婉婉虽然脑子不好,但至少她细心,之前也听老师提过白兮的成绩。

他们学校考核那么严苛,如果没有一个不错的成绩,怎么可能接受高三转校生呢?

果然经过好学生的辅导,上课听老师讲题都清晰了不少。

第三次周末集体学习的时候,卢婉婉的老爸老妈终于回来了。

他们刚好在做题,两个人争吵的声音就从外面传来,随着脚步声蔓延进屋子里,在场的人皆是一愣。卢婉婉赶紧出去给爸妈开门,才知道是两个人把行李箱滞留在国外机场了,都在互相埋怨。

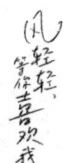

· 147 ·

卢家夫妻俩进了屋子，看着家里的同学，卢母立刻有些不好意思地撩了撩耳边的头发，一副知书达理的斯文模样："对不起啊，让你们见笑了，别往心里去。都怪叔叔太粗心大意了，把行李落在那边了。"

卢父立刻反驳："都说了我去拿机票，是你负责看着行李！你只顾着逛免税店……"

"收声。"卢母把手放在嘴边做了一个拉拉链的动作。

乔扬站起来问道："要不要我帮您打个电话询问一下机场？如果还在的话，应该可以托人寄回来。"

"那就太感谢了。"卢母赶紧把护照拿给乔扬，"路上行程都十几个小时，我们现在也不知道该怎么办……"

乔扬拿了资料去门口打电话。

卢父虽然赚钱时愚钝，但是这种时候心思还是细腻，看看卢婉婉又看看乔扬的背影，哼哼两声："这个小伙子对你这么殷勤，是不是看上我们家婉婉了？"

卢婉婉下意识地看了白兮一眼。

白兮眯着眼睛盯着窗外乔扬的背影，像是一头孥毛的狮子。

"人家至少一看就很聪明，看上你家婉婉倒好了，至少以后的孩子还可以弥补一下从你那里继承来的所剩无几的智商……"卢母越说越激动，忽然注意到卢婉婉鄙夷的视线，干笑两声，勉强"挽尊"道，"婉婉，妈妈本来也不指望你多聪明，傻人有傻福！"

"你说什么呢！婉婉哪里傻了！"卢父不满反驳。

两个人眼看着又要吵起来。

正巧这时候乔扬回来了，看着争得面红耳赤的两个人一愣。

"怎么样了？"卢婉婉打破僵局。

乔扬把护照还给了卢母："那边现在是晚上，接线的人也不清楚

· 148 ·

机场情况,只说去帮忙核查一下,机场是否有行李被人捡了送到失物管理处,有消息会再打电话来的。"

卢父又忍不住叨叨:"你看吧!我觉得拿回来的概率不大,哪有人捡了我们的行李还送到失物管理处……"

"谢谢你了!"卢母一只手按住了卢父的嘴,对乔扬致谢,接着转头对剩下的人露出亲切温柔的笑,"你们都还没吃饭吧?要吃什么?阿姨去帮你们做。"

卢婉婉真佩服自家老妈,不愧以前是演戏的,在泼妇和贵妇之间,收放自如。

自己的父母就是没脑子的富二代和想嫁进豪门的小演员的相遇,当然,他们俩的感情是真的,她的出生绝对不是一个意外。

这一点卢婉婉也相信,毕竟老爸破产之后,老妈貌美如花也没有改嫁,确实可以证明他们的感情很好。

哪怕现在他们又在厨房里因为菜谱而吵了起来。

"婉婉,你妈妈又漂亮又有气质!"应欢欢羡慕地说,"好像电影明星!"

以前还真的演过电影,就是没红,然后跟老爸结婚了。

但是无奈……老妈还真的就只有演技好而已。

演得再像一个贤妻良母,也没办法真的掩盖她不会做任何家务、没有任何厨艺的事实。

所以当老妈夸了海口,又没办法解决的时候,最终救场收拾烂摊子的永远都是老爸。

老爸虽然是个纨绔子弟,但也是个彻底的吃货,别的豪门继承人去读经济学管理的时候,他另辟蹊径去了新东方。

卢婉婉在厨房门口看着里面两个人打打闹闹的样子,忍不住笑起来。

这时候手机响了,一看到上面的海外电话,卢婉婉拿起来就到处找人,结果乔扬和应欢欢去买饮料了,只有白兮一个人站在院子里。

看到她满头大汗,急得像是热锅上的蚂蚁一样不安地拿着手机,白兮走过去,看了一眼手机屏幕,从她手里拿过了手机。

"嗯?"卢婉婉提醒他,"这个应该是机场那边……"

白兮已经接过手机,一开口,就是一串流利的英文。

卢婉婉瞪大了眼睛,不可思议地看着他。

虽然之前就疑心了,但是不知道原来他那么厉害。

白兮挂了电话,然后把手机递过去:"机场说找到了,已经联系了乔扬的朋友。"

"你英语一直都那么厉害?"卢婉婉还是不敢相信。

"卢婉婉,我告诉过你,我妈妈在国外。"白兮皱眉,"我本来就是在那边生活过一段时间的。"

"那你不早点跟我说?你明明知道我脑子不好使,你这样的暗示我怎么会听得懂?"得到了确定的答案,卢婉婉的怒意抑制不住了,"让我像个白痴一样,为你的成绩担心害怕……"

白兮想要开口解释,这时候乔扬跟应欢欢回来了。

"买到了你喜欢的可乐!"应欢欢手里抱着一大瓶可乐,开心地对着卢婉婉说道,可是发现她脸色不好,再看看白兮,两个人似乎都在生气的样子,"你们怎么了?"

"大骗子!"卢婉婉丢下一句话,转身回到了屋子里。

晚饭桌上,气氛十分诡异。

卢婉婉看着一言不发吃饭的白兮,生气地大口扒饭。

· 150 ·

"婉婉,我听说这位白同学是你的同桌是吗?"卢母作为一个有经验的老母亲,一眼就看穿了饭桌上的两个人情绪不对。

"嗯。"卢婉婉闷闷地应了一声。

"可是看起来乔同学跟你的关系要更好一些啊。"卢母说话的时候,乔扬正好帮卢婉婉的杯子重新装满了饮料,这句话一说完,乔扬的动作滞了滞。

卢婉婉看了一眼白兮,他抬起眼,也静静看着她,但是没有说话。

白兮放下碗筷,走向厨房。

"嗯,因为我跟乔扬同学两年多,白兮刚转来没有多久,我甚至还没有完全了解过他呢。"卢婉婉看着他的背影,说得咬牙切齿,"当然跟乔扬更亲近些。"

白兮回来的时候,手里拿着一杯冰块,一言不发倒进了卢婉婉的杯子里。

两个人已经养成了默契一般,他记住了她所有的小习惯。

可是就是这样的温柔,让卢婉婉觉得更加难过。

卢母扬扬眉毛,用手肘推了推卢父的胳膊,两个人面面相觑,使了个眼色都没说话。

饭后,卢母让卢婉婉去送同学离开。

几个人出门的时候,卢母在卢婉婉的耳边说了句:"笨丫头,是要闹别扭还是要同桌,自己看着办。"

卢婉婉听得似懂非懂,但心里的气还是咽不下去。

几个人走在路上,她也没有跟白兮说过一句话,而是跟应欢欢走在一起。

"婉婉,你跟白兮吵架了吗?"应欢欢看出来了他们俩的不对劲,

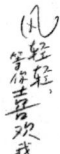
风轻轻
笑你喜欢我

"为什么啊?"

卢婉婉摇头否认:"没有吵架,我们一直都这样。"

一直都是她被白兮蒙在鼓里,像傻子一样。

应欢欢似信非信地点点头:"嗯,白兮并不像是表面上那样冷漠,就算真的惹到你了,你也不要生气。"

可是卢婉婉听着应欢欢的话更伤心了,为什么明明跟白兮更亲近的人是她,跟白兮是同桌的人也是她,应欢欢却好像比自己更了解白兮一样。

公交车正好来了,卢婉婉跟应欢欢、乔扬挥手告别。

白兮站在最后,准备上车的时候,忽然走到了卢婉婉面前,在她耳边说了句:"卢婉婉,我会为了你努力留在三班的。"

"啊?"

"所以,你别生气了。"

说完之后,白兮转过身上了车。

为了她?什么叫作为了她啊!难道不该是为了他自己吗?

车门关紧,卢婉婉只能看着他站在车厢里冲她挥手,脸上还带着一丝浅浅的笑意。

卢婉婉顿时脸又红又烫,看着车子缓缓离开。

啊啊啊……糟糕!明明应该生气很久,明明应该让他好好哄自己的,结果竟然这么轻易就想原谅他了!

虽然白兮确实欺骗了自己,但卢婉婉还是给自己找了台阶下,没有再生气。

虽然他因为小时候在国外居住过,所以英语很好,但是不代表他别的就很优秀,所以他们俩还是 loser 联盟,还是水平相当的同桌关系,

她对此很满意。

只是没想到段考之后,成绩发下来,让所有人都大吃一惊——

白兮考了全年级第二名,全班第一。

成绩发布的那天,白兮没有来学校。

要来"瞻仰"他的成绩单的同学络绎不绝,几乎是每个人都会过来反复看一遍,再看看他的试卷,确实没有任何问题,才会带着好奇离开。

尤其是安琪。

那个曾经因为质疑白兮的英语实力而要求重新考试的人,怎么都没有想到,白兮的英语拿了满分,年级第一。

安琪咬牙切齿地看完试卷后,不甘心地说了句:"肯定有问题!"

陆鸣刚要拍桌子站起来,卢婉婉已经直接把卷子从安琪手里抽了回来,毫不示弱地回应道:"老师都没有对此抱有质疑,你空口无凭就不要乱说话了。当时老师选择白兮去参加英语竞赛,说明老师相信白兮的实力。"

安琪的眼睛瞪得又大又圆,气得脸都白了。

因为所有人都知道,安琪虽然代表班级参加了学校的赛前培训,但是最终代表学校参加国际高中生英语大赛的人还是乔扬和应欢欢。

"卢婉婉,你看看你自己的成绩吧!"安琪冷笑一声,离开了。

这句话确实足够打击她。

卢婉婉进步了,虽然在班级里是四十八名,倒数第二,但是年级排名却在六十名了。

比起一开始在一百名的边缘徘徊,她进步了足足四十名。

但卢婉婉还是很沮丧,她以为白兮跟她是一样的,可是他一点都不一样。

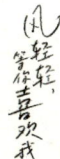

应欢欢听说这件事之后，第一时间就赶到了他们班上，拿着白兮的卷子看了好久，瞪大眼睛："天啊，我觉得有点不对劲……乔扬——"

乔扬从座位上转身过来。

应欢欢神秘地对他招招手："我发现了不对劲的地方，你过来一下！"

乔扬不紧不慢走过来："怎么了？"

"你看！白兮被扣分的地方……他不是做错了，是压根没有做啊……"应欢欢认真地思考着，"我觉得啊……"

"他故意的。"乔扬淡淡说道，像是已经知道了。

"不会吧？"

卢婉婉和应欢欢异口同声。

应欢欢看乔扬这么冷静的表情，狐疑地说道："你好像知道点什么？"

"之前在婉婉家复习的时候，虽然他没有答题，但是看过他的草稿纸，所有的解题思路都有。"乔扬说得极为平静，"他应该都会，只是不愿意写而已。"

"为什么啊？"应欢欢一头雾水，看向卢婉婉，"婉婉，你也不知道吗？"

卢婉婉摇摇头，她怎么会知道呢？

她现在感觉自己，什么都不知道。

不过，卫生委员喊了一句："白兮没来，今天下午轮到你们俩值日啊。"

"哦……"卢婉婉看到了他们俩的名字确实写在了黑板上，"那我自己来吧。"

她越来越怀疑白兮是故意的了。

"今天垃圾还挺多的，而且你一个人也搬不动那个垃圾桶啊。"卫生委员指了指教室后方的巨大垃圾桶。

"我跟白兮交换好了。"乔扬插话进来。

"OK！"卫生委员倒是没有意见，"那我就这么记录了。"

卢婉婉看着自己名字旁边的人换成了乔扬，她长叹一口气，有些无措。

于是，放学的时候乔扬留下来跟卢婉婉一起扫地。

自从乔扬对她说了那些话之后，他们俩的交流就减少了。

卢婉婉不明白他那番话的含义，也不想理解，只知道她想和他保持这样的同学关系。

他们俩默默扫完地，结果乔扬被篮球队的队长叫到门口谈事情。

卢婉婉就自己拖着巨大的垃圾桶，慢慢走到学校后面的垃圾池倒掉。

垃圾池有点高，卢婉婉勉强抱着垃圾桶起来，哪知刚一抬起来，就发现自己的力气还是不够，差点没拿稳，她以为自己今天要感受一把垃圾扑面了，就感觉到桶又稳住了。

卢婉婉看到来人之后，有些惊讶，手一松，垃圾桶直接砸向了垃圾池里，结果她很没出息地踩着地上的香蕉皮失去重心，一下子砸进了乔扬的怀里。

好一会儿，她都不知道该如何是好，耳边是他强有力的心跳声，一下一下，扰乱了她的心。

卢婉婉感觉自己进退两难，她不想继续保持这样暧昧又奇怪的姿势，但是更不知道应该如何面对乔扬的脸。

"你……要不要先起来？你有点沉啊。"乔扬无奈地说。

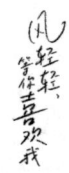

她吓得赶紧站直了身体,然后假装匆忙地要去把垃圾桶给拉回来。可是垃圾池太大了,要拿回掉进去的垃圾桶,她的胳膊还不够长。她感觉有人握着她的肩膀两边,把她给拉起来。

"我来吧。"乔扬把她"移动"到一旁,然后长臂一伸,就把垃圾桶给拿回来了。

卢婉婉拖着垃圾桶转身想走:"那、那我们赶紧回去吧……都脏兮兮的!"

乔扬没有动,眯着眼,语气中竟然带着一丝委屈:"你真的在躲我啊。"

"我哪有……"卢婉婉支支吾吾、苍白无力地否认,"我只是以为你在忙,我就想着赶紧解决可以早点回去……"

两个人一起把垃圾倒干净了,一人一边抬着垃圾桶的把手,走回教室。

"乔扬,"卢婉婉缓缓开口,"谢谢你。"

乔扬依旧是那副和煦温柔的模样,笑容很浅,会让人感觉到无比亲近。

"卢婉婉,你每次都这样,就算我想对你发脾气都没有办法。"他长长叹了一口气,"别躲我了,好吗?"

卢婉婉点头:"对不起啊,我只是不想跟你变得尴尬,结果没想到反而更加不自在了……"

乔扬想要伸手摸她垂下的小脑袋,但是手却慢慢收回来,转身指了指墙上的高考倒计时表格:"只剩下两百多天了,卢婉婉,好好复习,好好毕业。"

呼,心情终于放松了一些。

卢婉婉点了点头。

"那我们走吧。"

刚走到校门口的时候,乔扬又被人喊走了。

不愧是校园的大红人,时时刻刻都有人喊他。

卢婉婉刚出校门,就感觉自己的书包被人给抓住了。

她吓得尖叫,回过头却看到穿着卫衣戴着兜帽的白兮,对她露出了一个无奈的表情。

"你怎么那么慢啊,我等了你半个多小时。"白兮眯着眼睛打量她,"你跟乔扬去干什么了?"

卢婉婉气得想要跳起来打他的脑袋,无奈身高不够,还被他抓住了手腕。

她怒道:"今天你值日!乔扬跟你交换了,等到他值日的时候你替他就行了。"

"谁要他替我的?"

"那你就自己来啊!"

白兮尴尬地愣了愣,重新调整了自己的表情。

"惊喜吗?"他忽然歪着嘴角露出一个略带痞气的笑容,眯着眼睛说,"这次不会让你再放我鸽子了。"

"啊?"卢婉婉一路尖叫着被白兮给拖走了。

等到一起下了车,到了目的地,卢婉婉才知道原来白兮带她来了商场,直奔楼顶的电影院。

卢婉婉看着自己怀里的大桶爆米花,还有白兮手上的两杯可乐,虽然很开心也很激动,但是想到他对自己的欺骗,还是忍不住说道:"你这样算是赔礼道歉吗?"

"我的成绩出来了?"白兮一副假装不知道的模样,"应该能够留在三班吧?"

"你到底怎么回事?"卢婉婉很好奇,眼前的这个人跟自己当了几个月的同桌了,可是她好像一点都不了解他,"为什么一开始要假装差生呢?"

"我没有假装差生,我只是对那些考试不感兴趣。"白兮避重就轻地回答。

没有得到自己想要的回答,卢婉婉有点闷闷不乐。

进了电影院里,她只顾着埋头吃爆米花。

虽然是个喜剧电影,周围欢声笑语不断,但是她没有看得很投入。

白兮伸手过来抓爆米花的时候,几次碰到她的手,他也全然没注意。

卢婉婉无奈又难过地叹气一声。

终于到了全片的高潮点,主人公正在热闹地追逐着,影院里也极为吵闹。

但是,白兮却忽然开口了。

"卢婉婉,我不是故意隐瞒你的。"白兮的双眼依旧看着屏幕,"只是那时候我以为我很快就会走。"

"啊?"卢婉婉听得不是很清楚。

白兮扭过头看了她一眼,光线昏暗的电影院里,他目光灼灼:"我没有料想到,自己会想要留下来。"

"你的意思是……"

"我现在想留下来,跟你一起毕业。"

"我……"卢婉婉正想要回答,结果电影刚好演到爆炸,"轰隆轰隆"的声音此起彼伏。

白兮转过头看着屏幕说了句什么,但是卢婉婉没听到。

"不过啊,你到底为什么总是看起来很困的样子?"卢婉婉看着他,现在也是,这电影那么精彩,紧张又刺激,他还能连连打哈欠,平时也像是一直睡不醒的样子。

"因为晚上没有怎么睡觉。"

"你在干什么?"卢婉婉想了想,"啊,你不会是白天上课不学习,晚上找了家教吧?"

这么暗的电影院里,都能看到白兮翻了一个大大的白眼。

"是,而且还是国外的。"

"什么啊……"

"我妈妈。"

卢婉婉没反应过来:"嗯?"

白兮扭头对她笑了笑:"我晚上会跟我妈妈视频,但是因为我们有时差,所以只能是凌晨。"

"每天晚上吗?"

白兮的笑容很淡,像是在说一件无关紧要的事情,也像是在尽量掩饰自己语气中的悲伤。

"我妈妈有精神方面的疾病,状态不太好,她很想见到我,所以我会每天尽量跟她视频,跟她说话,偶尔也没有办法真的聊那么久,所以我们就想了一个办法,就是我们会对着视频画画。我妈妈很喜欢画画,我们就坐在镜头面前画对方,这样时间也会过得很快。"

卢婉婉听了说不出话来。

白兮用手捏了捏她的脸:"喂,你这个表情,让我后悔跟你说这些了。"

"我就是觉得,你妈妈一定是个很温柔的人。"

"哈,也不是。"白兮像是想到了什么,笑出了声,"我妈妈

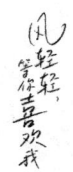

喜欢画画的原因……就是因为学习不好，所以才想着要找点别的事情做。"

卢婉婉皱眉看着他。

白兮的笑容更加温柔。

"跟你一样。"

两个人看完电影出来，白兮送她去公交车站。

卢婉婉还在纠结自己没听到的那句话，一路上逼问白兮，他都坚决不回答，只说是："你没听到就算了，也不是什么重要的话。"

公交车来了，卢婉婉第一次那么讨厌公交车来得如此快。

好像还没有一起做什么，就到了要分开的时间。

"卢婉婉，路上小心，到家给我发信息。"白兮想了想又说了句，"车上无聊的时候也可以发。"

卢婉婉没出息地红了脸："嗯，你……也是。"

车子停在她面前，正准备上去的时候，她鼓起勇气问了句："白兮，你……"

但想想还是太麻烦对方了，她淡淡一笑，就摇摇头，跟他挥手道别。

卢婉婉垂头丧气地上了车，找了一个位置坐下，想看窗外的白兮，结果他已经不在原地了。

那么快就走了？

没想到此刻已经缓缓启动的车子重新停下来，车门打开，白兮上了车。

"你……"看着白兮慢慢向她走过来，然后在她身边坐下，她忍不住结结巴巴，"你、你怎么……上车了？这里跟你……不、不是一个方向啊……"

"嗯,我知道。"白兮扭头看她,"你是不是有话跟我说?"

她想说的话,就是想问他,可不可以再跟自己待一段时间。

卢婉婉这样想着,顿时觉得惊恐起来,自己这是怎么了,明明每天都在一起上下学,为什么还是想要再跟他多待一段时间。

"我是想问你,"卢婉婉缓缓开口,"我们跨年的时候,要不要一起?"

是啊,不知不觉,已经11月了,即便是南方也开始慢慢降温。

段考意味着这一个学期已经过了一半了。

白兮回到学校,果不其然被"围观"了。

以前白兮立的是"暴躁颓废美少年"的形象,现在变成了"冷漠学霸美少年",少女们又重新沸腾起来了。

抽屉里塞满了信和小礼物,白兮不耐烦地揉头发,走到后门去拿垃圾桶,一下子全扫进去了。

那些女生依旧不死心,还夸他这样做特别帅气。

卢婉婉实在不懂她们的脑回路。

之前明明骂得最凶的是她们,现在最疯狂的也是她们。

卢婉婉跟白兮一起去小卖部回来,就发现所有人都在交头接耳地讨论着。

陆鸣一看到白兮,立刻神气活现地清清嗓子,煞有介事地走到他身边,用着蹩脚的播音腔说道:"亲爱的同学们,让我们欢迎首位参赛选手——白兮!"

白兮无视陆鸣这浮夸的举动,径直走回位置上坐下。

卢婉婉不忍心看陆鸣这么尴尬,问道:"怎么了?"

"之前不是说要选出代表学校参加英语竞赛的人吗……"

卢婉婉点头："不是乔扬和应欢欢一起参加吗？"

"是啊，本来是这样……"陆鸣小声说，"结果今天早上老师过来说乔扬生病了，估计要休养一段时间，没有办法参加了。"

卢婉婉才发现原来乔扬没有来。

可是明明昨天还没有什么的啊。

"所以现在呢？"

"重新选拔肯定来不及了，所以这次老师应该直接推选了吧。"陆鸣很得意，"我们家白兮终于可以为自己正名了啊。"

卢婉婉看了白兮一眼，他完全不在意。

"不去吗？"她回到座位上，小声问道，"之前老师说要选你的时候，大家都觉得你是关系户，所以一直在背后抹黑你……"

白兮毫无兴趣："不想去，好累。"

反正你做什么都累！

过了一会儿，白兮抬眼看她："你希望我去吗？"

"我不知道。"卢婉婉想到他要跟应欢欢一起集训和比赛，心里稍微有点失落，但也希望白兮可以获得自己应该得到的荣耀，所以她不知道怎么回答。

白兮对她露出个皮笑肉不笑的表情："你什么都不知道。"

卢婉婉气得牙痒痒，恨不得掐他一下。

不过鉴于他的脾气，她还是默默忍住了。

果然，按照陆鸣想的那样，英语老师在下课后找白兮去谈话了。

但是白兮回来时脸色不太好，也没有说什么。

段考之后，大家得到了喘气的机会，那就是一年一度的校庆要来了。

今年恰好建校一百年，学校办得极为盛大，每个班都得出节目，

高三比较幸运的是可以只出一个简单的歌唱或者诗朗诵,但是也得保证质量。

陆鸣一听就兴奋了,他一直喜欢唱歌,表演欲望极为强烈,第一时间就找老师报了个节目。

因为三班的班主任是英语老师,乔扬请假不在,自然把这件事交给安琪去做了。

安琪平时对陆鸣和卢婉婉深恶痛绝,当然第一时间就拒绝了陆鸣的要求。

理由是这么重大的校庆,至少要三个人以上的节目才有参加评选的机会。

陆鸣只能回来找到了自己的同桌,还有卢婉婉。

"你为什么不找白兮?"卢婉婉很愤怒。

陆鸣看了一眼正在睡觉的白兮,反问道:"你觉得我为什么不找?"

只是这么随口一提,陆鸣已经收到了白兮的白眼警告。

卢婉婉还是不想参加:"我唱歌五音不全。"

"乐器呢?键盘或者贝斯?"

卢婉婉想了想:"小时候我爸送我去学过钢琴。"

"那电子琴也是一样的!"陆鸣满眼发亮,"键盘就你来吧!"

"但是我去了几个月觉得没意思,我爸就让我在家玩了。"

陆鸣露出了想要冲过来掐她的表情,深呼吸了两次之后,终于忍下来了:"那你就站在后面当背景板也好,实在不行就给你个贝斯假装在弹。"

卢婉婉看陆鸣那么迫切,勉强答应了,放学的时候一起排练。

卢婉婉实在不忍心看见陆鸣的梦想夭折,还是答应了跟陆鸣和麦

甜一起合作。

毕竟也是上过几次钢琴课的，卢婉婉负责当键盘手。

三个人找了个空地开始练习，白兮坐在旁边拿着个本子不知道在做什么。

陆鸣一开始唱歌，白兮就默默把自己的耳机给掏出来戴上了。

当然陆鸣绝对不会因为白兮这样的举动就受挫，相反，他越挫越勇，已经陷入了自己的歌声里难以自拔。

卢婉婉和麦甜对视一眼，继续照着歌词和音。

忽然学生会的人过来，贴了一张告示，在召集校庆的主持人，将在下礼拜面试。

麦甜冷不丁地问："婉婉，你要不要去试试主持人啊？你外形条件那么好，而且气质也好，感觉很适合当主持人啊。"

一句话，让白兮也看了过来。

他看一眼海报上面的要求，然后看着卢婉婉，似乎是在等她的回答。

卢婉婉想到了小时候给老爸的公司年会当主持人的回忆。

老爸喜欢炫耀女儿，对这些大场合毫不在意，她那时十二三岁，随便怎么主持都有人帮她接，大家也根本就不在意她说了什么。

而且那时候她每天过着众星捧月的生活，觉得自己什么都能做得好。

后来才知道，不是因为自己做得好，只是因为那时候，没有人会说她不好。

她的自信也就这样一点点消失了。

她摇摇头："不了。"

这时，应欢欢不知道从哪儿冒出来，走到了白兮身边，也靠着墙坐了下来。

陆鸣立刻停下来，笑得谄媚无比地对应欢欢道："欢欢，你怎么来了？"

还欢欢呢，卢婉婉跟麦甜同时翻了个白眼。

"哦，等会儿去报名参加主持人竞选。"应欢欢笑着跟他们打了招呼，"希望我们可以一起参加节目啊。"

"你还需要报名竞选吗？明显你应该是内定啊！"陆鸣没出息地放下了乐器走过去，"哎呀，如果你成功入选的话，那我们就可以在舞台上见了。"

应欢欢很给面子："太好了，如果我能选上，我一定主动申请给你报幕。"

麦甜暗暗用手肘推推卢婉婉的腰："婉婉，不能输。"

"说什么呢。"卢婉婉立刻给麦甜使眼色。

她们俩暗潮涌动用眼神交流了一番，再抬头发现白兮跟应欢欢已经走了。

"应欢欢看着就对白兮图谋不轨，"麦甜"啧啧"两声，"而你还不打算行动。"

卢婉婉看着两个人的背影陷入了沉默，就像是被大雨砸弯腰的草木，没有一点精神。

卢婉婉默默走到公告面前，看着上面的竞选要求。

上面写着需要两男两女，因为还会邀请外教和海外分校的领导们一起，其中一对需要全程用英语主持。

她默默倒吸一口凉气，看了眼普通的主持人的要求，普通话佳、应变能力强，主持人还有开场秀，要是会乐器或者跳舞可以加分。

好的，她放弃了。

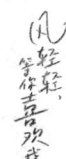

后来应欢欢跟白兮一起回来了,两个人有说有笑的样子,让卢婉婉莫名烦躁。

练习结束后,卢婉婉跟白兮一起去坐车。

她忍不住问:"应欢欢找你干什么啊?"

"没什么。"白兮漫不经心地回答,"去参加英语竞赛的事情,我已经拒绝了。"

果然,如果乔扬不在的话,白兮是最合适的人选。

她虽然知道白兮还是那个白兮,只是她跟他的距离,好像越来越远了。

卢婉婉咬着嘴唇:"你觉得我能去参加主持人的竞选吗?"

白兮低头看她:"你想参加吗?"

她点点头,又摇摇头:"算了,我也没有这个能力。"

车子刚好来了,卢婉婉要上车,白兮在她上车之前说道:"想参加的话就去吧。"

卢婉婉冥思苦想一夜,第二天还是决定去要一张报名表。她随便填写了之后,就放在座位上了。

课间操回来,卢婉婉忽然发现自己的座位前围着一群人,好像在看什么。

她快步走过去推开众人,发现安琪手里正好拿着自己的报名表。

"卢婉婉,你要报名主持人竞选啊?"安琪笑了笑,"你知道这次主持人竞选有要求的吧?"

周围的人也是一副看好戏的模样,卢婉婉脸一红,走过去把自己的报名表给扯了过来。

"安琪,随便拿别人的东西,不应该道歉吗?"卢婉婉借着这股气,

· 166 ·

终于敢鼓起勇气说出自己想说的话。

"反正你就放在桌子上,走过的人都可以看。"安琪不以为然,"而且,我是负责收报名表的人,你早晚也是要给我的,现在看和等会儿看不是一样吗?"

卢婉婉皱眉道:"我给你看,和你自己拿来看,不是一个道理,这是礼貌的问题。"

"你说我没有礼貌?"安琪怒道。

"我……"卢婉婉忍不住缩脖子,完了,对方一强势起来,她就会弱下来。

正好这时白兮从外面回来,他看到这一幕,走到座位上,看了看身边的卢婉婉:"怎么了?"

气氛一时之间有些僵。

卢婉婉不想要白兮插手这件事,不知道应该怎么开口跟他解释,便继续看着安琪说道:"嗯,不问自取,没有礼貌。"

"你——"

忽然,英语老师在教室外面大喊了一声:"白兮,你再过来一趟。"

白兮皱眉:"老师,如果是那件事,我已经说得很清楚了……"

"我们再好好交流一下。"英语老师也很为难。

白兮依旧板着脸:"我觉得不必了。"

英语老师颓丧着脸,也很无奈:"好吧,你如果改变主意了,随时来找我。"

说罢,英语老师便走了。

结果此时安琪的脸色更难看了。

白兮扭头扫了一眼桌子上的报名表,顿时明白了,抬头看着安琪:"嗯,我同意卢婉婉的说法。"

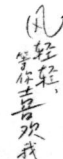

"哼,你当然同意了。"安琪忍不住道,"也不知道到底安了什么心,扮猪吃老虎,之前不好好考试,故意隐瞒自己的成绩,也不知道安的什么心。哦,当然啦,这个成绩到底是真实的还是怎么得来的……"

"安琪!如果你没有证据的话,就不要随便污蔑别人。"卢婉婉出声怒道,"对,你就是没有礼貌,而且也没有脑子,你有什么意见可以找老师反应,在这里血口喷人跟网上的无脑键盘侠有什么区别……"

陆鸣和麦甜都是一惊,卢婉婉什么时候变得这么硬气了!

"哟……婉婉!"陆鸣做了一个非常嘻哈的手势,"瑞斯白(respect)!"

安琪扭头瞪了他一眼。

安琪正要开口回击,白兮站了起来,直接挡在了她面前,目光冰冷地看着她:"课代表,要上课了。"

他望了一眼四周,提醒安琪,还有这么多人在看着。

此时明显是安琪理亏,她冷冷哼了一声,把桌子上的报名表给扫到了地上,转身走的时候,还一脚踩了上去。

白兮弯腰把报名表拿起来,拍了拍上面的灰,递给卢婉婉:"给,你的。声音这么好听,为什么不去呢?"

"我还没有决定呢。"卢婉婉用橡皮擦一点点擦掉剩下的脚印,"那个英语竞赛……你真的不去吗?"

白兮挑眉,像是对她的这句话有些意外:"不去。"

得罪了安琪,最直接的后果就是,卢婉婉的英语作业就这么刚好地"落"了。

而且还不知道落到哪里去了。

她自然不会跟安琪讨说法,只能去办公室跟老师解释。

这次卢婉婉的英语进步不少，老师对她的学习态度还是很认同的，就叮嘱了几句，让她补上来就好。

卢婉婉刚走到办公室门口，忽然听到有老师提到了白兮，她脚步停下来，站在门口悄悄看向里面。

"老师，我觉得还是尽量说服白兮吧。"应欢欢有些激动，"您也知道白兮的实力，段考我跟乔扬都只拿了140分，但是白兮拿了满分……"

"这个不是我能说服的。"英语老师无奈，"这次演讲比赛对考试很重要。"

"那我来想办法，如果我可以让白兮转变想法的话，老师可以答应把最后一个名额给白兮吗？"

老师揉着鼻梁："行吧，那你去试试，但是这个礼拜一定要确定下来。"

应欢欢得到了自己想要的答案，顿时眉开眼笑。

卢婉婉在她出来之前，就快速离开办公室，回到了教室里。

白兮听到动静抬眼看她："怎么了？"

"没什么。"卢婉婉看着被她夹在书里的报名表，长叹一口气，"就是要补作业而已。"

她心中莫名地沮丧，甚至有些厌恶自己。

以前她以为自己跟白兮很近，是因为他们的成绩都不好，可是现在不一样了，她还是那个吊车尾，而他越来越优秀，不，他本来就是个很优秀的人，只是她不知道而已。

她担心以后再也追不上他的步伐，还不如回到最开始那样。

可是不行……

他本来就该像现在一样，光芒万丈。

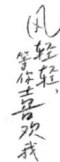

那如果回不到过去，至少她可以更努力向他靠近……

所以当卢婉婉把报名表交给安琪的时候，她也觉得自己大概是疯了。

哪知安琪却笑着对她说道："你来晚了，报名已经结束了。"

"不是今天放学才是最终时间吗……"卢婉婉确定自己没记错。

安琪笑嘻嘻地回答："是这样说没错，只是我们班的已经交上去了，你自己拿给应欢欢吧，她是总负责人。"

卢婉婉没说话。

安琪忍不住冷哼一声："你不是跟应欢欢关系不错吗，她应该愿意为了你走个后门。"

卢婉婉只能拿着自己的报名表去找应欢欢，结果应欢欢给的回答也是一样。

"抱歉啊婉婉，因为不可能临放学才去找老师，所以我已经提前交上去了。"应欢欢也很为难，"如果你真的很想参加，去找老师问问？"

算了，卢婉婉如果和老师关系好的话倒还好说，而且她也没有这个勇气。

临走的时候，卢婉婉想起了在办公室听到的应欢欢的话。

她欲言又止，最终还是放弃了。

应欢欢却拉住她："婉婉，你能帮我劝劝白兮吗？那个英语竞赛。"

"可是我……"她也没有办法左右白兮的想法啊。

"婉婉，白兮有能力站到更好的舞台上。"应欢欢带着一丝迫切，"你也知道这一点的吧？"

没能说出口的话
第八章

周五是节目审核的时间，班上一半的班干部都到了，安琪煞有介事地坐在正中央，给所有的班干部发了评选表。

卢婉婉越发对陆鸣的节目失去了信心，毕竟今天来的都是跟安琪交好的班干部。

最关键的是，直到昨天练习时，他们才勉强配合下来，今天就得直接参与考核。他们练习了那么久，自然是希望能够得到好结果的。

只是现状不容乐观。

卢婉婉紧张得直抖腿，忽然手里被塞进来一块橡皮擦，她扭头看到白兮坐在她身边。

"按照你们昨天练习的那样就行了。"白兮没有看她，而是低头翻着陆鸣的漫画书，慢悠悠地说，"你别害怕。"

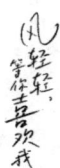

卢婉婉看着手里的橡皮擦，忽然就安定了下来。

"你不是喜欢擦来擦去吗？"白兮看着她没有这个"小动作"，不禁问道。

"好像……"卢婉婉看着白兮的脸，"你在这里就可以了。"

结果刚一说完，两个人都是一愣。

她真是太不注意了！每次都把自己心里想的话说出来，不经过思考就脱口而出。

白兮低声说道："嗯，放心吧。"

轮到他们组上台时，卢婉婉却发现不知道什么时候应欢欢来了。等卢婉婉准备开始表演的时候，白兮已经跟着应欢欢出去了。

她心里一"咯噔"，第一拍就漏掉了。

陆鸣迅速扭头瞪了她一眼。

卢婉婉立刻打起十二分精神，但是因为第一个节奏错了，之后的也没能挽救回来。

他们的节目用惨不忍睹来形容，或许都算是安慰。

蛙鸣蝉噪，这是卢婉婉表演完之后浮现在脑中的词语。三个人就像是互不干涉，也互不认识，各自演奏各自的部分，卢婉婉感觉自己发挥了毕生的精力，也无法跟上大家的节奏。

于是毫无意外的，他们的节目被否了。

其实陆鸣一个人抱着吉他独唱的时候，还是挺不错的，无奈非得为了遵守规则，变成了这般不伦不类的样子，卢婉婉也挺替他可惜的。

审核结束之后，陆鸣抱着自己的电吉他蹲在楼梯上。

每天都积极向上的陆鸣，第一次这么颓丧。

现在主持人报名结束了，陆鸣的节目也没能通过审核，整个校庆就跟他们没有关系了。

陆鸣颓废了好几天，终于在知道安琪没有选上主持人之后，稍微开心了一点，觉得恶有恶报。

只是让众人有些意外的是，白兮居然答应参加英语竞赛了。

他决定参加的那一天，乔扬也回到了学校里，继续上课。

乔扬的后援会自然对白兮的意见更大了，之前一直不答应，现在乔扬回来了，却突然答应了参赛，明摆着是故意针对乔扬。

虽然乔扬已经跟大家解释过，自己的身体还吃不消海外的比赛行程，但是他的脑残粉也只是认为这是乔扬故意美化了白兮的突然"上位"。

白兮对此一点也不在意。

卢婉婉也很想知道，他到底为什么会突然答应参加比赛，但她不敢问。

白兮为了筹备比赛，每日跟应欢欢一起出双入对地去接受老师辅导。

为此，卢婉婉很颓废，整天垂头丧气的。

她不知道自己该高兴还是难过，她心里觉得他应该去，可是她又希望，不是跟应欢欢一起去。

课间，卢婉婉出去接热水。

走到后门的时候，应欢欢忽然拿了个本子过来，让卢婉婉帮忙还给白兮。

卢婉婉看了一眼，是白兮平时写写画画的本子。

里面有一张纸像是被撕下来后夹在里面的，露出了一条边。

"昨天培训的时候他落在抽屉了。"应欢欢解释道,"他估计还没有发现呢,所以都没有来找我要。"

卢婉婉点点头,答应帮她送回去。只是偏偏夹在里面的那张纸,隐隐约约露出来的地方,让卢婉婉很好奇。

因为……一看就是个人物素描。

他分明说过自己不画人的,除了妈妈。

卢婉婉鬼使神差地打开了一看,顿时呆住了。

"你怎么傻呆呆站在这里,不接水吗?"乔扬一边说着一边拍了拍卢婉婉的肩膀,看到她手中的画之后,也停顿了片刻,"卢婉婉,要上课了。"

果然,上课铃声响了。

"那、那我不去了……"卢婉婉反应过来。

"我去帮你接。"乔扬从她手里拿过水瓶,二话不说就朝着热水处跑去。

卢婉婉根本来不及阻止,只能拿着白兮的画册走回了座位。

那画上的女孩子是应欢欢。

卢婉婉把纸塞了回去,然后将本子放在了白兮的抽屉里。

白兮正睡得迷迷糊糊,听见上课铃声醒了过来,一扭头,发现身边的某人表情不对劲。

"怎么了?"白兮看她。

卢婉婉摇头:"没事。"

"卢婉婉……今天中午要不要……"白兮正开口,结果突然脸色一变。

乔扬拿着水杯放在卢婉婉面前,额头上带着一丝汗珠。

这大冷天的,还能跑出汗了。

"给。"乔扬把杯子放在了桌子上,转身就快步走回座位了。

卢婉婉拿了自己的水瓶,可是脑中还想着那张纸上的画像。

要不要问他呢?明明说好不会画人的……

难道是因为应欢欢对白兮来说更特别吗?

卢婉婉内心被这样的念头折磨得难受,所以白兮问她要不要一起去学校外面吃午餐的时候,她脾气一下子没压下来,闹别扭地说了句:"不去,我有约了。"

"谁啊?"白兮皱眉。

她想说陆鸣,但是陆鸣中午回家,而且如果她约他吃午饭,对方绝对大张旗鼓四处吆喝,最后把白兮和麦甜一起喊上,人多可以多点几个菜。

于是,她说了个最不可能的人:"乔扬。"

白兮的脸僵硬了片刻。

她重复了一遍:"之前就说要感谢乔扬帮忙补习,所以中午跟他约好了一起吃饭。"

"我也要去。"白兮顿了顿,用了陆鸣的说辞,"把应欢欢一起喊上,人多热闹。"

"你不是最讨厌吵闹的吗?"卢婉婉更生气,"不行,我没有那么多预算。"

"我请客。"

"不要。"卢婉婉就是莫名火大,她就是单纯不想看见他而已,"都说了我是单独约了乔扬。"

白兮看着她,她也不甘示弱地看着白兮。

白兮不知道为什么自己睡了一觉睁眼就看到卢婉婉对自己板着脸,还莫名发火。

卢婉婉也不知道从什么时候开始白兮跟应欢欢已经走得这么近了，她还蒙在鼓里。

以前他们吵架总是卢婉婉道歉，但是这一次，她才不要示弱。

"卢婉婉，你到底在发什么脾气？"

"白兮，如果我让你别去参加英语竞赛，你会不去吗？"卢婉婉也不知道为什么，会突然问了这句话。

白兮看着她，斩钉截铁地说："不会。"

午饭的时候，卢婉婉毫无疑问是独自一人。她去了离学校最远的"美食街"，那里都是卖小吃的。刚准备随便买点什么，她就看到白兮跟应欢欢两个人从街口走了进来。

卢婉婉吓了一跳，慌不择路，竟然跟面前的人一下子撞上。

"哎哟。"她叫了一声，抬起头，顿时发愣，"乔扬？你怎么在这里？"

"你不是要请我吃饭？"乔扬笑了笑，扶着她的肩膀，让她站稳，"走吧。"

她下意识地看向不远处的地方，发现白兮和应欢欢也看着这边。

和白兮目光交错的瞬间，卢婉婉就躲开了，然后拉着乔扬的校服衣角小声说道："我们去别的地方吃。"

乔扬自然也注意到了，说了句"好"，就任由她拉着，来到了这条美食街最里面的 M 记，白兮嘴刁又不喜欢吃垃圾食品，更讨厌人多的地方，是绝对不可能过来这里的。

"我来付钱！不要跟我抢！"卢婉婉提前说好了。

虽然只是个借口，但是她确实一直想要对乔扬表达谢意。尤其是这次，他又帮了自己一次，圆了这个谎。乔扬看她都这样说了，也没

有拒绝。

两个人点了单坐下。

卢婉婉好奇:"你是怎么知道……"

乔扬笑道:"我走到学校门口,白兮问我怎么没有和你一起去吃饭,我不知道发生了什么,便跟他说,我正要来找你,所以我就过来了。"

不愧是好学生,脑袋也聪明。

"你们怎么了?"乔扬问道。

"也没什么。"卢婉婉想起来他生病的事情,"你的身体还好吗?"

乔扬微微一笑,眼睛像是瞬间多了光:"嗯,其实不是什么大问题,只是毕竟做了手术,担心出国会有别的问题,也就没有参加英语竞赛。"

"那就好。"

"卢婉婉,"乔扬看着她,"你能问起,我很开心。"

卢婉婉没办法接下去。

乔扬继续开口道:"在我住院期间,我也想过,你到底什么时候会问起。偶尔也会赌气想要多休息一段时间,在想着,我消失的时间再久一点,你或许就会发现我不在学校里,或许就会发信息……"

"我们都是同学嘛。"卢婉婉想起之前乔扬对她说的话,心里不免有些无措,想要说点别的话题把这个气氛给掩盖过去,没想到一激动,吃下去一口香辣鸡翅呛到了嗓子,猛地咳嗽起来,"咳咳咳——"

她真是没用,吃鸡翅都能被呛到。

更惨的是,她为了省钱请乔扬吃饭,压根没有要饮料。

过了一会儿,两杯可乐已经放在了卢婉婉面前。

两个人转头过去,看到白兮板着脸,身边站着应欢欢。

卢婉婉想也没想，就拿起了乔扬给自己的那杯可乐。

"我们走吧。"卢婉婉拿起了自己的东西，反正看到他们俩，自己也没什么胃口了，不如早点离开。

白兮开口道："卢婉婉，你真的要这样？"

卢婉婉说不出话来，她不这样，还能怎么样，难道在这里问他，为什么说好不去参加比赛的，却还是答应了，为什么说好不会画人，却画了应欢欢。

卢婉婉没有回答，而是跟乔扬走了出去。

天气太冷了，卢婉婉手里捏着冷饮，冻得她的手指骨节发白，有点麻木。

"婉婉，你要不要参加英语主持人的竞选？"

卢婉婉愣了愣，才意识到乔扬还走在自己身边："嗯？我？"

"虽然普通的主持人已经选完了，但是因为应欢欢担心主持会影响比赛，已经跟老师申请了换人，所以位置空缺出来了，你要不要尝试？"乔扬说道，"我很希望你参加。"

如果我参加了，也会像应欢欢那样耀眼吗？

会变成站在白兮身边也丝毫不会自卑胆怯的人吗？

卢婉婉在心里问自己。

"可是我……一点都不优秀。"卢婉婉叹了口气，小时候的她不是这样的，也曾众星捧月，人人夸赞。可是家里破产后，曾经围绕在身边的人都离开了，她才意识到，自己一点能力都没有，那些人的赞美都是虚假的。

"我可以帮你的。"乔扬的声音有些急促，"就像之前一样……就像白兮一样……他可以帮到你的，我也可以……他能够记住你喜欢

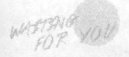

· 178 ·

什么不喜欢什么,我也可以。"

她看着他,觉得他的每句话都一下又一下像是小刺一般扎在她的心上。

可是她不行。

卢婉婉正准备回答,就看到白兮已经追出来了,走到了两个人中间,看看她又看看乔扬。

"跟我走。"白兮拉着卢婉婉就往学校里面走。

卢婉婉却用另一只手拉住白兮,停了下来:"不要,这次你跟我走吧。"

"啊?"白兮看着她。

"我是说你跟我走。"卢婉婉牵住白兮的手,"我有话要跟你说。"

白兮大概也没想到,事情居然会是这样发展。

卢婉婉脑子一片空白,她不知道,不知道自己如果问出口的话,一切会不会不一样。

她一边走一边说:"我有很多话想问你,也想跟你说……"

就在他们俩回到学校门口的时候,忽然有人喊住了白兮。

"白兮。"一道沉稳的男声。

她分明感觉到白兮浑身一僵。

白兮看着走过来的人,语气生硬:"你怎么会在这里?"

对方回答:"父亲来看看儿子,有什么问题吗?"

白兮被他父亲带走了。

卢婉婉总感觉自己没有说出口的那些话,好像再也没有机会说出来了。

哪怕此刻白兮重新回来一次,也不会有刚才的勇气了。

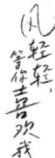

而事实上，白兮没有回来。

不行，卢婉婉心中不安，如果那些话不能说出来……

可是显然老天没有再给她机会，转天白兮没有来，发信息自然也是没有回复的。老师给的说法是白兮为了办理出国比赛的签证请假了，两天后就已经是直接出国的消息。

应欢欢比白兮晚一天出国，卢婉婉决定去找应欢欢。

卢婉婉拜托乔扬拿到了应欢欢的地址，结果在小区门口被拦下来了，还得登记才能进去。

她不知道应欢欢家具体的门牌号，门卫也没有办法联系到业主。

卢婉婉给应欢欢发了信息，也半天没有回复，只好蹲在小区门口等了一会儿。

冬天还真冷，她冷得直哆嗦，不停跺脚又蹦蹦跳跳来让自己发热取暖。

不记得等了多久，她终于看到了应欢欢穿着大衣来了，只是她没有从小区里出来，而是从马路的另外一边走过来的。

"欢欢！"卢婉婉冲她挥手。

像是注意到卢婉婉疑惑的目光，应欢欢主动解释："我刚刚去外面买东西了，没有注意看信息。"

卢婉婉看到她两手空空，也没有多想："抱歉啊，这样突然来找你。"

卢婉婉想到自己来的目的，又有些犹豫。

她应该把信交给应欢欢吗……

也不是信，就是一张新年贺卡。

她和白兮之前约好了一起跨年，但是算了算这次比赛的时间，他如果赶得回来，跨年的时候应该是在飞机上，所以就给他做了一张新

· 180 ·

年贺卡,至少也算是实现了一起跨年的愿望。

"怎么了?"

卢婉婉把装着贺卡的信封拿出来。

应欢欢立刻就笑了:"噗,婉婉,你这不会是拜托我帮你转交情书给白兮吧?"

"啊……我……这、这不是情书……"她还没有勇气把自己的心意告诉白兮。

"婉婉,我没有别的意思,就是我觉得……现在不适合做这件事。"应欢欢拉起她的手,温柔地笑着,"我们这次是出国比赛,最好不要分心……"

"我不是让你现在马上就给他,我只是希望在结束的那天交给他……"

"我的意思是,我们都高三了,婉婉。"

卢婉婉说不出话来。

"婉婉,你也知道他其实成绩很好,之前一直都在国外念书,就连家都在国外,所以刚来这个学校的时候,他是为了反抗他爸爸强制带他回国才会不愿意好好上课的,这次参加比赛也是想要拿到好成绩继续申请国外的大学……"应欢欢很担心地看着她,"婉婉,我知道你跟他关系很好,所以也会希望他更好吧?"

卢婉婉说不出一句话来。

白兮的妈妈在国外这一点,她一直都是知道的。

可是没有想过,原来白兮会答应参加比赛其实是为了再次出国。

或许高中毕业之后,就真的是各奔东西,她竟然还想着……还想着……

卢婉婉捏紧了手里的那张贺卡。

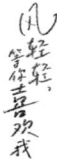

"嗯，我当然希望。"卢婉婉不动声色地把自己的手抽了回来，挤出一个不像笑的笑，"那、那祝你们……比赛顺利。"

卢婉婉转身回家，在路边车站的长椅上坐着等车。

忽然，她看到应欢欢也走了过来。

卢婉婉想喊住她，但是又不知道还能说什么。

只是卢婉婉有些疑惑，因为应欢欢过了马路，走向了另外一个方向。那边没有商店，而是另外一个小区。

现在都那么晚了，为什么应欢欢要去那边……

过了一会儿，卢婉婉看见应欢欢又出来了，对面车站的公交车上下来了一个衣着朴素的中年妇人，应欢欢迎上去，把中年妇人手里的东西都接了下来，两个人一边说着话一边向着那边的小区走去。

两个人亲密的模样像是母女。

卢婉婉有些疑惑，应欢欢不该住在这边的别墅区吗？

卢婉婉也不记得自己是怎么回家的，只记得那张贺卡被自己捏了一路，到家的时候低头一看，已经皱巴巴的了，估计也不能用了，就直接扔在了桌子上。

第二天去学校，白兮的位置空空如也。

班上的气氛更加压抑了，尤其是老师宣布了期末考试的日期，而且就算是考完试，也还有两个礼拜的课。在一片唉声叹气之中，大家又继续埋头看书做卷子。

卢婉婉看着墙壁上的指针，怅然若失。

不知道他现在怎么样了。

果然，学校当天就公布了校庆的主持人出现空缺，需要重新招募主持人。

英语主持人要承受的压力更大，自然没有人敢轻易接下来。

卢婉婉看了一眼自己抽屉里的报名表，打算拿去扔掉。

就在她差点撕掉的时候，她忽然看到报名表背后有一排用铅笔写的小字。

——想去就去做，也总比没试过要好。我相信你。

字迹龙飞凤舞，卢婉婉立刻猜到是来自谁的大作。

只是她不知道，他到底是什么时候给自己留下这句话的，甚至也不知道，他到底有没有想过自己也可能会看不到这句话。

是不是即使没看到也无所谓？

卢婉婉脑子快要爆炸了，她平时不会是这样想太多的人，但是不知道为什么越来越容易胡思乱想。

所以最后的结果就是，她把报名表直接交给自己的英语老师。

自己班的英语老师就是负责班级推选的人，只有各班英语老师知道每个学生的实际情况。下了课之后，卢婉婉就直接在走廊上喊住了她，把报名表交过去。

英语老师很意外，却没有动手接下来："你要参加这个？"

卢婉婉点头："嗯，想试试。"

"现在快要高考了，你有这个心思不如好好学习……"英语老师大概也是觉得凭卢婉婉的实力主持确实太勉强了，面露为难地劝说。

"我不会落下的。"卢婉婉打断老师的话，"就只是试一试，不是还得选拔吗……至少给我一个参加选拔的机会。"

"不是我不想给你这个机会……"

"老师，"乔扬走过来，从卢婉婉手里拿过了那张报名表，递到了英语老师面前，"我觉得卢婉婉应该可以。"

英语老师试图劝说："这是百年校庆，不光是我们本市的电视台……"

"我知道,没有让您一定要选择卢婉婉,但报名不是自愿的吗?每个班都有两个名额,在名额没有满之前,每个人应该都有争取的机会吧?"

英语老师被说服了,接了下来:"好吧。"

等到老师走后,卢婉婉转身对乔扬道:"刚才谢谢你啊。"

"你不是想参加吗?"乔扬对她笑了笑,"我也没有帮什么忙。"

卢婉婉尴尬地摸摸脑袋:"其实我知道没有什么希望,就是想试试看而已啦。"

虽然成功报名了,但是卢婉婉自己心里也没有底。

全凭着自己得到白兮的鼓励后满腔热血就要去竞争,可是说到底,自己的水平她还是清楚的。

平时陪伴她练习的只有麦甜。

卢婉婉把自己写的演讲稿发给了白兮,虽然他一直没有回复,但好像只是告诉他,就觉得安心了不少。

麦甜听完她的演讲之后,勉强地笑了笑:"我觉得吧,你发音挺好的,还挺地道的,就是你的这个演讲稿用词是不是太简单了?而且有些句子好像也不太对。"

光凭发音标准,是没有太大胜算的。

卢婉婉想要找英语老师帮自己改改,只是英语老师看了一眼,非常勉强地说道:"我最多帮你纠正语法错误,不然这样对别的选手不公平。但是想要更好,也需要在本来就很好的程度上才能拔高,现在这个水平,也就是不出错。"

卢婉婉感激不尽:"谢谢老师!"

· 184 ·

卢婉婉把改过的演讲稿又给麦甜看了一眼,麦甜也很受折磨,挠挠头说道:"我真的不知道怎么改了。"

两个臭皮匠,没办法变成一个诸葛亮。

卢婉婉悄悄打探过安琪的演讲稿,里面不光没有重复的用词,还有很多引用。

她知道的瞬间,颓丧了很久,坐在教学楼顶楼的楼梯上,一个人发呆。

一直到乔扬来到她的身边。

"怎么了?"乔扬看她一眼,"这里那么冷,一直这么吹,你肯定会生病的。"

"不如大病一场。"卢婉婉叹气,"也算是给自己一个借口了。"

乔扬看了一眼她的演讲稿,从她手里抽了出去。

"欻欻,我……"

乔扬站起来,利用自己的身高优势挡着她。

卢婉婉抢了半天抢不过来,只能放弃了:"行吧,你看吧,反正早晚也是要丢脸的。"

乔扬把演讲稿还给她:"其实我觉得写得没问题。"

"嗯?"卢婉婉瞪大眼睛,"你也不必这样安慰我。"

乔扬无奈地笑了:"卢婉婉,你现在把我当作评委,背一遍,我告诉你原因。"

卢婉婉想到他毕竟也是男主持,如果自己选上了也是要跟他搭档的,于是就老老实实把自己写的演讲稿背诵了一遍。

乔扬听完,满意地点头:"嗯,不错。"

"啊?"卢婉婉愣了,"这样叫作不错?"

"你想想,你竞选的虽然是主持人,但其实稿子都是准备好的,你只需要背得滚瓜烂熟就可以了,你的发音好,这是你的优势。"乔扬拍拍她的头,"明白了吗?"

"啊……我……"卢婉婉还是不太习惯他对自己做这样的举动,略微尴尬地站起来,然后赶紧把这诡异的气氛给带过去,"好的好的,那我就继续练习了。"

乔扬说得确实没错。

卢婉婉把自己的稿子背得滚瓜烂熟,全程脱稿背诵,再加上她也算是见惯了大场面的人,所以也没有怯场,顺利地完成了自己的演讲。

安琪演讲的内容确实很丰富,但是晦涩的词语和句子实在难背,她卡了几次,甚至中间还停顿了。

剩下的人也都差不多,虽然内容都很精彩,但是或多或少有些发音问题或者忘词。

只是评委席上坐着学生会的人,还有学校的领导。

除了乔扬之外,卢婉婉不觉得会有人给自己投票。

全部结束之后,老师说结果会在学校公告栏公示。

卢婉婉便跟来这里给她加油鼓励的麦甜一起离开了。

路上,麦甜还安慰她:"没事的,婉婉,至少你是唯一一个没有忘词的人。"

"谢谢你,我真的没关系啦,我也不紧张。"

卢婉婉拿出手机给白兮发信息,照常把今天发生的事情全部给他说了一遍,最后她发了一句:"白兮,跨年夜的时候,你一定要回来啊,我有很重要的话要跟你说。"

结果公布的那天,也传来了白兮跟应欢欢在国外的英语竞赛拿了

第一名的消息。

卢婉婉立刻给白兮发信息道恭喜,甚至当着全班的面直接问老师他们什么时候能回来。

班主任笑了笑:"这个就不知道了,刚好返程的那天是校庆,然后马上就是元旦假期,就算晚两天回来也是有可能的。"

如果白兮还记得他们俩的约定,一定会在新年的时候赶回来的。

下了课,卢婉婉正在发呆,忽然麦甜冲进来,一边跑着一边大叫:"哇!婉婉!你当选了!"

"嗯?"卢婉婉愣了好一会儿。

麦甜把手机递到她面前,上面的照片是拍的公告栏贴的一张纸,宣布卢婉婉成为这届校庆的英语主持人,安琪成了候补。

听完这句话之后,安琪立刻冲了出去。

大概是因为不敢相信这个结果去确认了。

最后安琪气呼呼地回来,直接请了假,下午没来上课。

当天下午,卢婉婉就跟乔扬一起去进行培训了。

负责培训的英语老师是学校有名的英语教研组主任,也是这次的评委之一。

卢婉婉丝毫不敢懈怠,拿到演讲稿之后立刻把每字每句的意思都弄清楚,并且好好背诵下来。

培训结束的时候,卢婉婉拿着稿子找到了培训老师,小心翼翼地拜托道:"老师,可以麻烦您帮我念一遍吗?我想录下来,好好学习您的发音。"

培训老师愣了愣:"这些句子对你来说,或许还是有些难度的。"

卢婉婉不好意思地摸摸头:"嗯,我成绩不好,能入选我也很

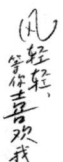

意外。"

"你别这样说,坚持要选你的人可是我,你要好好表现啊,我会帮你的。"老师笑了笑,刚好看到乔扬也走进来,"对了,乔扬也是,你们俩串场的词多练习几遍,这个演讲稿我先帮你录一次。"

乔扬是个很尽责的小老师,卢婉婉一出现忘词的情况,他就立刻把这段话重新来几次。

好在卢婉婉也争气,把所有稿子都背下来,流利地完成了一遍。

就连校庆前一天的彩排,也都跟乔扬配合得天衣无缝。

唯一遗憾的就是,白兮还是没有给她回信息。

可能他没有时间,可能酒店的网络不好,可能他想回来的时候给自己一个惊喜。

所有理由都已经替他想了个遍,但是卢婉婉无法否认自己心中的不安。

第一遍彩排之后,卢婉婉跟着乔扬去试礼服。

学校统一给他们租了一套晚礼服,卢婉婉皮肤白,所以给了她一条鹅黄色的长裙搭配一件白色的毛绒披肩。

换完礼服的卢婉婉走出来,麦甜顿时惊呼起来:"天啊!你也太好看了!果然是前任白富美啊,一打扮起来就是人模狗样,充满贵气。"

这些词语堆在一起,卢婉婉也不知道她是褒是贬了,只能尴尬地笑笑。

乔扬换了黑色的礼服出来,不愧是校草,现场的女生没有一个不惊叹的。

麦甜不怀好意地笑道:"你们俩真是郎才女貌啊。"

卢婉婉眯着眼睛警告她不要乱说话。

麦甜在嘴巴上做了一个拉拉链的动作，示意自己会老实闭嘴。

换了礼服，卢婉婉跟乔扬又要去参加第二次彩排。

路上没有看见陆鸣，她便问了一句。

麦甜顿时哭丧着脸："唉，他真的挺想表演的，而且练习了很久，他自己演唱的时候我觉得挺好的，很燃很热血，就是我们之前太拖他后腿了吧，那之后他就跟泄了气的皮球似的，怎么拍都弹不动了。"

"那你多安慰安慰他。"卢婉婉拍拍她的肩，"不用在这里陪我啦，等会儿重新彩排，你估计得等很久。"

麦甜想想也是，毕竟这里还有乔扬呢，就跟他们道别离开了。

卢婉婉按照流程彩排了三次，所幸她背稿子背得牢，基础扎实，所以顺利完成了彩排。

回家的时候已经是夜里十一点多，公交车早就没了，乔扬跟她一起搭车回去。

路上两个人起初都没有说话，直到乔扬打破了沉默。

"卢婉婉，这些天辛苦你了，彩排完成得很好。"乔扬看向窗外，车子里很安静，他的声音低低地传来。

卢婉婉扭头看他："没什么，多亏了你跟老师一直帮我，我能入选这件事，我现在都还不敢相信。"

乔扬有些犹豫："我……我有话想要告诉你。"

"嗯？"

乔扬沉默了半晌，才缓缓开口："其实白兮走之前，我们见过一次。"

"真的吗？"卢婉婉惊讶，"他说什么了？"

"他说你的声音很好听，发音也好，又努力，让我一定要督促你参加这次的比赛。"乔扬说到这里忍不住笑了笑,"这个家伙,就算他不说,我也会这样做的。现在反而像是因为他,我才做了这些。"

"他为什么不亲自跟我说呢……"

乔扬扭头看她,目光沉静如水:"卢婉婉,那你想得到他跟我说这些话的理由吗?"

卢婉婉摇摇头,她也不知道,为什么白兮会去跟乔扬说这些。

乔扬没有回答,而是继续看向窗外。

窗外的风景后退,像是幻灯片。

就像是乔扬和白兮谈话的那一天,也是一个深夜。

其实那不是他们第一次谈话了。

第一次是乔扬看出了白兮一直都在假装学渣,好奇是不是因为卢婉婉,便跟白兮当面对峙,白兮没有否认自己是伪装的,说只是单纯觉得出风头很无趣,也没有想过会在这里待到毕业参加高考。

后来第二次,是白兮出国之前。

白兮打电话给乔扬,把他从家里喊了出来。

白兮说了一大堆,三句不离卢婉婉,最后乔扬生气了,总觉得他是来刺激自己的。

最后,白兮说:"你不是问我是不是因为卢婉婉吗?我现在回答你,是,而且一直都是。"

乔扬是个喜欢运筹帷幄的人,但凡是他想争取的事情,他都会计算出一个大概的结果,如果是对自己有利的,就会毫不犹豫地竞争,直到胜利的那天。

可是卢婉婉,是他唯一一次例外。

也毫不意外地失败了。

所以乔扬没有说什么,安安静静退回了朋友的位置。

这些乔扬本来都可以等到白兮回来的那天，让白兮亲自跟卢婉婉说。他都已经输了，不想当个正人君子，还帮他们助攻。

只是他看得出来卢婉婉现在很焦虑，他没有办法坐视不理。

所以他最终说出来，还是因为他无法真的完全不在意她。

校庆当天，从早上开始就热闹不断。

高三的学生还在继续上课，高一高二的学生从下午开始就在布置场地。

主持人们到了学校就已经去做妆发和准备，然后一遍遍跟当地电视台的工作人员以及老师们确认流程。

卢婉婉深呼吸一口气，越来越紧张，趁着正式开始前的空隙，一个人在后台走来走去，想让自己平静下来。

刚走了几步，她就看到安琪从不远处走过来。安琪不耐烦地跟她说了句："你是不是还有东西落在二楼女厕所了？刚刚保洁阿姨问我，我懒得帮你拿。"

卢婉婉一时之间想不起来到底有什么东西落下了，但是只能先过去看看。

结果她刚进厕所，就听到门背后"咔嚓"一声。

有人关上了门，卢婉婉暗想着不会那么倒霉吧，扭门锁的时候，明显感觉到外面有人用东西卡住了门。

"有没有人？"卢婉婉用手拍打着门，"救命啊！有没有人在外面！"

她连续喊了几声，都没有任何回应。

二楼不似一楼，这里人少，除非到了晚上所有人都来礼堂了，才有可能会有人来二楼的座位。

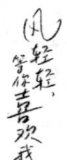

但是那时候就不一定来得及了。

她当然立刻就猜到了做这件事的人会是谁。

只是她从没想过安琪会因为讨厌她,连这样的事情都做得出来。

这里的旧楼没有摄像头,安琪也不会留下证据,就算她说是有人故意害她,大家也不会买账。

她继续接连不断地拍门,手掌发红也不敢停下来。

因为穿着裙子,手机也没有拿着。

卢婉婉急得想哭。

就在她快要放弃的时候,忽然听到有人在门外问了句:"卢婉婉?"

等到陆鸣把她从厕所救出来时,卢婉婉听到老师正在用话筒广播找她。

她全力飞奔着向舞台跑过去,就连脚扭了一下都没在意,气喘吁吁回到了舞台后台。

"卢婉婉你去哪儿了!"负责老师有些生气,"还有十五分钟,这时候所有人都要候场了。"

正好这时换了裙子的安琪满脸笑意地走过来,跟她面对面。

安琪脸色一变。

卢婉婉一步一步走向她,露出一个冷笑:"安琪,那么卑劣的手段,就算赢了,你觉得有什么好骄傲的呢?"

"现在得到机会的人是你,你怎么会知道!"安琪咬牙切齿道,"这次算你运气好!"

说罢,她甩手离开。

"不是。"卢婉婉开口。

安琪的脚步停下来。

卢婉婉看着她:"我运气一直都不太好,只是我会去争取机会,而且是用自己的努力去争取,不会走歪门邪道,不会动别的心思。"

安琪冷笑:"你现在说这些也没有意义。"

"你说的也是。"卢婉婉笑了笑,"那你就在台下看清楚了,这个位置,我配得上。"

登台之前,卢婉婉对陆鸣和乔扬说:"我有个大胆的想法,你们谁要来支持我?"

乔扬皱眉:"看起来不只是大胆而已?"

"还很疯狂。"卢婉婉目光灼灼。

晚会正式开始,所有节目都按照流程那样好好地进行着。

卢婉婉跟乔扬配合得天衣无缝。

最后结束的时候,大家一起鞠躬谢幕,台下的嘉宾先也离席,然后学生再依次离开。

看着领导们退场的时候,卢婉婉早就已经按捺不住那个疯狂的念头。

她举着话筒,微笑说道:"既然等着也是等着,我有一个节目想展现给你们。"

卢婉婉说这句话的时候都在颤抖,也不管耳机里老师的警告,她兴奋地大声宣布:"接下来请欣赏,高三三班的陆鸣同学给大家带来的独唱表演!"

随着背景音乐的响起,陆鸣拿着电吉他走到了舞台中间。

学生们已经陆续退场了,摄像师早就已经在收设备了。

不过陆鸣还是毫不犹豫地唱了起来。

节奏劲爆又热血的音乐响彻整个礼堂,卢婉婉看着陆鸣从一开始的不安到毫不犹豫，到彻底放开，脸上终于恢复了以前自信的笑容。

乔扬走到卢婉婉身边，低声说道："卢婉婉，你欠我一个人情啊。"

卢婉婉拜托乔扬去求了音响老师，乔扬作为广播站的成员之一，跟音响老师关系很好。老师被乔扬缠得无奈，只说了句："那你们自己负责放歌，到时候追究下来，我就说我去厕所了。"

卢婉婉当然一口答应："可以请你吃饭，不过你挑一个便宜点的。"

"你看起来为什么比陆鸣还高兴？"

"全校每个学生都能玩得尽兴的才是校庆，更何况马上就要毕业了。"卢婉婉有些惋惜，"作为朋友和同学没什么可以送给他的，就只能送给他一个疯狂的表演了。"

卢婉婉和乔扬当然被骂了，还有一起跟着被罚还乐呵呵的陆鸣，以及自愿同生共死的麦甜。

只是第二天就是新年，校长看了一眼时间说了句："马上就要十二点了，你们赶紧回去吧。"

四个人准备离开，校长又喊住他们："这么晚了，有没有钱打车回家啊？"

四个人手里拿着校长给他们的"打车费"，走在学校的小路上，依旧很开心。

陆鸣兴奋道："卢婉婉，你太牛了，我决定把你奉为我们卢瑟（loser）联盟的盟主了，以后我就是你小弟。"

卢婉婉拍他的脑袋："我以前就是。"

"唉，要是白兮也在这里就好了。"陆鸣抬起头看着天空，"白兮这时候估计在飞机上吧。"

卢婉婉听闻也抬起头,看着夜空。

偶尔真的有飞机飞过去,她也不知道那上面会不会坐着白兮。

"卢婉婉。"乔扬喊她。

她回头看他:"怎么了?"

"没什么。"乔扬淡淡一笑,"新年快乐。"

飞机没有把白兮带回来。

甚至没有人知道白兮到底什么时候回来。

班主任只是说:"白兮的父亲来帮他办理了转学手续,他移民了。"

卢婉婉坐在教室里,新年后的风吹得人很冷。

下了课,她立刻跑到了应欢欢所在的五班。

应欢欢像是早就已经猜到了她会来,所以开门见山地说:"对,白兮参加完比赛之后就直接离队了,是他父亲亲自来接的他。"

"那你知道他去哪里留学了吗,哪个国家,哪个学校……"

"你自己问他啊。"应欢欢嘴角挂着一丝嘲讽的笑意,"你才是他同桌不是吗?"

卢婉婉说不出话来。

他们俩是同桌,卢婉婉也觉得自己是他的好朋友……是特别的存在。

可是他离开得悄无声息,没有一点信息。

"反正我毕业之后也会出国留学的。"应欢欢冷哼了一声,"如果我们俩碰巧遇到了,我会帮你转达的。"

元旦过后,时间过得飞快。

卢婉婉难过了一阵,就重新投入到了复习之中。

墙上的倒计时板子上的数字一天天变小,没有人在意曾经有个叫作白兮的人,一开始是个不学无术的学渣,后来一鸣惊人还拿了第一,代表学校参加比赛。

那个奖状倒是一直挂在学校的荣誉墙上。

但是这个名字却很少有人再提起。

在高考面前,再多的小心思也都被掩盖了。

所有的事情,在这段时间都无足轻重。

中间过了年,大家回家休息了一个礼拜。卢婉婉跟着爸妈去走亲戚,家里面热闹了一阵子,中间有亲戚透露说有那个骗钱的人的消息,老爸老妈又风风火火去抓人了。

没几天,高三的学生又回到学校继续复习。以前哪怕是被数学老师占用一节体育课都怨声载道,现在都巴不得每节都是主课。

前方是梦想,是远洋,是告别稚嫩、踏入成熟最关键的一步。

没人想输掉这场比赛。

一直风平浪静地到了四月份。

所有的课程结束,大家都进入到了各自复习的阶段。

老师只是每天都把模拟卷发下来,写完之后晚上的晚自习就给大家讲题。

日复一日,似乎没有什么事情再能掀起波澜。

除了不知道是谁忽然传说应欢欢家里其实并没有那么有钱,白富美的身份是假的,住址也是假的,虽然不知道这些小道消息从何而起,但是在整个年级也算是尽人皆知。

卢婉婉去打水的时候,刚好碰到了同样去打水的应欢欢。

正好有人正在指着应欢欢讨论。

毕竟重压之下，也没有什么话题能够成为谈资，也就这一件算是令人震惊的事情。

应欢欢依旧是那副不为所动的表情，像是毫不在意。

可是卢婉婉分明看到应欢欢接水时心不在焉，还差点让水瓶里的水漫出来。

应欢欢轻声叫了一下，应该是被烫到了。

卢婉婉走过去："哎呀，你这要去医务室啊。"

应欢欢显然没想到她会有这么一出，瞪着她小声问道："你想干什么？"

"欢欢，我送你去医务室的话，周末可以去你家复习吗？上次全市统考前去你家做卷子，真的也太爽了，你家别墅那个阳台，支起帐篷，很适合我们看书做卷子啊，喊上乔扬一起。"卢婉婉提高了音量。

结果应欢欢的表情更加难看了。

几个正在嚼舌根的人听完，略带惊讶地离开了。

直到没人了，应欢欢才别扭地说了句："你以为我会感谢你吗？少跟我假惺惺的，就算你这样做，我也不会道谢，我也没有什么对不起你的，更不欠你什么……"

"不想说就不说，我也不是为了让你跟我道谢或者道歉才这样做的。"卢婉婉多少对她这样的处境有些感同身受，她那时候被针对是因为老爸破产害得不少同学的家长下岗，又或者是以前太高调得罪了人，所以别人会落井下石。

可是应欢欢没有做错什么。

青春期的女孩子心思敏感，有的人用真心实意去面对世界的大风大浪，指不定落个伤痕累累，有的人用白色谎言当作坚强的外衣来保

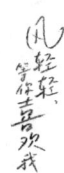

· 197 ·

护自己，这也没错。

所以卢婉婉说完这些话就离开了。

后来偶然听麦甜聊八卦的时候提起过，说消息都是安琪放出来的，她感觉自己被应欢欢当靶子利用了，无意中发现了应欢欢其实根本就不是白富美之后，立刻四处宣扬，就是想看应欢欢这个年级女神跌下神坛。

当然，这些也都没人在意了。

六月像是一列火车，所有人在高考结束的夏天，正式分道扬镳。

而那个被卢婉婉压在心底的名字，她再也没有提起过。

就像是心里长了一块瘀青，不去触碰的时候没有感觉，但是一旦触碰到，就会觉得隐隐发痛。

毕业典礼上，在百年校庆上一鸣惊人的陆鸣这次成功拿到了演出的机会，校领导特别允许他单独演唱，一曲燃爆整个晚会现场。

但谁能想到更劲爆的是，陆鸣在演唱的最后，当着全校老师和整个高三毕业生的面说："麦甜，以后你不是我同桌了，当我女朋友吧！"

现场顿时沸腾了一片。

麦甜捂着脸冲出了礼堂。

然后，陆鸣把吉他一扔，也跟着冲了出去。

只有校长一边强压着自己的笑容一边说："别太着急，正式上大学了再谈，这两个月多思考。但是如果思考的结果还是非这个人不可，上了大学后也觉得弱水三千只取这一瓢饮，那我祝福你们。"

高考成绩出来的那天，卢婉婉的成绩过了一本线，而她的父母找到了携款逃跑的那个坏人，成功拿回了一笔钱。

卢婉婉最终决定报本地的大学，就近读书。

不管麦甜怎么逼问，卢婉婉都不愿意承认，那个家伙要是突然回来了，还能找到她。

而乔扬没有一声告别就出了国，直到已经到达国外，才给每个人发信息，说了自己的近况。

每个人都奔向了各自的远方，开始了全新的生活。

一别经年
第九章

麦甜跟卢婉婉说过这样的一段话,她一直都记得。

——人生要经历很多次毕业,但是最重要的两次毕业,一次是高中毕业,一次是大学毕业。高中毕业告别家乡,大学毕业告别幻想。

卢婉婉不觉得有多正确,所以跟麦甜抬杠说,有的人就在本地上大学。

果然被麦甜打了。

后来卢婉婉又说,大学毕业怎么就要告别幻想了,那些在网上转发锦鲤的人不都还抱有一夜暴富的幻想吗?

这次麦甜没有打她,而是哭了。

因为麦甜跟陆鸣交往了一年多之后,还是分手了。

麦甜读的专业是国际交流项目,大二时要出国交换两年,大四才回国。走之前,陆鸣提了分手,希望她在更广阔的地方,能够拥有更多选择的机会。为此麦甜骂了他一顿,两个人也没有再联系过。

时间过得真快,他们都大四了。不管麦甜说的话是否经得起推敲,卢婉婉都记在了心里面,而且会时时刻刻回想起,想的时候就会想起自己高中毕业照上唯一空缺的那个人。

她第一次那么强硬地要求全班给白兮空出位置。

就像是自己的心脏上,也空了一块。

这么多年来,自始至终没有被填满过。

"那你还想不想白兮啊?大学你都没有谈恋爱呢。"麦甜小心翼翼地问。

卢婉婉再次想起这个名字的时候,总是会想起第一次看见他在教室里趴着睡觉时,偶尔露出的侧脸,阳光洒在他的脸上,成就了她高中最后一年的色彩。

结果这样的人,在留给她一张照片之后,就再也没有出现过。

大四的上学期,所有人都忙着找工作找实习,卢婉婉的爸妈硬是拜托亲戚给她找了一个私营单位的实习工作,工资不高,工作又很多。翻译的工作,看着上班时间自由,但也意味着,不管在不在公司,只要有工作了,就得开始干活儿。

学校担心完全没有课,大家都直接回家游手好闲,到时候随便交一张实习报告上来应付,所以这个学期还安排了零零散散的专业课。

卢婉婉下了课,打算先回宿舍放东西再去公司,结果时间晚了一些。

路上,她跟麦甜发着信息,拒绝了麦甜一起吃饭的邀请。终于走到了车站,她看着乌泱泱等校车的人,最后决定自己骑自行车,到另外一个人较少的公交车站去坐车。

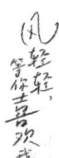

卢婉婉踩着自行车，从学校后门的小路出去。

忽然，她看到校门口那一闪而过的身影，顿时闪了神，车头没有扶稳，就这么摔了下去。

对方大概也被她这一举动给吸引过来了，不可置信地看着她，慢慢抬起了嘴角。

"卢婉婉，你怎么还是这样？"

白兮迈着步子走向她，伸手要去扶她的时候——

卢婉婉一把打开了他的手。

其实说起来，卢婉婉最开始只是以为自己出现了幻觉，想要触碰他，想确定下眼前的白兮并不是个幻象，但是一边想要确认，一边脑子里已经清楚意识到他就是真人没错。

所以这些年的积怨转化为了这愤怒的一掌。

白兮的手背立刻红了一块。

他倒吸了一口气，有些疑惑："你打我干什么？"

卢婉婉看着他，说话的时候带着一丝淡淡的鼻音："我、我就是……"

就是想打你而已。

就那样离开，一声不响地离开。

自己所有的话变成了再也传递不出去的秘密。

曾经以为自己会在跟白兮相见的时候，变成一个更有骨气更自信的人，结果还是在他的注视下溃不成军，变成了十八岁的自己。

连一句话都说不清楚。

罢了，她什么时候赢过他呢？

卢婉婉把单车扶起来，打算继续赶路。

白兮在身后喊住她："你不好奇我为什么回来吗？"

卢婉婉头也不回："不好奇。"

"那你要去哪儿?"白兮笑着补充了句,"我好奇。"

谁管你好奇不好奇的。

卢婉婉不想搭理他,继续往前走。

白兮追上来:"你裤子破了。"

卢婉婉低下头,果然自己的牛仔裤被蹭破了。

不过气势不能弱,卢婉婉拍拍裤子:"没关系,我喜欢破洞裤。"

她转身要走,白兮一把抓着她的手腕,不顾她的反对一路把她拖走。

"你记不记得,之前有一次,我想带你走的时候,结果你反过来拉着我,好像是有什么话要跟我说一样,那时候我很想知道……"白兮自顾自说得很开心,脸上却带着一丝自嘲的笑,"只是当时没那个机会,现在你能不能再告诉我一次?"

"喂!你是不是有病!我要赶着去上班……"卢婉婉越想越生气。

这家伙是吃定了自己不会反抗吗?

卢婉婉看着他的后脑勺,恨不得一拳砸过去,可惜试了几次都不忍心下手,她更加恼了,抬起脚就对着白兮的膝盖后方踹过去。

白兮差点直接跪在地上。

白兮站稳后,第一时间抓住她的手腕,再用另外一只手去拍拍裤子,表情不太好看,但是语气还算柔和:"你生我的气是应该的,所以你要是还想要出气,你跟我说,我站着不动不反抗。"

他怎么变得这么平和了,以前明明暴躁得像是随时要动手跟人打架。

"你到底要做什么?"卢婉婉看着他。

"来找你。"白兮停顿了一下,"我回来了,卢婉婉。"

她没理解什么意思。

白兮指了指旁边停着的一辆车:"你不是很急吗?走吧,我送你去。"

卢婉婉没有动。

白兮很是无奈:"卢婉婉,你现在也太不讲道理了。"

卢婉婉双手叉腰,比他还要无奈:"你知道吗,从刚才起我就很想跟你说,那个共享单车……还没有关上。"

最后,他们还是重新回去找到了自行车,卢婉婉结算了金额,才又老老实实地跟着白兮回到了车子旁边。

卢婉婉认命地上了车,看着白兮一边跟着导航一边开车的模样,竟然有些恍惚。

仿佛这三年多,他们从来没有分开过。

而是像这样,她坐在他的身侧,一如当初她坐在他的座位旁边。

"你怎么知道我在这里?"卢婉婉开口。

"我跟麦甜有联系。"白兮说完后,看到卢婉婉要爆炸的表情,立刻补充,"但是我让她不要告诉你。"

行吧,麦甜这个家伙真的一点人性都没有。

"你走之前,没有想过要跟我说一声吗?"卢婉婉压抑住怒气,沉声问道。

"想过。"白兮像是叹息又像是自嘲,轻叹了一声,"那时候,没有机会。"

"网络那么发达,只是说一声而已。"卢婉婉冷哼,"说来说去,大概都是借口。"

白兮笑了笑:"你说是就是。"

"你……不是也应该大四吗?为什么没读书?"卢婉婉忍不住道。

"你猜呢?"

"谁要猜！你该不会半路退学了吧？"

白兮还是笑："你觉得我退学了吗？"

这家伙，嘴里没有一句真话。

卢婉婉不再发问了，悄悄发信息问麦甜。

麦甜立刻在回复里反复道歉，发誓自己也很愧疚，绝对不是刻意隐瞒。

"行了吧，等我们下次见面我再考虑要不要原谅你。"卢婉婉手指飞快，"你先告诉我，白兮到底怎么回事？"

结果麦甜说："我也不知道啊，我又不问他这些事情，需要我去帮你打听一下吗？"

"不必了。"卢婉婉看着自己打的这三个字又有些后悔，但是也不好意思撤回了。

到了公司楼下，白兮看了看窗外的建筑，趁着卢婉婉下车之前问道："你几点下班？我可以等你。"

"不用了。"卢婉婉想直接帅气地推门离去，但是又忍不住问，"你没有什么话要对我说的吗？"

白兮像是忽然想到了什么，对她挥挥手："卢婉婉，下次再见。"

再见……

再见？

卢婉婉气得直接摔门离开了。

到了公司，卢婉婉正好遇到了负责带自己的姐姐陈婷。陈婷看着她怒气冲冲的样子，不禁八卦起来。

"怎么了，看起来心情很不好的样子啊？"

卢婉婉想到了白兮的那张脸，摇摇头："没什么，遇到了一个无赖。"

"婉婉，有件事需要交给你。"陈婷一把握住她的手，"是这样的，你知道我们老板平时很喜欢塞自己的亲戚进来……但是又不喜欢被人指指点点……所以这次想要给他侄子名正言顺地转正到总部，就需要一个契机……"

卢婉婉已经感觉到了不妙。

这个老板的侄子，其实是跟她一起进来的实习生。只是部门不同，老板侄子的部门事少赚得多，她所在的企划部门，事多钱不变。

公司发展得很好，所以有了多个子公司，总公司地处繁华的商区，坐拥整栋写字楼，不像他们只是租了其中一层而已。

而且总部福利更好。

但是，老板只是子公司的老板罢了，送人到总部还是担心被人指指点点。

当然卢婉婉抱着只是来实习的心态，工作繁忙权当学习了，自然就没有多想。

陈婷的个性她实在清楚，平日里笑嘻嘻，跟所有人都一口一个"亲爱的"，但是一般后面跟着的事情，绝对不会是什么好事。

卢婉婉一颗心顿时提到了嗓子眼。

"就是我们准备弄个竞聘环节，每个部门派选两个人去竞聘这个职位，你不用想那么多，随便上去演讲一下，反正人选都已经确定了。"

简单来说就是，老板的侄子不光要转正，还得踩着别人光荣转正，来衬托他的优秀。

卢婉婉想把自己被陈婷握着的手给抽回来，然后狠狠拒绝对方。

不过此刻，她还是微笑地回道："这个一定得去吗？我本来就是实习生而已……"

反正全公司的人都心知肚明是怎么回事，老板的亲戚空降过来不是很正常吗？怎么仪式感还这么强烈？

陈婷依旧笑容满面，却看得卢婉婉毛骨悚然。

"所以这次高层决定让实习生也加入这次的竞聘。"陈婷改成拍她的肩膀，"你别有压力，就当作是一个锻炼了，反正实在不行，哪怕是拿着稿子上去念都可以啊。"

卢婉婉没说话，但是陈婷已经当作她答应了，欢天喜地离开，还大声跟领导说了句："婉婉答应啦！"

卢婉婉翻了个白眼。

好不容易熬到下班，已经晚上八点多，路灯摇晃，马路上堵了一排车。

那个说要接她下班的人，影子都看不见。

她到底在期待什么。

卢婉婉回到学校的时候，已经是十点多，平日里如果堵车再严重些，到宿舍就十一点了，赶得上学校最后一次供热水倒还好，赶不上的话，就只能自己去学校食堂接大锅炉烧的热水，太累的话，就干脆洗冷水。

今天真的是没有一件事是顺利的，卢婉婉果然没赶上最后一次热水，无奈地拿出了自己的盆。

这时，卢婉婉才发现她的桌子上放着一个袋子。

她打开一看，竟然真的是条裤子。

而且还是破洞裤。

"这是谁给我的？"卢婉婉举着袋子问了一下。

"啊？就是你的那个朋友送过来的。"舍友汪文乐回答道，"就是那个女生，刚送来没多久的。"

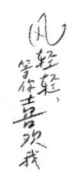

看来是麦甜。

卢婉婉看着裤子，拿出手机发信息给麦甜，询问麦甜什么时候联系上的白兮。

麦甜倒是很得意："我出国念交换生的那两年，在我们那里一个华人的小群，有人忽然提到他……但是我一直跟白兮也不熟，所以刚开始没说话。"

"然后呢？"

"直到有天有人说白兮翘课失踪了好久，才知道是他妈妈过世了。"

"过世了？"卢婉婉想到了他出现时微笑的脸，不敢相信这件事。

"是啊，葬礼后我跟白兮见过一次，加了微信，回国后他想来见你，才跟我又继续联系的。"

卢婉婉捏着手机，大脑一片空白。

结果她再想出去接水的时候，阿姨已经把宿舍门给锁起来了。

卢婉婉低头叹口气，洗了个冷水澡。

已经是深秋，洗完澡的卢婉婉出来就连续打了几个喷嚏，舍友还调侃着，是不是有人在想她。

没想到第二天早上醒来，卢婉婉就发现自己的嗓子说不出话来，浑身发烫。

这下好了，被这个破洞裤耽误的结果，就是她病倒了。

卢婉婉哑着嗓子给公司领导请假，又拖着疲惫的身体去食堂打饭。

谁知道一出门，就看到白兮坐在正对着女生宿舍楼的长椅上，低着头玩手机，时不时抬起头来看看门口的方向。

这一看，两个人对视一眼。

白兮冲她招了招手。

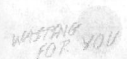

本来他坐在那里，就已经很扎眼了。

光是这么一会儿，卢婉婉都能看到有路过的女生想要上前跟他打招呼。

现在白兮笑起来，就更加引人注意。

他到底什么时候那么喜欢笑了？

卢婉婉走过去："你来这里干什么？"

白兮站起来，顺便打了个哈欠，看起来还是很困的样子，一步步走向她："当然是来看你啊。"

卢婉婉避开他的视线："我、我有什么好看的……"

她的话没说完，便感觉到有只手覆盖在了自己的额头上。

"你发烧了？"白兮皱眉，"走吧，我送你去医院。"

"不用了，我肚子饿，我得吃东西。"

"好，那我们先去吃东西。"

白兮一把牵住了她的手。

卢婉婉吓了一跳，以为他只是不小心拉错了位置，可是他始终没有感到任何奇怪，继续这么牵着。

"喂，我说你……"卢婉婉想抽回手，对方紧紧抓着不放，"你干什么呢？"

"牵着你，怕你跑丢了。"

食堂里的人不是很多，只有几个同样是大四或者早上没课的人在这里慢悠悠地吃东西。

白兮看了一眼打饭的窗口，转身对她伸手："饭卡借一下。"

"带我来吃东西，结果还要用我的饭卡。"卢婉婉一边嘟囔着，一边把饭卡交了出去。

"带你来吃东西,又不是请你吃东西。"白兮看她的表情觉得好笑,"你在想什么呢?"

两个人点好饭,坐在学校的食堂角落吃起来。

白兮吃了一口,眉毛上扬,看来是觉得很好吃。

果然,他开口夸赞:"你们学校食堂不错啊,菜品多,而且味道也很好。"

"那当然,怎么会像高中的时候……"她下意识接话,却又立刻闭了嘴。

"卢婉婉,裤子穿了吗?"

卢婉婉提到这个就来气:"你还说呢!谁让你买的?"

"你不是说你喜欢吗?"

卢婉婉气急:"我就是随口一说啦……"

不过大脑的话脱口而出,卢婉婉立刻觉得自己说得太过分了。

而且她才知道了他母亲过世的消息。

那时候每天累得昼夜颠倒上课睡觉,都要守在视频前跟母亲说话聊天的他,该有多难过。

自己无论如何,都没有办法真的狠狠推开他。

可是她也很害怕,也很生气,直到现在,他也没有给自己任何一句解释。

她立刻垂下头,如果看到白兮露出受伤的神色,那她肯定会立刻道歉。

她从来就是这样,见不得他总是冷漠淡然、对所有的事情都不屑一顾的脸上,出现那样的表情。

"我不会走了。"白兮的语气坚定,"卢婉婉,我就是为了你回来的。"

卢婉婉吓得连嘴里的鸡腿都掉了。

正好不知道应该说些什么的时候,有人喊她:"婉婉?"

卢婉婉扭头,看到了手里抱着一沓书的汪文乐,应该是刚从图书馆回来的。

汪文乐看看卢婉婉,又看看对面的白兮,露出了一个八卦的表情:"这位是……"

"我高中同学。"卢婉婉发现白兮始终盯着自己,赶紧飞快地说道。

汪文乐眼睛一亮:"只是高中同学这么简单?"

"不然呢?"卢婉婉用眼神警告她,不要再说出什么奇怪的话来,"你是来吃饭的?那你快去打饭吧,不过我们吃完他就走了,估计等不了你。"

"啊?"汪文乐看卢婉婉严防死守,立刻转战白兮,"真的吗?这位帅哥,真的就是高中同学这么简单?如果被我们发现不是的话,可是要请我们全宿舍吃饭的!"

"凭什么?"卢婉婉反抗道,"之前不是只有谁交了男朋友才需要请大家吃饭吗?"

完了,结果说了奇怪的话的人,是自己。

卢婉婉恨不得咬掉自己的舌头。

"嗯,现在还只是高中同学而已。"白兮笑了笑,"不过饭,可以请。"

"真的?"汪文乐笑得就像是送女儿出嫁的老母亲,"太好了,什么时候啊?"

"你们跟卢婉婉约时间吧。"

"行了,你该走了。"卢婉婉咬牙切齿外加视线威胁,"再过一会儿别的人下课了,这里可就满了啊。"

汪文乐终于识趣地点点头:"好吧,那你们吃得愉快啊。帅哥,下次见。"

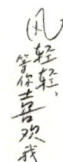

走之前,汪文乐还不忘朝卢婉婉眨眼。

这一顿饭吃的,卢婉婉觉得自己的头疼更严重了。

吃饱饭,卢婉婉跟白兮说:"我吃饱了,你可以先走了。"

"不去医院?"

"我去校医室就可以了。"卢婉婉跟他挥手,"你可以走了。"

白兮皱眉:"你怎么那么凶?"

卢婉婉憋屈,立刻提高音量反问:"我哪有?"

顿了顿,卢婉婉认真想了想,自己是不是真的凶巴巴的。

不等他开口,她又自己解释起来:"我、我就是……病了……不舒服……反正校医室那么近,我又没有多严重,我可以自己去。"

白兮看她这副模样,忍不住笑起来:"其实你凶一点好。"

卢婉婉愣怔地看着他。

"走吧,赶紧去看病。"白兮牵着她,直接把她带到了他的车子旁边。

卢婉婉脑袋烧糊涂了,终于反应过来:"我都说了我就在校医室拿药就可以了。"

"不行。"白兮把她塞进车子里,"老实待着。"

在医院挂了急诊,白兮陪着她看病拿药,医生开了药,嘱咐多喝水。

卢婉婉想赶紧好起来,她平时感冒至少得一两个礼拜,公司的工作和没有写的作业都会落下,便请求道:"不能给我开吊瓶吗,我在发烧呢。"

医生瞪她一眼:"别急着开吊瓶,你以为打针打多了好吗?发烧就让你男朋友好好照顾你。"

· 212 ·

"他不是——"

"谢谢医生了。"白兮拿起卢婉婉的病历本，拉着她起来。

卢婉婉生气："你怎么不解释？"

"解释的意义在哪儿？你跟这个医生也不会再有见面的机会，误会就误会了。"白兮顿了顿，"而且，我也不觉得是误会。"

卢婉婉气急，可是白兮把她安顿在医院的长椅上，就去交钱了。

忽然，医院的走道上传来几声女人的尖叫。

不过很快，就有医生和家属上来把她给拉住了，最后好心安抚着，把她给带了回去。

"神经病吧这是？"

"天啊，真吓人。"

"唉，自己惨，家人也是真的可怜。"

……

周围有人窃窃私语。

卢婉婉下意识地去看白兮所在的方向，他也驻足观望着那边，目光复杂。

"白兮！"她忍不住喊了一声。

白兮像是忽然从沉思中回过神来，转头看向她，眼神中还残留着转瞬即逝的悲伤。

"怎么了？"白兮来到她面前。

那个女人声嘶力竭的声音再次响起来……

卢婉婉站起来直接撞进他的胸口，一把抱住他。

"我、我好难受哦，能不能抱抱我？就只是给我靠靠，我现在浑身都没力气了。"卢婉婉怎么都觉得自己矫情，补充道，"就是我每次生病，我妈都会抱抱我什么的……啊。"

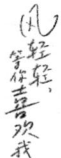

哎呀，又说错话了。

结果听到对方轻声笑了笑，白兮伸手摸了摸她的脑袋。

"卢婉婉，你可以不用做这么多铺垫，我又不是不让你抱。"白兮意味深长道，"而且……我刚刚不是在注意那边的动静，我只是看到了一个熟人。"

卢婉婉猛地推开了白兮，不知道是发烧还是害羞，脸更加滚烫了。

"谁、谁啊？"

还真的是熟人。

应欢欢穿着白大褂，跟着一群同样穿着白大褂的人，由一个老教授带着。

她大概是先看到了白兮，脸上顿时带着笑容，但是下一秒，又看到了他身边的卢婉婉，笑容凝固了。

真是惨啊，卢婉婉摸摸自己的鼻子，尴尬又无奈，自己怎么这么不受欢迎。

"要打招呼吗？"白兮扭头看了卢婉婉一眼。

卢婉婉低着头，看自己的鞋子："随便你。"

"那就去吧。"白兮顺其自然拉起了她的手。

卢婉婉下意识地要甩开，但是被他紧紧握着，硬生生带到了应欢欢的面前。她甚至可以感觉到，面前这个人的视线锁定在自己和白兮牵着的手上。

"哟，好久不见啊。"白兮语气轻松地打了招呼，"你当医生了？"

"不是，今天正好有课程来这边学习，连个实习生都算不上。"应欢欢的视线从未离开过白兮。

嗯？卢婉婉有些诧异，白兮怎么看起来跟应欢欢像是许久没有

联系……

之前听应欢欢说自己跟白兮都会出国留学，后来也有班上的同学传在国外见过他们，更夸张的是，越临近毕业传闻就越离谱，比如当年的校花和校草因为归国还是留洋而忍痛分手，又比如他们在某教堂已经举办了婚礼，但是一直没有实际的证据。

最关键的是，她才知道原来麦甜跟白兮见过，而麦甜竟然从来没有跟自己说过。

现在倒是知道了第一手的八卦。

"你们在交往？"应欢欢倒是不客气，开门见山地问。

白兮点头："嗯。"

"明明没有！"卢婉婉矢口否认，他什么时候告白了，自己又什么时候答应了？

应欢欢忽然冷哼了一声："卢婉婉，你还真是一点都没变。"

"我……我怎么了？"卢婉婉没想到应欢欢的态度会转变得这么快。

"没什么。"应欢欢皮笑肉不笑，抬了抬嘴角，扭头看着白兮，"我还有一个小时就下课了，一起吃饭吗？"

白兮也对她抱以这样的微笑："不了，婉婉病了，我带她回去休息。"

应欢欢撇撇嘴，倒也没有再挽留。

白兮开车送卢婉婉回去的路上，卢婉婉越想越气。

为什么现在反而变成她好像是有错的那方？

气得卢婉婉甚至没有发现白兮带他来的地方，根本就不是学校，而是市中心附近的公寓楼。

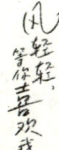

"到了。"白兮拿上了卢婉婉的药,转头发现她还噘着嘴巴,"还在生气呢?"

"是!想想就生气,我也没有招惹应欢欢,当时我还让她帮我给你带……"卢婉婉闭嘴了,后知后觉地看了一眼周围,"这里是哪儿?"

白兮回答:"我家。"

卢婉婉死死扯着安全带:"我不去,我去你家做什么?"

"这里离你上班的地方近,你明天可以直接过去。"

"这是重点吗?"

白兮话锋一转:"你不是想知道应欢欢为什么讨厌你吗?"

"你知道?"卢婉婉皱眉,"那你在这里说就可以了。"

"故事还挺长的,想知道就跟我上来。"白兮扬了扬眉毛,"你不敢跟我上来?"

"我有什么不敢的……"

话是这么说没错,但是她还真的不敢……不上。

当然,卢婉婉自我催眠,告诉自己,她之所以会跟着白兮上去,完全是因为她确实病得不轻,脑子不清醒了,也没有力气自己回去了,只能这样认栽跟着上去,绝对不是自己有很多话想要问他,更不会是自己还对他依依不舍之类的。

卢婉婉表面上不情愿地跟着白兮进了屋子,一进去,眼神立刻就变了。

他的家里……还真空旷。

映入眼帘的是客厅的电视和书柜,地上铺着地毯,一个很像是榻榻米一样的垫子上面扔着几个大型的抱枕,显然就充当了沙发。

阳台上放着几盆好养活的绿萝和芦荟,也直接摆在地上。

右边是一个开放式的厨房,几乎没有什么厨具,只有一个双开门的冰箱。

总让卢婉婉想起自己家里刚破产那阵子,几乎什么都没有,空荡荡的房间里甚至连把椅子都没有。

"刚搬过来没多久,很多东西都没来得及置办。"白兮简单介绍着,指了指榻榻米,"你去躺着吧,我给你倒水吃药。"

卢婉婉没有动。

白兮看着她:"还是你想睡卧室?"

她还是选择了榻榻米。

卢婉婉吃了药之后,脑袋更加晕乎乎的,抱着枕头看着天花板。

一切都好像是梦一样。

"你还没说呢,应欢欢到底为什么讨厌我?"

白兮:"那你要反思一下,应欢欢喜欢过你吗?"

卢婉婉还真的仔细想了想,自己最后确实跟应欢欢闹得不太愉快,但是一开始,她还是很喜欢应欢欢的。

应欢欢什么都好,样样都优秀。

就连毕业的时候,她从乔扬那里知道了真相,跑去质问应欢欢的时候,她还是没有真的讨厌过应欢欢。

因为那个时候的应欢欢……看着真的很不甘心。

"也不至于那么小气吧,都这么多年了,什么恩怨情仇都应该烟消云散了啊,以前的事情还放在心上做什么?"卢婉婉无奈,"像我,只记得好的,那些不愉快的早就忘得一干二净了……"

"那我呢?"

"嗯?"

"我是你想要忘记的,还是你想要记得的?"白兮走过来,坐在她的身边,俯身看着她。

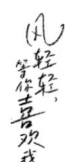

· 217 ·

卢婉婉被这突如其来的发问弄得手足无措，赶紧转头……

可是白兮却先一步用手捧着她的脸，直接就亲了下来。

"啊啊啊啊！"卢婉婉瞪大眼睛，"你干什么？"

白兮目光灼灼："卢婉婉，我们已经不是小孩子了，我不会再用小孩子的把戏追求你。"

不知道是被那一吻给吓得出了一身汗，还是医生开的药真有效。卢婉婉醒来的时候，确实觉得身上都轻松了许多，身体也不发热了。

只是她发现自己躺在卧室的床上，看了一眼时间已经是凌晨一点多。下午吃了药，又吃了点白兮煮的粥，她就在榻榻米上睡着了，再醒过来居然都这么晚了。

借着暖色的床头灯，她打量着这个房间，扫了一眼，除了床和衣柜，竟然没有别的家具。

但是墙上，有一幅画。

一个年轻的女人坐在一个绿色的庭院里，身后撑着一把巨大的白色遮阳伞，她的双手放在自己的膝盖上，旁边的茶几上摆着精致的茶壶，她的动作很拘谨，但是笑容很灿烂。

这大概……是白兮的妈妈吧。

一直没有机会问他这件事，莫名其妙被拽到了这里，又莫名其妙留宿了。

卢婉婉掀开被子下床，推门走出去，外面映着昏黄的灯光，白兮正在地上的榻榻米上睡得安稳。不知道他从哪里翻出来一盏白色地灯摆在自己身边，暖光打在他的侧脸上，让他看起来安静又温柔。

就像是以前上学的时候，每天都可以看见的脸。

以前觉得他很锋利很尖锐，现在倒是柔和了不少。

"你大半夜不睡觉悄悄来看我,还想说对我没有非分之想?"白兮转头看着她,双眸在灯光下更是摄人心魄,"卢婉婉,对不起。"

本来她还打算否认的。

只是这"对不起"三个字简单直接地砸下来,倒是让她手足无措了。

"你用不着跟我道歉。"卢婉婉别扭地说,"你没有对不起我什么。"

"真的?"白兮笑了笑,"那我下次亲你的时候,就不道歉了。"

原来他是在说这个……

卢婉婉又忍不住脸红,一掌拍到他的胸口:"你说什么呢!"

白兮假装捂着胸口,顺便拉住了她的手,紧紧拽着按在他心脏的位置,轻声道:"真好啊。"

"好什么?"

"就是觉得……现在这样真好啊。"白兮坐起来,从一个柜子里拿出了一个袋子,"你下午睡着的时候我出去帮你买了换洗的衣服,去洗个热水澡吧。"

卢婉婉看着这一袋装备齐全的物品,真觉得这家伙是有备而来。

第二天,白兮开车送卢婉婉到公司楼下。

卢婉婉穿着新买的卫衣,下面穿着白兮重新给她买的破洞裤。

下车之前,白兮继续盯着她的裤子看:"果然,还挺好看的。"

"还不是都怪你。"卢婉婉推门下车。

白兮又把身子探到了窗口:"下班要我来接你吗?"

"不用了。"卢婉婉朝他挥手,"都指不定什么时候下班呢。"

白兮挑眉,没说什么,驱车离开了。

卢婉婉转身要进公司,结果正好碰到陈婷,她站在公司大厅门口,应该是专门在等着自己的。

"婷姐好。"卢婉婉打招呼。

这个点还算早,电梯里只有她们两个人。

电梯门关上,陈婷便问:"刚刚那个是你男朋友吗?还挺帅的啊,就是看着有点眼熟。"

"啊,不是啦。"卢婉婉太清楚这些说辞了。

先说看着眼熟,接下来就会开始一些试探的提问,例如"他是不是在哪里哪里读书""他爸爸是不是什么什么地方的",被提问者就不得不回答出真实的信息。

这种套路屡试不爽。

所以,卢婉婉很直接地说:"我跟他也不熟,就是高中同学而已,路上买早餐遇到了,他就顺路搭我过来。"

没话说了吧。

陈婷果然脸色一变,不知道应该继续说什么。

话题自然而然又变成了工作。

"那个竞聘还有两个礼拜,演讲稿写好了的话可以给领导看一眼,毕竟你是代表我们部门参加竞聘呢。"陈婷笑着补充了句,"最好是能够有点才艺之类的。"

"还要唱歌跳舞?"卢婉婉大惊。

"算是个加分项嘛,每次公司年会上去表演的人,在公司里人缘也更好啊。"

电梯"叮"的一声打开了,陈婷迈着步子走了出去。

卢婉婉捂着头,觉得自己好像又开始发烧了。

时间修补器
第十章

卢婉婉忙碌到了晚上八点钟,打开了电脑上的文档,终于写下了自己演讲稿的第一行字。

"大家好,我是来自企划部的卢婉婉。"

然后就这么看着屏幕发呆了半个小时,头又开始疼了。

像是发脾气一样,卢婉婉在电脑上胡乱打着字。

——其实这个该死的竞聘我一点都不想参加,所以请大家给太子一点掌声,祝贺他顺利登基吧,我的发言结束了!

在脑袋里脑补了这样一场"叛逆"之后,她随便吃了块饼干当作晚餐,拿起杯子来接水打算吃昨天开的药,结果一起身,看到老板的侄子正好从走廊上走过来,跟自己部门的领导说说笑笑。

"那家菜真不错……""太子"如是说。

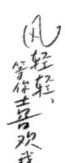

卢婉婉和对方恰好对视上，都是一愣。

人生本来就是不公平的。

她在领导面前小心翼翼，有次饿急眼了在工位上吃了个卤鸡蛋，领导皱眉说了句怎么有怪味，她就再也没有在工位上吃过东西。可是有的人却可以跟领导勾肩搭背、谈笑风生。

想到自己如果去了老爸的公司，不也是这样吗，谁又比谁更高贵呢？

所以她自然也是没有资格鄙视对方的。

于是，她很快就垂下眼，从对方身边侧了过去，直接进入到了休息室里，接了点热水，把药统统给吃掉了，又给自己泡了一杯咖啡，慢悠悠走回工位。

哪知道自己工位前站着一个人。

那个人弯着腰正在看自己的电脑。

"你在干什么？"卢婉婉认出了那个背影。

对方转过身来，不是"太子"又是谁。

"太子"坏笑："如果你真的这么演讲，我会被你迷住的。"

"哦？那我可得好好准备。"卢婉婉毫不留情地回击，"如果我太弱了，怎么能衬托您的优秀呢？"

卢婉婉走过去直接把笔记本电脑盖上，拿起包包就走人。

她气哄哄地进了电梯。

电梯门要关上时，"太子"竟然跟了上来，进了电梯里。

"你叫什么名字？""太子"开口。

卢婉婉没有回答，从包里拿出了自己的耳机戴上。

今天她是不是跟电梯结梁子了，上下班的电梯之行都那么令人窒息。

好不容易熬到了电梯到达，她加快脚步走了出去，没想到刚到大门口，就被人一下子拉住了手腕。

卢婉婉回头，"太子"依旧是那副欠扁的笑容，对她说道："如果你也想去总部的话，可以跟我说一声。"

她也回以微笑，甩开了他的手："谢谢您，我不想去。"

说完，她就立刻离开，生怕对方又跟上来。

不过刚走了几步，她就看到白兮正坐在公司外面花坛的长椅上，手里拿着画板，像是在这里写生的大学生一样，穿着跟她身上类似的卫衣和一条破洞牛仔裤，平日里总是运动休闲打扮的他，这样的搭配下又多了一丝不羁的气息。

也是，她的记忆里，白兮更多时候还是高中时候的样子。

刚才的不愉快，竟然一下子就消失了。

仿佛今天所有的倒霉和坏情绪，都在等着这一瞬间被冲刷干净。

"你怎么来了……"卢婉婉走过去。

白兮抬起头，先是看着她微微一笑，随即掠过她看向她的身后，变成了眯着眼睛的不屑。

"那个人是谁？"

卢婉婉头也不回："无关紧要的人。"

"走吧，"白兮也没有多问，而是站起来，"我送你回去。"

卢婉婉回到了学校里。

白兮也跟着下车，要送她到宿舍楼下。

卢婉婉赶紧把他给拦住了。看着他这一身跟自己身上的显然就是"情侣装"的行头，但凡遇到个认识的同学，她百口莫辩。

"以后不要穿成这样到我们学校来，被别人看到了要误会了。"

卢婉婉娇嗔道，停顿片刻，又放柔了语调，"你早点回去吧，路上小心，今天谢谢了。"

不管怎么说，可以看到他，她是真的很感激。

"所以你的意思……"白兮慢悠悠道，"如果不穿成这样，就能来找你了？"

"我、我不是这个意思！"卢婉婉咬咬嘴唇，"你快走啦。"

白兮还是没动，一双眼睛盯着她。

"怎么了？"

白兮问："你要不要住我家？"

"哈？"卢婉婉愣了愣，"你说什么呢？"

白兮一副理所当然的语气："学校离你实习的公司太远了，你上班不方便吧？而且你现在课少，如果要上课，我开车送你来就可以了。"

"不要！"卢婉婉脱口而出。

她不得不承认他的话很有吸引力，但是总觉得……自己不能那么轻易就答应了。

卢婉婉又忍不住问："你怎么那么有空？就不需要读书或者上班吗？"

"嗯，失业在家，无所事事。"白兮可怜兮兮道，"是不是还挺失败的。"

失败的人在市中心附近有一套公寓还有一辆名牌车，一点都不值得同情！

卢婉婉飞快地跟他挥挥手，转身离开了。

果然，卢婉婉回到宿舍就遭到一阵逼问。

也不知道汪文乐到底怎么跟大家说的，众舍友先是吵着要照片，

后来又让她详细说了他们俩以前的事情，最后还问了她昨晚消失到哪里去了。

卢婉婉当然不敢说她去白兮家里住了一晚上，只说是回了一趟家。

她是本市人，大多数本市的学生都喜欢回家住，舍友自然没有怀疑。

恰逢周末，宿舍四个人决定去市中心玩一趟。女孩子们聚会无非就是吃吃逛逛看电影，尤其是最近大家出去实习都多多少少赚了钱，决定去之前早就看好的高级餐厅大吃一顿。

哪知道那么巧，菜刚上来，卢婉婉就看到"太子"搂着一个美女走进来了。

"太子"长得不丑，尤其是一身名牌还挺人模狗样的，身边的女生更是精致动人。

卢婉婉顿时长叹一口气，现在菜都来了，就连走都来不及了。

"真晦气。"卢婉婉暗道，移动座位想让身边的舍友挡住自己。

更晦气的是，在她移动的时候，椅子发出了声响，恰好吸引了对方的注意。

她吓得还弄掉了盘子上的刀叉，"咣啷咣啷"一阵响。

卢婉婉内心咆哮，怎么这么倒霉，难得出来吃个饭都得遇上这个家伙。

"婉婉，你怎么了？"汪文乐问。

她深呼吸一口气："没什么，就是看到奇怪的东西，吓到了。"

"见鬼啊？"汪文乐打趣。

卢婉婉一抬头，恰好跟"太子"对视一眼，他脸上带着似笑非笑的神情，正打量她。

她翻了个白眼："比那可怕多了。"

不过好在没多久，"太子"跟自己的女朋友就消失在她的视线范围内了。

卢婉婉的好心情重新回来,尤其是把自己在职场上遭遇的事情跟舍友们倾诉了一番后,终于觉得畅快多了。

吃饱喝足,她喊来服务员结账。

没想到服务员笑着说:"已经有一位先生帮您这桌结算过了,那位先生说是您的朋友,需要带您过去打个招呼吗?"

"哇——"

三个舍友立刻起哄。

"婉婉,就是刚才进来的那个人吧?"汪文乐眼尖,刚刚就察觉到了不对劲。

"哪个?我没看到啊!是不是就是之前乐乐看到的那个帅哥啊?"舍友华蝉说道。

"不管是谁,这个人肯定喜欢你……一声不响就付款也太帅了吧!"另外一个舍友沈碧雅捂着脸,满脸闻到八卦味道的兴奋。

汪文乐伸出食指晃了晃:"不是哟,上次我见到的那个更帅。"

卢婉婉推了推汪文乐让她闭嘴,对服务员笑道:"不必了,谢谢。"

离开餐厅,舍友还在继续追问。

不过显然对汪文乐口中"更帅"的那位更感兴趣。

汪文乐:"他是做什么的啊?"

卢婉婉:"据说是无业游民。"

华蝉:"读书呢?"

卢婉婉:"不知道啊,跟我同一届应该还在大四,但是看他的样子又不像是还在读书,可能肄业了吧。"

沈碧雅:"他请你吃过饭吗?"

"来食堂都刷我的卡,"卢婉婉皱眉,越想越生气,"一个人吃

了两个套餐！还喝了奶茶！"

众人叹气。

华蝉拍拍她的肩膀："婉婉，光是好看是不行的，还是得有实力，有上进心，你又不差。"

汪文乐："但是刚刚进来的男生，身边有一个女生了，两个人看着像是在交往啊，这种人不行！"

"也可能是相亲呢！但其实心里喜欢的人是婉婉！"华蝉还是心存侥幸，"婉婉，不如你问问他？"

"我才不要。"卢婉婉崩溃，"我甚至都没记住他到底叫什么名字呢！"

逛了街，几个人提着大包小包的"战利品"回学校，都还不忘继续讨论。

舍友三人已经分成了两派，汪文乐始终站在白兮那方，她的理由是："你们没见过那个男生有多帅！见过就知道了！"

剩下两个舍友道："见到那个男生之前，先给今天的男生加一分。"

星期一上班，卢婉婉拿着钱到了太子所在的部门门口，来来去去徘徊了一圈，最后鼓起勇气探头进去，才发现他不在里面。

她松了口气。

她特地准备了现金，就是为了避免不得不用手机支付这种需要花费时间，还需要本人在才能完成的手续，所以她现在只需要把钱直接扔在他的座位上，给他留言就可以了。

还避免了转交同事而被问东问西的麻烦。

这个公司关系户太多，如果有什么奇怪的传闻，一定很快全公司上下都知道了。

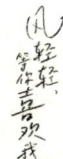

卢婉婉刚走过去，写了字条，就听到背后响起了他的声音。

"你这是在给我送表白信？"

她浑身一个激灵，吓了一跳，手里的钱散了一地，她赶紧蹲下去捡。

"太子"也蹲在她面前，帮她一起捡着，还露出了一个揶揄的笑容："见到我那么紧张吗？"

卢婉婉忍受着不适，礼貌地回答："不是，只是单纯为了把钱给你，我跟你不熟，你请我和我舍友吃饭，不合适。"

"哦？"太子看着她手里的钱，"为什么不当时就给我？还特地过来找我呢？"

这一连串的问题是怎么回事！

卢婉婉简单直白地解释："因为不想打扰你跟你女朋友约会，现在过来找你，就是为了不被别人发现和产生任何误会，只是我刚发现，误会已经产生了，你想太多了。"

"她不是我的女朋友。""太子"自以为笑得邪魅，"你很在意吗？"

"与我无关。"卢婉婉见他不接下自己手里的钱，就直接放在了他的办公桌上，"我先回去工作了。"

办公室里的人已经开始注意这边了，卢婉婉不愿意多废话，赶紧离开了。

晚餐时间毫无意外又是在加班中度过的。

晚上七点多，卢婉婉埋头翻译，在纠结到底是要回去加班，还是点个外卖继续耗在这里时，一阵热闹的声音响起来，她看到"太子"又跟着领导和同事吃完东西回来了。

卢婉婉赶紧低下头，生怕自己被"太子"发现，肯定又要被他误会自己一直在注意他。

· 228 ·

她真是跳进黄河都洗不清。

结果没想到,她余光瞥见"太子"竟然走过来了,而且来到了她身边,把一个袋子放在她的桌子上。

"太子"笑吟吟地道:"给你带的晚饭。"

"哈?"卢婉婉内心一百个疑问,"不需要,我不饿。"

就在此时,卢婉婉的肚子没出息地响了两声,对面的"太子"笑意更浓。

她假装没听到,一本正经道:"我说了我不饿。"

"我特地帮你买的。"太子说道。

那又如何?卢婉婉真想直接反击回去,只是想到自己毕竟还是一个卑微的实习生,只能忍气吞声:"不必了。"

"你一直反复拒绝我,是想引起我的注意?""太子"打量她。

卢婉婉忍住胃里翻滚的不适,微笑道:"怎么会?"

可是"太子"依旧不依不饶,正当她不知道应该怎么办的时候,电话忽然响了起来。

她赶紧站起来接电话:"喂?"

"卢婉婉,听说你可怜兮兮的还在加班呢?"白兮语气里带着笑意,"我在你公司门口,15楼,能不能劳您大驾过来帮我开门?"

不会吧?

卢婉婉拿着手机走到门口,还真的看到了白兮。她赶紧过去用工牌把门刷开了。

白兮笑着走进来,捏了捏她的脸:"怎么这副表情?"

"你怎么来了?"

白兮:"接你下班啊。"

"那你等我一下……我去拿包。"卢婉婉带着他走到了自己的工位上。

谁知道"太子"居然还在这里。

卢婉婉愣了愣,下意识地回头看了一眼白兮。果然,他皱起了眉头,他每次露出这样的表情,都看起来很不好惹。

想当年白兮凭借自己板着臭脸凶神恶煞的模样,劝退过不少爱慕者……

"这位是?""太子"先提问了。

"我朋友。"卢婉婉不想跟他多解释,赶紧关电脑收拾资料,拿起了自己的包包,"你的好意我心领了,但是以后真的不用费心了。"

"太子"的目光停留在白兮脸上,道:"我觉得你还挺眼熟的。"

白兮抬起嘴角,冷冷一笑:"是吗?不过我很确定,我不认识你。"

"太子"脸色一僵。

卢婉婉看得还挺舒心的,忍不住对白兮露出一个笑脸,语气也柔和了不少:"你怎么想着今天来接我下班啊?"

她心中隐隐期待,白兮要是能够说出什么帅气的话,让"太子"更不开心就好了。

"想让你请我吃饭。"白兮毫不脸红地说。

卢婉婉长叹一口气。

"太子"果然笑了起来:"你一个大男人,还需要女生请你吃饭?"

卢婉婉立刻反驳道:"我已经赚钱了,请好朋友吃饭很正常,而且我也不需要别人请我吃饭。"

真是多管闲事。

卢婉婉一把牵住白兮的手,拉着他赶紧离开。

到了白兮的车上,卢婉婉还是忍不住生气。

虽然她平时也没有给白兮什么好脸色,但是看到别人说他,就是不行。

耳边忽然传来一声轻笑。

卢婉婉转过头,看着白兮脸上带着轻松愉悦的笑容,立刻问道:"怎么了,你刚刚不生气吗?"

"我有什么好生气的,你不是帮我反击了吗?而且……"白兮忽然靠近她。

这一举动吓得卢婉婉赶紧用手捂住嘴巴,往椅子下缩了缩:"你、你要干什么?"

结果,白兮伸出手越过她,从她的身后方把安全带拉出来,帮她扣好,笑着说道:"等你请我吃饭啊。"

"你想吃什么?"卢婉婉考虑到今天他帮自己出了气,决定好好犒劳他一顿。

"吃你们学校食堂好了。"

卢婉婉没想到白兮是认真的。

车子开回了学校里,恰好是大一的学生下晚自习的时候,食堂非常贴心地为他们准备了夜宵。

白兮拿着她的饭卡,在食堂里点了一大堆东西。

卢婉婉看他吃得津津有味,忍不住道:"是没有吃过学校食堂吗?难得请你吃饭,竟然要来这里吃?是给我省钱的话,也没必要。"

"吃过,但是想知道平时你在学校里吃什么。"白兮忽然想到什么,"明天上班吗?作为答谢,我送你去吧。"

"上班,但是我早上有课。"卢婉婉想了想,又觉得自己回答得太理所当然了,"不对,不需要你送啦,我自己可以去的……"

白兮一口拒绝:"不行,那个家伙看起来太可疑了。"

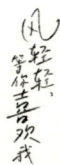

那个家伙，自然是说的"太子"了。

"他谁都不是。"卢婉婉想到"太子"就无语，自己到底怎么惹到他了。

就算被他看到了自己电脑上的那段话，也不过是她乱写的，也没有说什么不好的话吧。

这次竞聘是为了给他开路，衬托他的光辉灿烂，这件事众所周知了。

白兮笑了笑："嗯，我知道。"

卢婉婉看着他的笑容愣住了，脸红道："我、我不是在特意给你解释……我就是这么……随口一说……我才不怕你误会呢。"

"嗯，我知道。"白兮笑意更浓，又重复了一遍。

你知道什么了！

结果，白兮又优哉游哉地补充了一句："我压根也没有把他放在眼里。"

回宿舍的路上，卢婉婉胃部传来一阵疼痛，她忍不住捂着肚子。

"怎么了？"

"胃有点不舒服。"她备战高考那段时间胃就不好，但是后来经过治疗吃药，这些年也没有什么事，最近这段时间大概是加班吃饭不规律，又犯病了，"饿太久了。"

"抱歉，是我没有考虑周到，还让你饿着肚子那么久回学校来吃。"

卢婉婉看他愧疚的模样，赶紧摆手："是因为没有按时吃饭，哪是一天两天的事情。"

"好，"白兮点点头，自言自语般说着，"以后我会多注意的。"

"嗯？"以后？

"没什么。"白兮笑了笑，"明天我也还是没有事，我来送你上

· 232 ·

班吧。"

不过卢婉婉没想到,白兮口中说的送她上班,还包括陪她上课。

白兮站在宿舍楼下,一看到她就立刻对她挥手打招呼,笑得阳光灿烂:"早啊,我好困哦,可以去你的教室休息一下吗?"

"要休息就在家休息啊,为什么要去教室休息?不行,你赶紧回去吧。"卢婉婉当然第一时间就拒绝了。

只是没想到汪文乐卖队友,热情道:"当然可以,走吧!我带路!"

剩下的两个舍友跟卢婉婉不是一个班的,不然被她们俩看到,更加不得了。

无奈之下,卢婉婉只能在教室的最后一排角落找了一个位置。

"你等会儿别做什么奇怪的事情,"卢婉婉警告道,"我们老师还挺凶的。"

她当然是吓唬他的。

"放心,我很安静的。"白兮点点头,趴在了桌子上。

果然,他倒是也信守承诺,全程安静地睡觉,哪怕是醒了,也就是用手肘撑着下巴听一会儿,又换个姿势继续睡觉。

卢婉婉看着他熟睡的侧脸,忍不住想到了高中的时候。

他也是这样喜欢上课睡觉。

然后考了班级第一名……太过分了。

不过也多亏他在睡觉,即使周围的同学对他表现出了极大的兴趣,也不好意思过来询问。

下了课之后,卢婉婉把白兮喊起来,抱怨道:"你怎么那么喜欢睡觉?"

白兮站起来打了个哈欠:"下岗待业,在家太无聊了。"

"那你怎么不去找个工作?"

白兮没有回答,汪文乐已经插话进来:"没工作也不要紧的!反正明年毕业季,工作机会多着呢!帅哥,要不要一起去食堂吃饭啊?"

白兮点点头:"当然。"

卢婉婉内心觉得不妙,到了食堂一看,果然华蝉和沈碧雅已经赶来了。

她们俩平时没课都会睡到日上三竿,没想到这次有八卦,来得倒是挺快的。

"哇!也真的太帅了吧!"华蝉兴奋地拍打身边的沈碧雅,"有这张脸,我也心甘情愿请他吃饭。"

"我只想多赚钱,然后金屋藏娇,不让他出去受累,也不让别人觊觎他的美色。"

这两个家伙嘴上完全不忌讳,更没有放低音量的意思。

白兮全部听到了,还扭过头对卢婉婉笑了笑,像是在炫耀什么。

卢婉婉翻了个白眼。

"帅哥,我们请你吃饭吧!"汪文乐提议。

卢婉婉一口拒绝:"不用!我来请!都刷我的!刷我的!这件事不需要你们决定!刷我的!"

她才不想有这些人情上的往来,这次她们请了,下次绝对会以"回请"为借口而让白兮再跟她们一起吃饭。

卢婉婉的预感实在太准确了,这些家伙就是抱着打破砂锅问到底的决心来的。

"你跟婉婉是高中同学啊?后来你去哪里啦?"

"最近你好像经常来找婉婉啊?"

"你知道婉婉在学校很受欢迎吗?"

……

一连串的发问,只有最后一个问题,白兮挑眉看着卢婉婉,点头赞同:"卢婉婉一直都很受欢迎。"

"真的吗?"汪文乐追问,"高中也是吗?"

白兮捏着下巴想了想:"那时候我们班上的第一名喜欢她。"

"哇!"三个人同时欢呼,"然后呢?"

卢婉婉知道他说的是谁,可是……白兮自己也考过第一名啊。

"你得问她。"白兮把问题又抛给了她,自己继续乐呵呵吃东西。

卢婉婉撇撇嘴:"之前你们见过啊,就是来过我们学校的。"

虽然乔扬去了外地的大学,有一年他们专业放假早,回到本市之后,特地来学校找了她。

"果然!我就知道那个男生喜欢婉婉!"汪文乐一脸可惜,"所以那时候你跟他逛操场的时候,他是为了告白吗?"

"当然不是!你说什么呢!"卢婉婉下意识看了一眼身边的某人,立刻否认。

那年寒假,乔扬来学校找她,跟她说了一件事。

乔扬知道白兮的学渣属性是装的之后,也意识到自己比不过他。

因此一度更加努力地复习、看书,还引发了身体的不适,在高考前这么紧张的关头,阑尾炎爆发,不得不去做阑尾手术。他躺在医院的时候,终于意识到不管怎么努力,自己是无法超越白兮的。

就像是不管怎么努力,卢婉婉也不会多看自己一眼。

当时陆鸣跟麦甜还是小情侣,放假的时候他们四个人还约出来一起看了电影,一起吃饭唱歌。

在市中心的时候撞见了不少以前的老同学。

"你吃饱了?"身边的白兮撞了撞她,"发什么呆?"

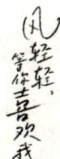

卢婉婉摇摇头:"吃太多了,脑袋发晕。"

"挺好的。"白兮把她碗里没吃完的肉夹到了自己的碗里,"等会儿刚好可以带我去学校里走一圈,顺便消化一下,下午我送你去公司。"

吃过午饭,汪文乐拉着另外两个舍友离开了。

卢婉婉按照白兮的要求带他去逛学校。

现在秋意正浓,午间的太阳也不大,还夹杂着隐隐的湿气,像是马上就会落下细雨。他们俩走在林荫小道上吹着凉爽的风,倒是挺惬意的。

两个人走了小半圈,白兮看着四周,说道:"你们学校环境还挺好。"

"嗯,其实有个新校区,离市中心更近,不过还没竣工,我就要毕业了。"卢婉婉可惜道,"现在的宿舍楼还是旧了一点,听说新的校区宿舍里有空调,还有单独的浴室……"

白兮也不打断她,就这么静静听着她讲。

她说了一大段关于学校的事情,包括以前刚上大学长胖了,来操场跑圈减肥,结果很没眼力见地从一对小情侣中间跑了过去。

后来她说得久了,意识到自己好像太啰唆了,不由得问道:"我是不是太能说了?这些都挺无聊的……"

"不无聊。"白兮看着她,"你好像比高中的时候开朗了很多。"

"那时候高中同学都是本地人,大家都知道我家的事情,家里破产出事,其实不光是我们一个家庭倒了,公司里不少的职工被我家连累得挺惨的,所以我能理解。"

卢婉婉其实一直都抱有愧疚之心,她也变得越来越自卑,害怕每

· 236 ·

个人看自己的视线都带着恨意。

所以也想过尽量去弥补大家,谁让她帮忙,她都力所能及去做到。

只是没有想到,她大概用错了方法。

她也是太天真。

有些伤害不是自己帮对方买个早餐打个水就能弥补的。

"你爸妈怎么样了?"

卢婉婉笑道:"谁能想到呢,我高考完之后,我爸终于抓到了那个骗我们家钱的人,后来追回了一部分,我爸拿着钱回去求家里的亲戚带着他重新做生意,刚开始也没怎么赚钱,最近好像慢慢好了。"

所以看着爸妈那么忙碌,她在本市的大学念书,平时偶尔还能回去看看爸妈有没有照顾好自己。

聊了那么久的八卦,好像都是在说她自己的事情。

卢婉婉问道:"喂,你为什么总是来我们学校?就是来我们学校上课、吃饭、散步?"

白兮的目光如水:"因为想和你一起。"

卢婉婉:"嗯?"

白兮:"我曾经想要跟你上一样的大学。"

卢婉婉说不出话来。

白兮笑着,一把抱住了她,下巴轻轻抵在她的头顶,像是将她整个人包裹在了怀中。

"想要跟你到教室里,看你上课,想要跟你一起在食堂打饭,想跟你一起逛校园。操场上约会的小情侣,要是包括我们就好了。"他的声音就在自己的耳边,清晰可闻,"跟你错过的那些时间,能不能修补过来?"

卢婉婉回答不上来。

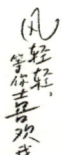

"我又不是让你现在回答我。"白兮拍拍她的脑袋,"不过你得记得你还欠我一个回答。"

卢婉婉撇撇嘴,忽然这么温柔。

她还没有感叹完,只听到白兮又不高兴地补充了一句:"但是你敢拒绝的话就试试看。"

白兮送卢婉婉到公司楼下,正好碰到了一群同事吃午饭回来。

卢婉婉看白兮也要跟着下车,赶紧拒绝:"你别下去了,等下他们看到你估计又会问东问西的。"

白兮看了那群人一眼,又把安全带扣了回去:"你说的也是。"

"那我走了。"卢婉婉跟他挥挥手,推门下车。

她特地放慢动作,只是没想到陈婷在门口等着她。

看样子是躲不过了。

"婷姐好。"卢婉婉先跟对方打招呼。

陈婷的目光还追随着白兮的车子,但是脸上熟悉的笑容已经堆起来:"婉婉啊,还说是同学呢,这都送你上班多少次了?就算是男朋友也没关系,谈个恋爱怎么了!"

卢婉婉真的很害怕自己的任何回答都能成为她继续追问的由头,只能尴尬地笑笑。

陈婷当然知道她是什么意思。

但是卢婉婉也知道,她向来不需要忌讳自己一个实习生的想法。

陈婷:"其实就是觉得他有点眼熟,我好像在哪里见过。"

卢婉婉叹口气,怎么又是这个说辞。

"对了婷姐,那个竞聘的演讲稿啊,你确定我可以随便写写吗?因为我最近时间不太够,我担心准备得太敷衍了,显得我们部门不够

上心，影响也不好，其实何玉那天有来问过我……"

陈婷微笑着打断她："婉婉啊，名单已经报上去了，没办法修改的。"

卢婉婉内心暗暗翻白眼，之前公司有个福利活动，也说过期不候，陈婷当时休了长假，回来后听说了，硬是想办法把自己的名字加上去了，现在说什么没办法修改？她分明听说隔壁部门的人选压根还没有决定好。

算了，卢婉婉放弃挣扎了，反正也就是凑人数。

但是她的演讲稿还是没有想好。

加班到了七点多，部门的人几乎都走了。

卢婉婉正打算点个外卖，白兮的电话打进来。

"您好，有份您点的外卖，麻烦来电梯口拿一下。"

卢婉婉故意说道："一般外卖放在门口保安处就可以了。"

"但是外卖小哥长得不错，顾客不想看看吗？"

还真自恋。

"那您稍等，我来品鉴一下，如果不好看的话，我是会给差评的。"

卢婉婉来到电梯门口，看见白兮提着一个纸袋，四四方方的硬纸壳，里面看起来装了不少东西。

"怎么又来了？"卢婉婉把他带进办公室里，还好大家基本都走了，不然白兮这么出现，估计又得被围攻了，尤其是白兮长着一张这样的脸。

白兮把东西放在她的工位上，一样一样地拿出来："你总是不记得吃东西的话，胃病又犯了怎么办？"

"外卖小哥哥真贴心啊。"卢婉婉打趣道。

"怕有人给差评。"白兮把盒子打开，里面的汤汤水水和各式各样的菜装了不少。

卢婉婉看到有两双碗筷:"你也没吃?"

"嗯。"白兮拿起其中一双筷子,"看你吃饭比较下饭。"

"你什么意思……"卢婉婉生气。

白兮幽幽说了句:"很可口。"

她的脸噌噌就红了一大片。

"你在想什么呢?我在网上看大胃王吃饭的视频,也觉得很下饭。"

卢婉婉瞪了他一眼,但是脸还是热烘烘的,又窘迫又害羞。

"很热?"白兮挑挑眉,又从他那个大纸袋里拿出来一杯可乐,装着满满的冰块,"拿给你的时候想献宝来着,想到你胃不好,又打算做罢了。"

卢婉婉接下来:"现在怎么又肯给了?"

"看你脸太红了。"白兮皱眉,"你这么一直红着,我很困扰啊。"

"你、你有什么好困扰的!"

白兮抬起头,眼睛被屋里的灯照得很亮:"没什么,还挺可爱的。"

说是这样说,可说完这句话还对着她笑了笑。

现在的白兮,真的太喜欢笑了啊。

跟以前那个阴郁桀骜、让人难以亲近的他完全不一样了。

吃着吃着,白兮的眼睛瞄到了她的电脑屏幕,抬了抬眉毛:"你想参加竞聘?"

卢婉婉想起这个演讲稿就心烦:"不是,陪'太子'读书呢,去总公司的人选已经内定了,我们就是凑个人头。"

白兮若有所思:"不能拒绝?"

"怎么拒绝?"卢婉婉叹口气,"这又不是以前别人找我跑腿买个早餐,不想去就不去了,这个我没办法拒绝,我一个实习生在这里，非要我去的姐姐要给我写评价，我还等着这家公司给我签实习证明呢。"

白兮皱着眉头没有说话。

卢婉婉以为他在想办法帮自己拒绝掉这个苦差事。

"其实我觉得还好啦，这件事对我来说不算什么。"卢婉婉语气轻松道，"要知道，我以前可是主持过学校百年校庆的人呢。"

白兮表情缓和了不少，看着她无奈笑道："我知道，我看到了。"

"你看到了？"

"嗯，网上仔细找找的话，会有的。"白兮看过当地电视台的报道，虽然就是短短几十秒的片段，但是他不知道反复看了多久。

那时候的卢婉婉自信得耀眼。

可是卢婉婉却有些失望："那你怎么没回来呢？"

"我……我当时没有办法回来。"白兮想起那段时间，就觉得艰难异常，"我以后会跟你解释的。"

卢婉婉撇撇嘴，不说拉倒，她还不想知道呢。

白兮看着那个演讲稿，忽然笑了笑："要不要我帮你一起写？你这段看起来太敷衍了。"

"我也就是走个形式，当天来的人也不多。"卢婉婉拒绝了白兮的提议，他看着也不像是会写这种类型演讲稿的人，"还是吃饭吧。"

白兮欲言又止，最终说了句："吃饭吧。"

两个人吃饱喝足一起下楼，谁能想到又在楼底跟"太子"打了个照面。

只是这次"太子"是一个人。

卢婉婉佩服"太子"的脸皮，她已经拉着白兮往旁边走了，这家

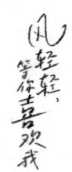

伙居然还能跑到两个人的面前。

"这么晚才下班吗？""太子"跟她挥挥手，"怎么样，要不要找个地方一起喝一杯？"

"抱歉，我跟我男朋友还要去约会。"卢婉婉对他笑了笑，一把牵住了白兮的手，"您自己喝，不打扰了。"

"太子"一动不动，丝毫没有让开的意思，视线转向白兮："不知道你是做什么工作的？"

白兮看了一眼他们俩牵着的手，一本正经道："无业，目前唯一的工作是卢婉婉的男朋友。"

"吃软饭的？""太子"眼中带着讥诮，"你这个长相，倒是很合适。"

怎么上来就那么大的火气。

卢婉婉一步上前，挡在两个人中间，将白兮护在自己的身后，板着脸对"太子"道："话说得有点太过分了，我男朋友是干什么的，跟你有什么关系？请你向我男朋友道歉！"

凑近了才闻到"太子"身上都是酒气。

难怪脾气又大了不少。

白兮一把牵住了她的手，直接把她拉走了。

"欸，我的话还没有说完——""太子"说着又想扑过来。

白兮把卢婉婉拉进怀里，轻松往侧面闪了闪，"太子"就直接一下子扑到了旁边的车上。

车子发出警报声，顿时保安也赶了过来，看到是"太子"之后，把他给扶住了。

白兮摸摸卢婉婉的脑袋："走吧。"

回去的路上，白兮明显心情不太好。

"你怎么了啊？"

"你要不要换个地方实习？"白兮像是已经忍了很久，终于脱口而出，"以你现在的成绩，去更好的地方也是可以的……"

"不行啦。"卢婉婉拒绝，"虽然这里有很多弊端，但是跟我的专业对口，公司业务也是我喜欢的方向，我做起来完全不吃力，除了这些破事，大部分时间我都挺开心的，反正就还剩半年了，我都坚持了三个月了，现在离开不就白白浪费了。"

白兮也没有强求，继续安静开车。

卢婉婉忽然想到了什么："你这是在吃醋吗？"

白兮扭头看了她一眼，还是没有说话。

"哎呀，白兮同学，你要是承认的话，我还能好好考虑你的建议。"卢婉婉故意逗他。

过了一会儿，他才闷闷说道："那你能不能搬出来？我接送你上下班。"

"你是说……"

"嗯，"白兮点头，"搬来我家。"

卢婉婉翻了个白眼："这根本不是一件事！"

卢婉婉知道事情不会那么快就结束。

果然没过几天，部门总监就通知大家说，为了促进部门与部门之间的良好关系，要组织团建，晚上一起去吃饭唱歌。

卢婉婉第一时间就拒绝了。

可是总监亲自过来跟她说："卢婉婉啊，你是新人，还不明白，在职场上呢，不是做好工作就可以了，偶尔也要注重社交，跟每个同事都相处好也很重要，你的实习证明可是不只看你的工作完成得如

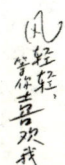

何啊。"

软硬兼施,卢婉婉只能妥协了。

她发信息给白兮说今晚要团建聚餐,让他别来了。

白兮说让她确定了去哪里吃的话,随时发个消息过来告诉他。

下了班,众人去餐厅吃饭。

果然一开始,总监就把"太子"喊在身边,当着众人的面好好夸奖了一番,又是说他年轻有为又是说他一表人才的,还暗示在座的各位女孩子要是有意思要抓紧时间,如果等他去了总部就没机会了。

"太子"立刻对卢婉婉眨了眨眼睛。

卢婉婉低下头吃饭,恶心得连胃口都没有了。

餐桌上不得不喝酒,卢婉婉已经微醺,走路都觉得有些晃。

第二摊是要去唱歌,卢婉婉想找个借口回家,可是总监依旧不依不饶,好说歹说地劝她一起去,几个人站在餐厅外面僵持不下。

总监立刻招呼着"太子"过来,说道:"哎呀,你的魅力比我们这些老人家大,你来劝劝婉婉,说不定她就去了呢,趁这个机会好好发展一下……"

"对不起,他劝我也不会去的。"卢婉婉想到他对白兮的侮辱,语气更加生硬。

总监的脸上挂不住了,他本来就是个爱面子的人,卢婉婉一而再再而三地拒绝,让他表情立刻冷了下来。

"婉婉,是不是因为你男朋友啊?"陈婷看似打圆场,用心却不在此处,"总监大概不知道呢,婉婉有个很帅的男朋友,每天都来接送她上下班的……"

陈婷对白兮的来历很感兴趣,恨不得把他姓甚名谁、今年几岁、父母家世全部给问出来。

在这里提出来，显然是想利用总监的职权，由他来对卢婉婉提问，到时候卢婉婉肯定不得不回答。

"哦？婉婉已经有男朋友啦？"总监果然立刻感兴趣，"不如叫来，我们都认识认识。婉婉你还年轻，想来男朋友也是同学吧，这种学生时代的感情坚持不了多久，等你们都开始上班，你会遇到更合适的人……"

卢婉婉想也不想就脱口而出："我跟我男朋友关系很好的！我们都打算毕业就结婚了！我们……"

她的话没有说完，就被一道清朗的男声打断了。

"婉婉。"

众人看过去，白兮就站在不远处。

那一瞬间，卢婉婉竟然莫名有些想哭。

白兮略过众人来到了卢婉婉身边，一把牵住了她的手，低声问道："团建结束了吗？"

"嗯。"卢婉婉点头，"我喝了酒，头好晕啊，我想回去了。"

白兮点点头，抬头扫了一圈，最后视线停留在了总监的脸上："您好，我是卢婉婉的男朋友，她有点不太舒服，我先带她回去了。"

"既然你都来了，要不要跟我们一起去啊？"总监面上微笑，眼睛却在打量他，"你跟婉婉一样大吧？还在读书？什么专业啊？最近也该找实习了吧……"

"总监，我男朋友……"卢婉婉要开口，手却被白兮轻轻捏了下。

白兮笑道："谢谢，但是我暂时没有要找工作的打算。"

"年轻人还是要多实践，多长点见识。"总监皮笑肉不笑。

"总监。"卢婉婉忍不住出声了。

白兮看了她一眼，似乎是要示意她别担心，让他来。

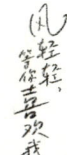

可是这件事闹成这样,她已经觉得有点厌烦了。

"总监,这件事跟我男朋友没关系,更和我男朋友是做什么工作、要做什么工作没有关系。今天的团建也是……"卢婉婉不觉得这件事需要扯到别人,借了酒劲,也更加大胆,只是说话依旧在颤抖,"虽然说在职场上应该跟大家都相处愉快,但是每个人也都有急事,我学校离得远,下了班要赶紧回去,难道没有参加一次聚餐就代表我是个不合群的人吗,就要因此否认我的工作能力吗?其次,不管我有没有男朋友,我是觉得……个人感情问题也不该由公司介入,我以为团建是为了相互了解增进团队精神,而不是探寻八卦,滥用职权……"

"哎呀,好像是我叫的车子到了。"白兮这时制止了她的话,没有让场面变得更难堪,"抱歉了各位,我先带婉婉回去了,下次一定跟卢婉婉一起请大家吃饭,跟大家好好道歉。"

卢婉婉越想越生气,凭什么要他们来道歉。

但是白兮已经拉着她走了。

刚离开人群,走到了空旷的街道上,卢婉婉立刻恼火:"为什么要道歉?这件事是我们的错吗?你就一点都没有生气吗?"

"不是我们的错,也不该当着那么多人的面让你的领导下不来台。"白兮用手刮了刮她的鼻尖,"我当然不会生气啊,你像是护崽的老母鸡,扑腾着翅膀要给我出头呢,我没什么好生气的。"

白兮停下来看着她:"而且,我还挺开心的。"

"你是不是傻了?"卢婉婉伸手摸他的额头,"你以前的暴脾气哪儿去了?你以前可是连对不起都很少说的人!今天居然还反复给他们道歉!你说,你到底是不是白兮,还是白兮的双胞胎兄弟白痴?"

白兮用手弹了弹她的额头:"是你现在变得太凶了。"

"哎哟。"卢婉婉捂着脑袋,"我本来就头晕,你还弹我!"

· 246 ·

白兮又低头亲了亲自己弹过的地方:"好了,不疼了。"

"白兮,你这算是打个巴掌给颗糖吗?"

"你说的也是。"白兮说完就低头吻了下来。

卢婉婉瞪着一双眼睛,捏紧了拳头。

白兮松开她,后退了一步,有些心惊胆战:"你该不会是想打我吧?"

"没有……"卢婉婉晕乎乎的,这个吻像是含酒精一样,她觉得更醉了,所以傻乎乎地说,"我、我觉得还行。"

白兮哭笑不得:"那我谢谢你的夸奖?"

看着某人双眼迷离,白兮直接搂着她向车子走过去。

直到卢婉婉发现自己又被白兮带回家了,才反应过来,抵着门不进去:"你你你……你怎么回事!"

"这位女朋友,不是你自己说我们俩要结婚了吗?"白兮觉得好笑,"我听得清清楚楚。"

卢婉婉死不认账:"怎么可能?我现在喝酒了,我很危险的!"

白兮不由分说把她直接打横抱起来,推门进了家里,再这么吵下去,估计邻居得误会了。

卢婉婉吓得搂着白兮的脖子,脸红红地看着他:"你不能这样,我喝酒了。"

"我怎么样啊?"白兮忍不住笑,"放心,我不会对你做什么,你一身酒气。"

卢婉婉眨着眼睛,纯良无害的模样,慢悠悠地说:"我是说我。"

"什么?"白兮在她的注视下,紧张得咽了咽口水。

"我会对你做危险的事情。"卢婉婉噘着嘴,很是严肃认真,"毕竟你长得比较好看,我又喝了酒,我缺乏自制力,你应该离我远点,

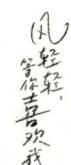

我醒了是不会负责任的。"

说完，她还真的搂着他的脖子，用力地亲了他一口。

像是在示威一样，还哼哼两声。

白兮真不知道这些年卢婉婉到底从哪儿学来这些乱七八糟的事情。

明明看起来考了一个好的学校，工作能力各方面都有所提升，不再是最初的那个"loser"，变成了无比耀眼的她。

可是这个时刻，她好像又回到了他们俩第一次见面的时候。

她又戾又莽撞。

翻墙过来一下子砸在他身上，一下子砸进了他的心底。

"那不行啊卢婉婉，我觉得你可能不光要负责，还得负责一辈子。"

介绍一下，我男朋友
第十一章

醒来的时候天已经亮了，卢婉婉看着天花板一下子弹起来了。

完了完了，怎么又被白兮带回家了。

她昨晚剩下的最后的记忆就是她主动吻了白兮这件事。

她吓得一个翻身坐起来，结果直接从床上摔下去了。

"哎呀。"她捂着屁股。

卧室的门被打开，白兮也穿着睡衣，大概是睡得迷迷糊糊的被她的动静给吓醒了，进来看到她这样坐在地上，顿时皱了皱眉头。

"见识过你睡觉不老实，没想到那么不老实。"白兮把她从地上拉扯起来，"怎么样？头晕吗？要去洗个澡吗？"

卢婉婉赶紧点头："去！"

反正也不是第一次来了，卢婉婉轻车熟路在白兮家洗了澡，换上

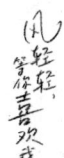

了白兮准备的T恤，他还给了她一个小布袋子，里面装着新的内衣和内裤。

卢婉婉很想问他到底什么时候准备的这些，又是如何知道的。

但是比起白兮的坦然，她才是那个羞得不好意思问的人。

她一边用着他准备的毛巾擦着头发，一边走出来，发现白兮已经把早餐给做好了。

"过来吃吧。"白兮把盘子递到卢婉婉面前，笑了笑，"你在想什么呢？"

卢婉婉还红着脸，点点头拿起了叉子吃面前的煎蛋。

"你想问我怎么知道你的尺寸买的那些东西？"

"噗——"卢婉婉吓得咳嗽起来，"啊……啊？"

白兮过来顺着卢婉婉的后背拍了拍："卢婉婉，你那么紧张做什么？"

"那、那你到底是……是……怎么知道的啊？"

白兮在她对面坐下来："你自己告诉我的。"

"噗——"卢婉婉刚想强装镇定喝口水，又差点喷出来。

"你昨晚喝醉了，一直说自己身上都是酒味，很难闻想要洗澡，我说给你拿换洗的衣服，你就很生气地告诉我不穿旧的，想换新的内衣……"白兮看着卢婉婉的脸快要埋进盘子里了，"你告诉了我自己的尺码，和你喜欢的牌子，让我去帮你买新的。"

卢婉婉啊卢婉婉，你真是厉害啊。

她用手捂着自己的脸。

"快吃吧。"白兮给她倒了杯水，"等会儿我送你回学校。"

卢婉婉这才想起来，都已经是周末了啊。

白兮把卢婉婉送到了宿舍楼下,就直接回去了。

卢婉婉心里多少有点失落……

每天都会来接自己上下班的人,为什么现在不挽留自己呢?

她一边遗憾一边回到了宿舍,结果发现门被锁上了。

卢婉婉忽然想到了什么,立刻转身追了出去。

白兮才刚刚坐上车,看到卢婉婉又走出来了,立刻把车窗放下来,伸出头去问他:"怎么了?"

卢婉婉尽量装出为难的模样:"我、我舍友……好像都出去了,门锁了,昨天我出来的时候没拿钥匙,现在回不去。"

白兮:"那你打电话给你舍友了吗?"

"啊……我……"卢婉婉深呼吸一口气,已经后悔自己为什么要找这么憋脚的借口,"我……发信息了……她们好像都各自有各自的事情……不知道什么时候回来……"

白兮看着她,似乎是在等她说出自己的打算。

卢婉婉不擅长说谎,只能叹气:"那你先回去吧,我去图书馆等她们。"

白兮忽然笑了:"卢婉婉。"

"嗯?"她还垂着头懊恼自己这个愚蠢的行为。

"那你要不要跟我回去呢?"

两个人又重新回到了白兮家里。

卢婉婉在心底暗暗给自己打气,既然都已经回来了,那就好好把握这些时间。

"我晚上送你回去。"白兮给她倒了杯热水暖暖手。

怎么这个时候就这么贴心,这么正人君子。

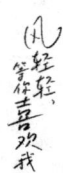

"那你打算做什么呢？"

卢婉婉想做的事情多了去了，以前没有谈恋爱，心中倒是列了一张表，把自己想跟男朋友一起完成的事情全部写了出来。但是真的到了眼下，她想到自己是故意撒谎才偷来的共处时间，又觉得自己怎么都没办法开口。

卢婉婉深思熟虑一番，开口却道："我其实还有很多工作……"

白兮点点头："那你在这里工作吧，我不打扰你。"

"那可以借你的电脑吗？"

白兮去卧室把自己的电脑拿出来："给。"

卢婉婉说了句"谢谢"点了开机，发现需要输入密码。

"这个密码是……"

"你的生日。"白兮已经在旁边的榻榻米上坐下了，拿出了书架上的画册，像是又要开始写写画画。

"哦。"卢婉婉应了一声，生怕被他发现自己的紧张和雀跃。

可是既然都已经拿到电脑了，那就只能工作了。

下个礼拜就要演讲了，她终于东拼西凑把自己的演讲稿给写完了，重新读了一遍，再根据自己的实际情况进行了一份润色，也算是基本完成。

大概是以前跟白兮一起当同桌习惯了，他在身边的时候，卢婉婉反而更加想要好好学习，连做事效率都提高了不少，这一个下午的时间，就把原本安排在周末慢慢做完的事情都给完成了。

"啊，"卢婉婉扭头看向窗外，发现太阳快要落山了，"这么晚了。"

一扭头发现白兮已经躺在地上睡着了。

卢婉婉凑过去，发现他手里还捏着画册，忍不住轻轻翻起来看了看。

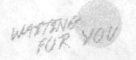

居然除了一些风景的轮廓，并没有画什么。

"什么啊，我还以为……"卢婉婉忍不住碎碎念。

"以为在画你？"白兮忽然开口，一下子握住了她的手腕，把她给拉到了自己的身上。

卢婉婉就这么趴在他身上，还在死鸭子嘴硬："我哪有……"

白兮笑出了声："没有吗？"

"当然没有啦，你不是不画人吗？"卢婉婉想起了曾经应欢欢给自己的画册。

"嗯，因为只画我妈妈。"

"是吗？那应欢欢的画不是你画的吗？"

白兮皱眉："什么应欢欢的画？"

卢婉婉疑惑："就是高中你跟应欢欢要出国比赛之前，有次你的画册落在了她那里，她就给送回来……"

她的声音渐渐小了下去。

"你的画册里有一张她的画像。"卢婉婉也不知道自己是不是现在提起这个显得她太小心眼了。

可即使是现在回想起来，也还是觉得很生气。

"我没有画过她的画像。"白兮很肯定，"不然打电话给她问问？"

"你还有她的电话号码？"卢婉婉的注意力立刻被转移了，"你回来之后还联系了？什么时候……"

白兮一把捂住了她的嘴，微笑着对她说："卢婉婉，要不要吃饭，我给你做饭啊。"

白兮的手艺不错，就是味道太清淡了。

两个人吃饱了，卢婉婉躺在地板的榻榻米上看着白兮洗碗。

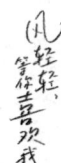

怎么都想不到以前什么都不想做、整天懒洋洋的男生，居然变得那么勤快。

这几年到底发生了什么，让他改变了那么多。

"其实啊，我今天是骗你的。"卢婉婉一个翻身从仰卧变成趴着，抱着一个抱枕，把半张脸都埋进去了，声音也闷闷的。

"什么？"白兮洗着碗头也没回。

"就是我说我舍友出去了。"卢婉婉一直觉得不安心，现在终于说出来，反而松了口气，"其实我有钥匙，舍友出去了也没有关系，我可以回去的，我只是……"

"我知道啊。"白兮转身过来，看着她笑了笑，"我有看到你包里的钥匙，你从包里拿手机的时候露出来过。"

"……"卢婉婉郁闷地叹口气没有出声。

她在白兮知情的情况下，还编造了一大堆谎言，自己是不是看着很可笑。

"你说你舍友出去了无处可去，我当时心里不知道多高兴。"白兮继续低头洗碗，"所以我生怕自己露出马脚，让你发现其实我已经知道你在说谎了。"

白兮说着，自顾自笑了笑："虽然我总是提议让你搬到我这里来住，但是我也很害怕我一直提这样的要求，会不会显得太心急了。卢婉婉，我只是觉得我们空缺的时间太多了。"

那些应该陪伴你的时间，缺失了太多。

一想到这段空白期，你或许跟另外一个人创造了更美好的回忆，我就觉得着急、不安、烦躁、害怕。

患得患失。

忽然，一双手搂住了他的腰。

白兮听到身后的女生柔柔说着:"白兮,那时候你没有回来,我一个人站在台上,灯光打在我的身上,我就想告诉你,你看,我现在跟你一样了,我不是 loser 了,我是不是有资格……配得上你了。"

白兮的手一僵。

"可是你没看到。"卢婉婉长叹一口气,"我当时想着,没看到也没有关系,我给你准备了很多照片和视频,想等你回来,给你看,这个是我凭借自己的能力争取来的,因为你的出现,让我变得勇敢起来,因为喜欢你,所以我想变得更好,我也变成了更好的我。"

卢婉婉的声音都在发抖。

以前没有说出来的话,终于有勇气说出来了。

她还以为自己这些年来长了年纪,也应该比以前更有底气了。

结果在面对他的时候,还是一样。

"卢婉婉……那时候我在国外,刚比完赛正准备回国,忽然知道了我妈妈发病从三楼摔下去住院的事情,我只能立刻赶过去。"白兮想起那段时间浑身都变得无力,把手里的碟子放进水池,然后转身轻轻抱住了卢婉婉,"可是等我到的时候,我只知道我爸……把我妈转移到了疗养院,他要求我留在那里读书,这样他才会允许我每个月去探望我妈一次。"

"怎么会这样……"卢婉婉没想到事情原来是这样的。

"不过也没有什么,我爸向来是这样的人。"白兮冷冷道。他实在没办法说出,自己的父亲知道了他跟卢婉婉的事情之后,立刻派人调查了卢婉婉的家庭背景,发现卢婉婉的父亲曾经是那样的存在,于是立刻想办法阻止两个人的来往。

即使当初坚决不同意白兮出国,担心他会去找他妈妈,也还是决定就算把白兮控制在国外,也得将他跟卢婉婉分开。

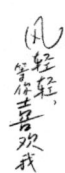

所以实则是去参赛，其实更像是鸿门宴。

他这一去，就没能再回来。

"那你以后不会走了吧？"

"你还想让我去哪儿啊？"白兮笑着搂紧她，"这个世界上我没有别的地方想去了。"

竞聘定在周五，刚好第二天就是跨年，所以早上开始，公司里的人都等着下午看完竞聘就下班回去。

卢婉婉把自己准备的稿子背了几次，也算是胸有成竹。

下午去到会议室里做准备，她无意中瞥见了主持人的流程手稿，才发现别的竞聘者竟然还准备了个人才艺，而且来的嘉宾也不是陈婷口中的那样，只是这个分公司的几个领导，还有总公司的高层。

这个公司的领导卢婉婉几乎都认识。

而且是她老爸让她来的，自然也知道老爸跟这些领导有交情的，就算是出错了，有老爸兜着，也不会怎么样。

可是总公司不光派了人来，来的还都是高层。

卢婉婉脑子充血，头晕乎乎的。

"你没事吧？""太子"经过她身边，用手扶了扶她的胳膊。

卢婉婉正在生气，一下子把手抽了回来："没事，不需要你管。"

她转身要走，结果又被"太子"拉住了。

"卢婉婉，我不觉得我比你那个小白脸差。""太子"脸色阴沉，"如果你跟我在一起，我可以带你一起去总部，我这次去那边也是部门主管，多带一个人也轻而易举。"

"大少爷，太子爷，我看起来像是想跟你慢慢玩游戏的样子吗？"卢婉婉每次听到他这样诋毁白兮就来气，对他更是没有半点好脸色，"放

开，我还有事。"

"等等，""太子"死死抓着不放，"卢婉婉。"

"什么？"

"我叫什么名字。""太子"瞪着她，眼中似乎阴郁重重。

卢婉婉笑了："你叫什么名字为什么来问我？"

"你叫我的名字。"

卢婉婉被他给弄糊涂了。

"你是不是根本就不记得我叫什么名字？""太子"的眼底带着一丝失落，缓缓松开了手。

卢婉婉见他放开自己，转身就走了。

也不知道"太子"到底突然发什么神经。

仔细想想，她好像……还真的不知道"太子"的名字确切是哪三个字。

算了，管他呢。

卢婉婉现在只想找到陈婷，质问她到底怎么回事。

陈婷已经打扮得体，正在准备下午的迎宾活动。

"婷姐，我有事情想问你。"卢婉婉尽量压抑自己的怒意，"你之前说这次的竞聘只有本公司的人参与对吗？你说只需要演讲，甚至可以带演讲稿上去照着念？但是分明别人也有才艺表演——"

陈婷一脸无辜："怎么了吗？"

一句不痛不痒的话，搭配纯良无害的表情，像是一盆冷水浇在了卢婉婉的头上。

刚才觉得怒气冲冲，现在竟然瞬间就平静了下来。

卢婉婉也不是没有想过会是这样的结果。

所以她不该发脾气。

发脾气去问责是最无用的事情,因为她实在太清楚了,那些一开始就不怀好意的人,等的就是这个时刻。所以她才可以把应对的方式演绎得如此游刃有余。

"所以我是否有资格加个节目呢?"

陈婷的表情僵硬了一刻,随即又笑了:"我帮你问问?"

得到了陈婷敷衍的回答,卢婉婉把自己关在会议室里,把自己的演讲稿重新写了一遍。

写完的时候,离竞聘开始不到一个小时。

"完了,现在去哪儿搞我的才艺表演呢?"卢婉婉想着不如干脆唱首歌,但是想想自己那个嗓子……

算了,反正陈婷也不会让自己加表演的。

外面有人通知卢婉婉要去后台准备了。

所有人都换上了正式的黑色套装,只有"太子"穿得像是去颁奖礼的明星。

"太子"隔着人群对她眨眨眼,之前被打击的颓败之感已经一扫而光。

尤其是他们全部整装结束,在工作人员的指引下去到现场入座时,"太子"走到她的身边。

"卢婉婉,你真的不后悔?你要知道,我对你还是很有兴趣的……""太子"在她耳边低声说道。

卢婉婉听得起鸡皮疙瘩,加快了脚步上前,用手钩住了带着他们走向候场区的工作人员,是一个部门的女同事,虽然不太熟,但是这时候也只能靠对方救救自己了。

不过这位女同事显然有些不太高兴，默默抽出了自己的手，满脸淡漠。

在安排座位的时候，卢婉婉特地叮嘱对方一定要把自己跟"太子"给排开。

但是这位女同事翻了个白眼："位置都是定好的，你们每个人都来要求一遍，我得重新排多少次？"

于是，卢婉婉就跟"太子"坐到一块儿去了。

还是没能逃过一劫。

"太子"看着她笑了笑，满眼都是"你别挣扎了，你插翅难飞"的嘲讽。

卢婉婉四处张望是否有空座位的时候，偶然看到了那位女同事的目光，带着不满和怨念。

她立刻明白了，女同事大概率是对"太子"有意思的。

难怪把她当作眼中钉。

自己刚才的行为无异于刺激到了女同事。

于是卢婉婉放弃了，坐在原位上不想再给对方惹麻烦。

竞聘正式开始，本公司的领导已经坐满了第二排。

过了一会儿，第一排也陆续有人进来。

卢婉婉入职培训的时候，在公司文化手册上见过几位。

难怪"太子"把自己打扮得人模狗样，别的人也都额外准备了那么多才艺表演，只有她一个人还蒙在鼓里。

都是她没有多留神。

现在已经来不及了。

她已经能够想到大家知道她没有什么额外准备之后，陈婷会有多

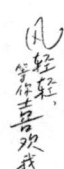

得意，台下的人会觉得她有多敷衍。

"卢婉婉。""太子"轻声道，"你要好好考虑，一旦今天之后……"

"太子"的话没有说完，总部的一个商务总监站起来，向众人宣布。

"对了，我们公司董事长的儿子年轻有为，提前一年完成了学业，前段时间回国来到总部学习。听说了分公司的竞聘特地要来这边看看……"那个商务总监走到门口，"刚刚接到消息说已经到了……"

正说着，一个穿着一身黑色西装、身材高挑的男人走了进来。

卢婉婉张大了嘴巴，不可思议地看着面前的人。

白兮走进来，一眼就在人群中发现了卢婉婉，并且冲她微微一笑。

他身边还有一个外国人，很年轻，也是一身正装。

不光是卢婉婉，剩下的人也都惊呆了。

只是此刻卢婉婉已经无暇顾及。

商务总监站在白兮身边，向大家介绍道："这位就是董事长的儿子白兮。非常厉害啊，在读书的时候就已经拿到多家大公司的offer，本来被安排留在国外分公司的，但是他一心想要回国。就是不知道这位是……"

白兮的目光始终落在卢婉婉的身上。

不管什么时候，好像白兮都是这样，安安静静，也能发出盛大的光。

"大家好，我是白兮，不需要太紧张，我只是刚好跟我大学同学，也是即将成为我们合作伙伴的人，在附近吃饭，就邀请他过来跟我一起观看。"白兮对着众人微微一笑，"因为我跟他说，今天这个竞聘上有我很重要的人，他就非要跟我过来看看。"

众人惊呼。

那个外国人也向大家打招呼，用英语说道："你们好，我来看看白兮喜欢的人到底是谁，有人打算举手示意我吗？"

卢婉婉长叹一口气。

当然是没有人敢举手的。

白兮看着卢婉婉满脸通红的模样，眼中满是笑意，似乎在等着她举手。

她才不要！疯了吗！

光是今天之后，这些知道内情的人会如何说她都已经可以预见到了，她不想让自己的处境更加尴尬。

"卢婉婉，所以你之前都是故意耍我？""太子"恶狠狠地道，"在你面前，我一定显得很可笑吧？"

卢婉婉对他微微一笑："你做了什么，我不在意。"

"太子"脸上的愤怒消失了，变成了怅然若失的苦笑。

过了一会儿，几个高层都入座了。

台下几个人按照号码牌依次上去进行演讲。

毕竟是难得的机会，这次参加的人不算少，显然剩下的人也都提前知道了大领导要来的消息，都做了十足的准备。

等到"太子"上台的时候，他依旧没有从之前的状态中恢复过来。

尤其是看到台下坐着的白兮时，更是捏紧了拳头。

"太子"表现得非常差，甚至说到一半就忽然忘记了，也没有再说下去就直接道歉，走下了台。

"太子"没有回座位，而是直接走了出去。

没多久，就到卢婉婉上台了。

她看了一眼白兮，发现他正微笑着看自己，目光温柔饱含笑意，像是在鼓励她那般,眨了眨眼睛。

他早就知道自己要参加这个竞聘,居然也不提醒自己!

卢婉婉生气地看着他,慢慢走到了台中间。

好在她之前已经把演讲稿给背下来了,大概是中央坐着白兮,紧张的时候,就只需要看着他,就能够瞬间安定下来。

等到她全部演讲结束,白兮立刻带头给了她掌声。

卢婉婉脸红红的,打算尽快下去。

结果,从来不发言的白兮竟然拿起了话筒:"这位卢小姐没有才艺展示吗?"

"有的!"陈婷作为主持人立刻走上来,来到卢婉婉身边亲和地笑着对她说,"刚刚你不是还要加一个才艺展示吗?"

可你不是说需要申请吗?卢婉婉看着陈婷,皮笑肉不笑地想着。

但她最终没有说出来,觉得没有必要给陈婷难堪,这样的话,自己跟陈婷又有什么区别。

所以,卢婉婉拿起话筒说:"抱歉,因为我从小学艺不精,所以没有准备特别的才艺表演。"

"听说卢小姐英语很好,不如你给我的朋友当英文翻译,就当作是才艺展示了,如何?"白兮不依不饶。

看他一脸狡诈的笑,就知道是故意的。

卢婉婉当然只能答应了。

白兮用英语跟自己的朋友解释一番,对方也极为开心。

第一排的位置立刻空出来了一个。

卢婉婉坐到了白兮朋友身边。

这个外国小哥兴奋地对她伸出手:"你就是白兮的女朋友吧?你好,我是麦克斯。"

这句话太简单了,哪怕是不精通英文的人也能知道这句话的意思,附近的吃瓜群众迅速看了过来。

卢婉婉摇头:"不是,你误会了。"

果然,这句话一开口,白兮立刻皱眉看着她。

竞聘顺利结束。

几个总部和分公司的高层立刻把白兮他们俩给围住了,但是有的高层年纪稍大,英语不太好,指着卢婉婉道:"你过来,继续跟着翻译,我们这边还有事要跟白总聊呢。"

卢婉婉穿着高跟鞋,虽然一直都是坐着,但是也挤着脚,而且穿着正装保持着良好的姿态坐在麦克斯身边不停翻译,也让人憋得难受。

她第一次当真正意义上的同声传译,自然格外吃力。

白兮的脸沉下来,对着那个高层说道:"抱歉,今天我没有时间,更何况我初入公司,也没有正式担任职位,我想应该没什么需要谈的。"

那位高层的脸顿时又红又紫,变幻万千。

"这位卢婉婉同学我就带走了。"白兮之前来过公司,自然是知道卢婉婉的直系上司到底是谁,上次被那样教训了,这次自然故意没有搭理,而是直接转向了分公司的总经理,问道,"可以吗?"

看到总监的脸一下红一下白,卢婉婉真有些同情他。

分公司总经理没有想到白兮会直接向他询问,立刻点头答应:"当然啦,只是不知道……你们是什么关系?"

白兮看了一眼卢婉婉,正准备开口,就被她用凶狠的眼神警告了。

他扬眉道:"只是觉得她翻译不错,想问她以后是否考虑来总部工作罢了。"

知道内幕的陈婷和总监在旁边，表情极为复杂。

"那好那好，你们聊。"

白兮像是在向卢婉婉邀功一般，语气无奈又宠溺："那现在可以跟我走了吗？"

卢婉婉回到办公室拿了自己的包，火速下楼。

白兮和麦克斯在楼下等着她。

她做贼一般，眼观四路耳听八方，确认没有人才敢走过去。

"你怎么回事，有我这样的男朋友很丢脸吗？"白兮不满。

"有我这样的女朋友你不丢脸吗？长得一般，身材不好，平时也不打扮！"卢婉婉反问。

白兮好笑："我有什么好丢脸的，我的女朋友体积比别人大，多几斤肉，感觉很赚，不喜欢打扮，还能省钱！"

麦克斯惊呼：""我就知道她是你女朋友！你们刚刚还不承认！"

他一开口，竟然是流利的中文。

"你会说中文啊？"卢婉婉不解，"那刚刚还……"

她终于明白了，白兮早就知道她什么都没有准备，所以特地让麦克斯过来，提供了一个展现自己能力的机会。

"哎呀，有人帮我翻译不需要自己慢慢听当然是更好的。"麦克斯想用拳头轻轻捶她的肩膀来表示赞扬。

但是，他的拳头没有碰到卢婉婉就被白兮一把拉开了。

"你也太小气了。"麦克斯抱怨，"有女朋友也藏着掖着，让你给我看照片也不给，现在见到了就是稍微碰一下也不乐意。"

"不要对别人女朋友动手动脚。"白兮皮笑肉不笑地警告，将卢婉婉好好地护在了自己身后，"行了，你回去吧，我送卢婉婉回去。"

· 264 ·

"今晚跨年夜!我们不一起过吗?"麦克斯悲痛,"我一个外国人独自一人?"

"我有女朋友,为什么要跟你过?"白兮"呵呵"两声,把卢婉婉塞进车里,也跟着上了车,飞快驱车离开。

卢婉婉看着后视镜里的麦克斯感觉有些于心不忍:"这样真的好吗?"

"他中文那么流利,没人坑得了他。"白兮毫不留情。

卢婉婉也就没说话了,不过看着车子一路疾行,她问道:"我们这是去哪儿?回学校?"

她还以为……今晚是跨年,他会带自己去哪里吃饭之类的。

"嗯,送你回去拿衣服。"白兮笑了笑,"过完年之后我就要正式开始上班了,到时候没时间跟你玩了,你能不能陪陪我?"

这谁能拒绝得了呢?

尤其还配上这样一张脸。

白兮把她送回了学校里,把车停在女生宿舍楼下等她。

卢婉婉回到宿舍,屋子里竟然没有人。

现在快要期末了,如果没人的话,应该都是去图书馆复习了。

她慢悠悠打包东西,不管拿哪一件都觉得不满意,不是款式太旧了,就是觉得不好看,挑来挑去果然还是觉得自己应该买新衣服。

忽然,门口传来舍友们嘻嘻闹闹的说话声。

"你也太不够意思……"汪文乐皱眉看着卢婉婉,"最近感觉你上班之后,平时也见不到几次面,难得回来也不跟我们说一声。"

华蝉附和道:"是啊,马上就要跨年了,今晚我们宿舍决定一起吃饭,给你发信息你都没回复!我们餐厅都订好了!"

卢婉婉翻出手机,发现还真的有。

"今晚市中心有烟花可以看,我们的餐厅订得早,拿到了靠窗的最佳观景位置!"沈碧雅诱惑道,"你别想推脱啊!我们会AA的,不会让你朋友请客的!婉婉,这可是毕业前最后一次跨年了。"

卢婉婉只能无奈地叹息:"好吧。"

白兮开车载着几个女生一起去餐厅。

三个舍友对白兮早就满肚子问题,一上车立刻发起了攻击。

"欸,你们高中时感情是不是很好啊?"

"后来听说你出国读书了,有没有谈过外国女朋友啊?"

"这次回来我看你们经常见面啊,你对我们卢婉婉是不是有意思!"

……

卢婉婉恨不得把她们给踢下车,这到底都是些什么问题啊!

她几次回头用眼神示意她们几个不要太过分了。

白兮面无表情地回答:"不是,没有……嗯。"

最后一个"嗯",像是回答完之后叹了口气,轻轻地,又刚好不容忽视。

真是令人浮想联翩的回答。

"嗯?最后一个字是在回答第三个问题吗?"汪文乐兴奋得摩拳擦掌,"哇哇哇,这是告白啊!"

卢婉婉立刻出声阻止:"好了,我还没有跟你们说今天我发生的事情呢!"

于是,她立刻用自己竞聘的经历成功转移了大家的注意力。

说完之后,三个人立刻沉浸在愤慨当中,纷纷出声为卢婉婉鸣

不平。

只有华蝉突然说了句:"那个'太子'不是很喜欢你吗!上次还请我们吃饭来着?"

真是日防夜防,猪队友难防。

"我……"卢婉婉长叹一口气,就连瞪她都没有力气了。

好在已经到了餐厅,白兮把她们放下来之后去停车。

卢婉婉终于忍不住小宇宙爆发,双手叉腰怒目而视:"你们三个……"

"哎呀,我们是关心你啊!如果你们俩是有意思要交往,我们就帮你把把关,如果你们没有交往,那我们也想办法帮你摆脱掉他!"汪文乐拍拍卢婉婉的肩膀试图安抚她,"你是我们宿舍唯一一个桃花那么多,但是一直单身的人,我们这不是着急嘛!"

"行了吧,你就是八卦而已。"卢婉婉忍不住拆穿她。

几个人闹哄哄上了电梯,来到了餐厅门口。

这家餐厅因为地理位置好和装修上档次,在本市极为出名。

今晚跨年有烟花,这里是最合适的观景圣地。

自然来的人更多了。

她们询问服务生,却得知因为这里来了一个大订单,所以把大厅周围大部分的桌子都给占了,事先预留给她们的位置现在没办法立刻收拾出来。

要么继续等待,要么就只能换个地方。

汪文乐是暴脾气,心里气不过,立刻就跟对方吵起来了:"你这是店大欺客呢?"

几个舍友拉着安抚她,但是显然也很不高兴。

卢婉婉对于这件事虽然不满,但她一开始也没有想要这么有仪式感地看烟花,即使计划落空了也不会太可惜。

但是事情却需要有一说一。

"我们先预订并且也预订成功了,现在忽然反悔,是不是也需要给我们更合适的说法?"

餐厅负责人大概也是忙得焦头烂额,处理了不少这样的事情了,语气不善:"我们的预订页面写得很清楚了,预订是否成功要根据当日情况而定,前一桌没有结束用餐,又是VIP客人,我们是不会赶客人的,所以也麻烦你们理解好吗?"

"说到现在你一句道歉都没有,你这个态度是因为我们不是VIP吗?"汪文乐更加愤怒。

餐厅负责人生硬地说道:"若是您也办理了VIP,我们是会有预订等位等等权利的,我们肯定是以优先VIP为准则的。"

这些算是彻底点燃了几个舍友的怒火,脾气火暴的汪文乐打头阵,华蝉帮腔,性格稍软的沈碧雅点头应和,而和事佬卢婉婉负责按住汪文乐。

声音太大,吸引到了餐厅里面的人。

卢婉婉想着不行就算了,打算想别的办法。

结果就听到有人喊她的名字:"卢婉婉?"

她转过头,看到了应欢欢朝着自己走过来。

"这是怎么了?没有位置吗?"应欢欢忍不住笑,"可能是我们的问题,因为我们系的学长家里是这家餐厅的股东之一,所以用VIP的身份帮我们订了位置。一开始没想占那么多地方的,结果大家听说晚上有烟花,就都把自己的男女朋友给喊上了,结果人就超出了。抱歉,是我们的问题。"

"当然是你们的问题了。"卢婉婉想到她当年用自画像导致自己

和白兮产生误会,心中顿时一股无名火,"再加上碰到了毫无诚信可言的餐厅跟我们玩文字游戏,能说什么呢?"

餐厅负责人也不高兴:"我们不是毫无诚信,只是确实预订成功不代表一来就能马上用餐,你们可以等位,但是也得要前一桌空出来……"

"这样啊。"应欢欢笑了笑,"看来你们也是为了今晚在这里跨年吧,其实我们对烟花什么的也不感兴趣,单纯是这里刚好约上了,或者我们这边挤一挤,给你们在角落的地方腾出一个位置也可以的。"

"不必了。"卢婉婉对她勾了勾嘴角,露出一个假笑,"我怕吃不下,走吧。"

汪文乐这个毫无骨气的家伙有些犹豫:"真的就这样走了?她不是说他们不在乎烟花吗,说不定等会儿就吃完了。"

"你不走我要走了!"卢婉婉气得转身,刚好看到了站在身后的白兮。

显然他已经站着看了一阵。

白兮朝着卢婉婉走过来,温柔地笑了笑:"怎么了,你这嘴巴噘得可以挂茶壶了。"

"没什么,碰到高中同学,进行了一次温馨愉快的对话。"卢婉婉把白兮这皮笑肉不笑的表情模仿得淋漓尽致,"结果聊完之后有点饱,吃不下了。"

白兮点点头:"也好。"

说罢,他就直接牵着卢婉婉的手带着她离开。

身后的应欢欢咬咬牙,忍不住开口喊道:"等等,白兮等等!"

白兮的脚步没有停下来,反而卢婉婉停下来了。

"干什么?"卢婉婉回头看着应欢欢。

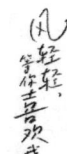

应欢欢咬咬牙："如果你们要在这里吃也是可以的。"

"不必了。"白兮一口打断应欢欢，说道，"她们只是想来这里看烟花而已，楼上是一家酒店，房间可以看，也有餐厅，去哪里看也是一样的。"

作为这座城市中心的最高楼，顶楼的星级酒店要比楼下的餐厅奢侈得多。

卢婉婉小时候经常跟着老爸来这里吃饭，还在这里举行过自己的生日宴会，那时候年纪小不懂事，后来偶然听说了这里一餐的报价，就再也没来过。

只是跨年而已，没必要。

应欢欢双手握拳，不甘心地问："你们已经交往了？"

"哦。"说到这里，卢婉婉终于找到机会可以模仿刚刚应欢欢的笑容，欠打地发出刺耳的笑声，然后把自己跟白兮相握的手给举起来，"给你介绍一下，这是我男朋友，以后有什么事要找他，要喊他，先跟我说吧。"

应欢欢咬牙切齿，直接转身离开了。

剩下的三个舍友早就已经炸开锅了。

"你们什么时候交往的啊——"汪文乐恨不得上来一把勒住她的脖子。

卢婉婉尴尬地笑笑："啊，就、就是……没多久。"

到底什么时候交往的，她都想不起来了。

好像也没有谁告白，怎么就这样开始了呢……

"等会儿再聊这个吧。"白兮帮助卢婉婉转移她们的注意力，"楼上酒店应该也可以看的，我们换个地方不介意吧？实在喜欢这家的饭，等会儿可以下来打包。"

"真的吗？也不是多喜欢这家的饭菜啦！重点是位置好！我们真的可以去楼上看烟花？"汪文乐兴奋不已。

华蝉也有些期待："我早就听说最佳的观景点是楼上酒店呢。"

沈碧雅担心："应该很贵吧？现在还有房间吗？"

白兮没有回答，而是对她们挥挥手："走吧，上去看看就知道了。"

本市的有钱人不少，而且这么重要的位置，自然是早就订完了。

但是白兮竟然还能找到空的房间。

众人惊讶，跟着他一起走上去。

一打开，还是一个套间。

中间一个大客厅，有两间卧室，全部都是大床，浴室里还有浴缸。

最关键的是这里有一面将近一百八十度的落地窗，可以看得见全市的夜景，自然也能看到晚上的烟花大会。

三个人兴奋不已，立刻四处查看起来。

卢婉婉眯着眼睛打量白兮："你怎么回事？只是一个跨年，需要这么破费吗？"

"本来不想这么破费，但是你都那么主动地在舍友面前介绍我了，我当然不能给你丢脸啊，是吧。"白兮笑了笑，"而且我好像欠你一个跨年。"

那个约定好的跨年，自己没能等到他。

还好他一直都记着。

稍晚一点的时候，麦甜也过来了。

麦甜跟卢婉婉的舍友也相识，大家不光一起玩过桌游，还经常一起吃火锅,这次麦甜还非常有远见地带来了不少桌游道具。

大家兴奋地玩起来。

再加上又点了食物,众人兴奋起来,以汪文乐为首的众人对卢婉婉和白兮严刑逼问起来。

"说,到底怎么回事?什么时候交往的!"

卢婉婉想装傻:"真的就是最近。"

麦甜听到这里立刻举手:"我知道我知道!他们俩以前是同桌,都是学渣来着,当时我们还觉得特别好笑,卢婉婉一个全班倒数第二的人要给倒数第一的白兮讲题!可能白兮被卢婉婉那充满智慧的大脑所吸引了……"

"白兮哪是倒数第一,分明是陆鸣倒数第一……"卢婉婉刚反击,就觉得不对劲,立刻闭了嘴。

麦甜拍拍她的肩膀:"没事儿,这有啥不能说的!我想起来了,你跟陆鸣本来是我们班的倒数第二和倒数第一,结果白兮来了,你成了第三,陆鸣第二,他是第一……结果谁能想到,白兮脑子好,在卢婉婉的点化下大脑忽然灵光,一下子冲到了班级第一,当时所有人都蒙了,我们还私下讨论过卢婉婉讲题是不是有魔法,都想去她那里打卡,让她轮流讲题。"

"怎么会呢?忽然就变成第一了?"华蝉显然不信。

"装的呗。"麦甜哼哼两声,"白兮上课就在那儿睡觉,卢婉婉这个古道热肠的好同桌为了时时刻刻替他打掩护,自己都不睡觉了,上课认真做笔记,就为了给白兮看今天上了什么内容,这是什么感天动地的同桌情谊!结果后来才知道,原来白兮本来就是学霸!还代表我们学校出去参加比赛呢……"

"装学渣的理由是什么呢?"汪文乐很疑惑。

· 272 ·

卢婉婉不知道怎么回答，她好像知道跟白兮的父母有关，但是不知道确切的缘由。

"只是因为当时不想好好读书而已。"白兮看卢婉婉为难，便自己解释了，"高中生，总会有叛逆的时期。"

"那又为什么忽然不装了啊？"沈碧雅立刻追问。

白兮笑了笑："因为当时要分班考试了，我担心自己被分出去。而且，那时候的卢婉婉很喜欢学霸。"

"哪有！我一开始喜欢的就是你——"卢婉婉急得解释。

"哇！"

众人欢呼起来。

卢婉婉这才意识到自己太冲动了，看白兮得逞的笑容，她红着脸要站起来离开这里："我、我去倒饮料……"

"不用了，我去。"白兮把她给拉回来。

白兮一走，几个舍友变本加厉，纷纷询问到底是谁先告白的。

卢婉婉又羞又恼："刚刚我都说出来了，当然就是我了。"

"你们之间还没有人告白过？就直接交往了？女孩子真是一点仪式感都没有啊！"汪文乐忍不住说，"以后如果要结婚的话，是不是也就跟你说一声拿户口本然后去登记了？"

卢婉婉摸摸头："白兮也不像是会轻易告白的人。"

刚好白兮倒了饮料回来，正好有人按门铃。

"我去开。"他把杯子随手放在了桌子上，走到门边拉开了门。

不过白兮没说话，门口的人也没有说话。

卢婉婉站起来，看向门口："是谁啊……"

卢婉婉看到来人之后愣住了。

白兮缓缓转过身，让门口的人走了进来。

大学之后大家各奔东西，陆鸣和麦甜寒暑假约会的时候，偶尔会喊上她。后来麦甜出国，卢婉婉也没理由单独跟陆鸣见面，之后他们俩分手了，就更加没有见面的必要了。

只不过是两年多没有见过陆鸣，倒是没想到他变化那么大，个子高了，皮肤黑了，五官更加立体坚定，比起以前单纯的瘦，现在壮实了不少，留着一头半长不短的头发，还真的挺有艺术家的气息。

"哟，这不是我们婉婉吗？"只是一开口，还是当初的感觉。

"谁让你来的！"

开口说话的是麦甜，她站起来走到门边。

麦甜愤怒："白兮，你喊的？"

白兮点头："嗯，我这次回来还没有跟他见过，刚好喊出来一起聚一聚。"

"你智商跟情商相差得也太多了吧？喊了我又喊他是存心给我不痛快？"麦甜瞪了一眼白兮，拨开众人便拿着包离开了。

卢婉婉没想到事情会发展成这样，看陆鸣竟然还站在原地苦笑，丝毫没有要追上去的打算。

"你不去追？"

陆鸣摸摸头，假装洒脱笑着说道："你帮我过去看看吧。"

卢婉婉恨铁不成钢，只能跟上去了。

麦甜跑得还真快，不一会儿就没影了。

卢婉婉下到一楼大厅，这里是商场，人来人往的，边快走边张望了一圈也没有看到麦甜的身影。

她正打算放弃回去了，忽然撞见从电梯里出来的应欢欢一群人。

刚刚说要拖延到很晚，现在倒是下来了。

她撇撇嘴,打算绕开应欢欢,没想到应欢欢主动喊住她。

"卢婉婉,我有话跟你说。"

"我跟你没有什么好说的。"

"你不想知道我们出国比赛的时候,到底发生了什么吗?"应欢欢看卢婉婉的步子没有停下来的样子,飞快地说道,"白兮没有回来,跟你有关。"

很好,卢婉婉咬牙切齿捏着拳头停了下来。

"你在说什么?"卢婉婉懊恼自己怎么那么容易就动摇了,"跟我有什么关系?"

"你家以前破产的时候,害得不少公司都跟着倒霉吧,大家为什么讨厌你,你不清楚吗?"应欢欢冷笑,"白兮的爸爸知道自己的宝贝儿子忽然不想出国了,竟然是因为你这种人,当然立刻要想着如何斩断你们之间的关系……"

"你什么意思?"她的心一点点沉下来。

"你们家为什么忽然追回了欠款,真的是你爸妈找到了卷款逃跑的人吗?"

卢婉婉沉默了。

因为她确实不知道老爸和老妈找了几年的人,怎么忽然就回来了。

那么多年,还愿意把钱还回来,让他们家有资金东山再起。

她从来不过问,所以也不清楚是不是真的。

"我讨厌你,就是因为你明明什么都做不好,但是大家都愿意为你鞍前马后,替你收拾麻烦,帮你去处理那些破烂事。"应欢欢的语气中带着愤怒,"你有什么资格让别人喜欢?"

卢婉婉本来有一大堆话想要反驳的,她确实什么都做不好,什么都需要别人帮忙,但是她至少对所有人都是真心的。

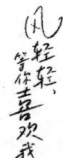

至少没有处心积虑接近一个人，假装好意，其实另有所图。

可是现在，她什么都不想说了。

正在这时，麦甜不知道从哪儿冒出来了，立刻冲过来一把将卢婉婉护在身后："你干什么？欺负我们婉婉吗？"

"我欺负她？"应欢欢气笑了，怒道，"明明最恶劣的那个人是她才对。"

麦甜生气道："你瞎说什么呢，陆鸣的节目是你指使安琪刷下来的吧？交换的条件可不就是让安琪当主持人吗，别以为我不知道！你答应当主持人的时候就知道英语竞赛会跟晚会撞，但还是要参与，为的就是等到临时要选人的时候你可以推选安琪当主持人。没想到乔扬说服了老师让婉婉也有机会竞选，后来安琪没选上，所以就把你的家庭背景给扒出来了！"

应欢欢的脸色僵硬了片刻，说道："那又如何？那么垃圾的节目……"

"要不是婉婉优秀……"

"你以为卢婉婉的英语主持人真的是自己争取到的？是我让出来的，我答应了白兮，如果他参加比赛，我就跟老师申请让卢婉婉参加，不然凭借她那个水准怎么赢得过安琪……"

"放屁！"麦甜毫不留情地拆穿，"你用这个方法把白兮骗去了比赛，但是后来我们都知道你推荐的人是安琪，婉婉是靠自己的能力拿下的主持人的位置……"

卢婉婉拉着麦甜的胳膊安抚她，然后对应欢欢说："我不管你到底为什么讨厌我，如果我曾经伤害到你，那我跟你道歉。但是事情已经过去那么久了，这些年我们没有联系，所以也没办法跟你好好聊，但是至少对我来说，跟你们一起复习一起做题的那段时间，我真的挺

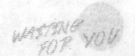

开心的。我确实什么都做不好,都是多亏了身边的朋友,我才能一步步变成现在这样的我。不管怎么说谢谢你,在那段时间里,跟我当过朋友。"

应欢欢还想说什么,但是卢婉婉已经不想听了。

知道自己曾经那么美好的记忆竟然不是她想的那样,还不如自欺欺人只留住好的回忆。

卢婉婉把麦甜拉走,到了商场外面的空地,小心劝道:"你怎么突然跑了?就算跟陆鸣分手了,你们俩当了那么多年的同桌,还是可以当朋友的啊。"

"怎么当朋友啊!分手了还能当朋友的,要么就是没爱过,要么就是还喜欢着。"麦甜叹口气,"我在国外那么辛苦那么累的时候,每天就指望着跟他聊天给我动力,结果他倒好,提了分手!你说这口气我怎么咽得下去。"

"那先过了今天。"卢婉婉拉着她,"就当作是为了我,今天也暂时和平相处,他都来了,你这么跑了,他跟白兮得多尴尬啊。我保证不让他靠近你好吗?"

麦甜点点头:"好吧……你也就是为了白兮。"

"说什么呢。"卢婉婉丝毫没有被拆穿的慌乱,搂住了麦甜的肩膀,"那我们回去吧?"

麦甜看了看手机:"行。"

只是在上去之前,卢婉婉还是忘不掉应欢欢口中的那些话。

如果白兮真的是因为答应了他爸爸的要求,才留在国外没有回来,老爸老妈真的接受了白兮爸爸的钱……

她拿出手机,停下了脚步:"麦甜,你先上去,我想打个电话。"

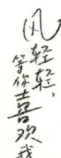

"啊？"麦甜脑子灵活，一下子就猜到了，"该不会是因为应欢欢的话……"

"没关系的啦，我有自己的判断。"卢婉婉对她挥挥手，"你赶紧上去吧，现在大家氛围肯定怪怪的。我打个电话立刻就来。"

麦甜摇头："那你去打电话，我在这里等你。"

卢婉婉没办法，只能稍微走远了几步，拨通了老爸的电话。

响了几声，那边接通了。

"婉婉啊，你怎么这个点给我打电话？"老爸有些惊讶，"是要回来吃饭吗？我跟你妈都在外面哦。"

"爸，你之前说骗咱们家钱的那个人找到了，是真的吗？"

电话那端沉默了半响："你现在问这个干什么？"

"有没有一个姓白的人……给过您一笔钱啊？"

老爸似乎轻轻叹了口气："白兮告诉你的吗？"

"您见过白兮？"卢婉婉有些不知所措，所以应欢欢说的都是真的吗……

"当年确实找到了那个人，不过只拿回来了很小的一笔钱，根本也不够我们干点什么，就只能到处拉投资，结果这个白先生主动过来，要给我们一笔钱，说是合作。"老爸小心翼翼地开口，"婉婉，我当时不知道这个白先生是你同桌的父亲，后来很偶然的一次，我去那个人公司的时候，发现他的桌子上摆了白兮的照片，才知道原来他是白兮的父亲。我当然知道人家不会白白帮助自己，这笔钱拿了也不安心，所以我们赚了钱之后，已经把这笔钱还给对方了。"

卢婉婉惊讶："还回去了？"

"嗯。"老爸有些犹豫，"其实老爸知道这些年你因为我也挺辛苦的……前段时间白兮来找过我了，他担心你从别的地方知道这些消

· 278 ·

息会误会,所以还告诉我,如果你问起,一定要如实回答,还希望你知道,他当时做的一切不光完全是为了你,也为了自己的母亲,让你不要自责。白兮真是个不错的孩子啊!"

"白兮去找过你?"难怪最近周末不回家,老爸竟然不过问了,自己说在朋友家借住,他也不追问到底是谁。

该不会一直都知道自己是跟白兮在一起吧?

"是啊……"老爸像是想到了什么,语气轻松了许多,"婉婉,你现在年纪也大了,该谈恋爱就谈吧,一直那么努力地学习虽然很好,也不要耽误了自己的个人大事……"

卢婉婉知道接下来他还要说什么,立刻找了借口把电话给挂了。

所以这就是这些年白兮突然出国,也不跟自己联系的理由。

在她不知道的时候,他为自己做了那么多事情。

"你还好吧?"麦甜小心翼翼地拍拍她的胳膊,"看起来心事重重的样子。"

卢婉婉摇摇头:"没什么,我们回去吧。"

"好的!"麦甜看起来已经没有那么生气,甚至还有一丝雀跃。

卢婉婉正在奇怪呢,等她站在酒店房间门口敲了敲门,忽然觉得麦甜的表情越发不对劲。

等到门打开,她看到了笑眯眯的陆鸣。

"哟,怎么那么慢啊……"陆鸣闪开了路,让她走进来。

屋内忽然焕然一新,到处都被各种颜色的玫瑰还有气球点缀着,而且大家手里都拿着一捧白色的玫瑰花。

卢婉婉愣住了:"怎么回事……"

"傻啊你,给你惊喜啊!"麦甜得意扬扬地向站在最里面的白兮抬抬下巴,"怎么样,不错吧!"

白兮勉强地抬起了嘴角,显然对于麦甜的品位表示怀疑。

卢婉婉看着麦甜站在陆鸣身边,两个人和和美美的样子,顿时蒙了:"你们俩……"

"我们俩和好了啊。"麦甜搂住陆鸣的胳膊,"刚刚只是为了把你给引下去,谁知道会碰到应欢欢非要拉着你胡说八道……"

白兮脸色一变:"你又遇到她了?她跟你说什么了?"

卢婉婉走到白兮面前,看着他慌乱的脸,忍不住笑:"怎么,你害怕我知道了什么事情会生你的气?"

"当然没有。"话是这么说,但是白兮脸上的不安没有退去丝毫,"到底怎么了?有什么事你直接来问我就好。卢婉婉,我不会骗你。"

"好。"卢婉婉看了一眼四周,问道,"那你先告诉我,这是在干什么?"

白兮带着一丝尴尬,生硬地说道:"我欠你一次告白。"

"嗯?"

"卢婉婉,我喜欢你。"白兮说这句话的时候,就像是小时候被家长推到众人面前表演才艺的小朋友,满脸不悦地用眼神示意旁边的人,"虽然我不知道为什么这种事情需要像是表演一样,让一大堆人围观,但是毕竟他们都帮了忙,就算已经给他们在酒店订了大餐,还是怎么赶也赶不走,就只能让他们看着了。"

麦甜不满道:"你们男生不能指望随便一句话就把女生骗到手好吗!"

"我没关系的。"卢婉婉皱眉:"就算他不说,我也已经答应了。"

麦甜怒道:"没点出息!"

白兮微笑着看卢婉婉。

她一下子抱住了白兮:"谢谢你啊,这些年为我做的事情。一开始还埋怨过你,为什么一直都不跟我联系,哪怕是跟我说一句等我,我可能也会毫无怨言继续等着你,不过现在这些……好像都不重要了。"

"卢婉婉,如果联系了你,我就忍不住要回来怎么办?"白兮叹口气。

甚至不敢看你的照片,不敢知道你的近况,也不敢对你说等我。

所以三年就读完了大学所有的课程,用了三年证明自己足够优秀,让父亲终于答应不再插手自己跟你之间的事情,在母亲过世之后,老老实实回到他的公司工作。

以前他想要自由,想要摆脱父亲的掌控,但跟卢婉婉比起来,一文不值。

"那你那些事情都解决了吗?"卢婉婉担心。

"嗯。"白兮摸摸她的脑袋,"那你这是答应了吗?"

"你傻啊你。"卢婉婉忍不住说道,"四年前的跨年,我就是想跟你告白来着,结果你没回来。"

"真的?"白兮有些惊讶。

卢婉婉点头:"嗯,我早就喜欢你了啊,从以前到现在,从来没有不喜欢,只增不减。"

"哇!"

围观群众纷纷爆发出了欢呼声,紧接着就是"亲一个""亲一个"的起哄声。

卢婉婉捂着脸已经蒙了。

不是求婚都闹成这样,简直不敢想象以后真的求婚……

白兮冷着脸:"你们想都不要想。"

"现在可以去吃饭了吧？"麦甜帮他们俩解围。

正好说这句话的时候，窗外的天空绽放出了一朵烟花，一朵接一朵，接连不断。

众人的注意力很快就被吸引了过去。

白兮狡黠地笑了笑，然后低头吻住了卢婉婉。

"告白和跨年夜，"卢婉婉抱紧了他，"都补回来了。"

本书由提拉诺委托长沙大鱼文化传媒有限公司正式授权黑龙江美术出版社，在中国大陆地区独家出版中文简体版本。未经书面同意，本书的任何部分不得以图表、电子、影印、缩拍、录音和其他任何手段进行复制和转载，违者必究。